いつの日にか

立川洋三

朝日出版社

いつの日にか

目次

装画　「陽ひかり」木彫
人形　岡野玎伊子（一九四五―二〇〇五）
撮影　南　高正

裟婆の風

「娑婆」という語が、その語源とされる梵語において何を意味していたのか、正確なところは知らないが、一時はやったやくざ映画などをみると、一般には、刑務所とかやくざ集団といった閉ざされた世界にたいする反対語として、つまり、普通の人たちが暮らす俗世間をあらわす言葉として使われている――こう考えてまず間違いなさそうだ。幸か不幸か、これまでのところ、私自身はそういう世界に生きた経験はおろか、実際にこの目でその一端をかいま見たこともない。しかし、そのように人生の表街道ばかり歩いてきた私ごとき者でも、住人がその外の世界を「娑婆」と呼びならわしていた世界に身をおいたことはある。

たとえば、旧制高等学校の寮もそのひとつである。寮生のだれもがその語彙を自分の言葉として受け入れていたとは考えられないが、寮生同士の語らいでは、少なくとも私の周辺では、それが少なからず愛用されていたことは確かだった。敗戦直後の、物資も権威も払底して、「貧寒」という修飾語がこれ以上ないほどに似合いながら、その一方、得体の知れない活力がたぎっていたような時代で、寮の外には、首都をおおいつくした観のある廃墟と闇市がひろがり、そこを吹きぬける新しい時代の風、そのいたるところで噴きあがり、ぶつかりあう戦時中とは異質な人びとの喚声――それらの音波が、昔ながらの全寮制にたてこもる寮の窓を地鳴りのようにゆさぶっていた。もちろん、だれもがその風の勢いを体感していたわけではなく、気配すら感じないか、感じないふうをよそおっている者もいたようで、「娑婆」の一語が内包するものの実質も、ふりかえってひとしなみに語ることはむつかしいように思われる。

何はともあれ、戦後になってその世界にはいった私などからみると、以前からいつづけている先住者は概して、そこを彼らのいう「娑婆」よりも一段と高いところに位置する一種の聖域のように思いたがっているふしがあって、入寮の日から違和感をおぼえずにはいられなかった。極言すれば、彼らにとっては、「娑婆」と称されるものなど、それを踏みつけて特権へたどりつく過程で、ときには蔑みを、ときには媚びをこめて舌にのせられる対象にすぎなかったのではないか、そんなふうにさえ感じられたのである。

このように昂然と娑婆を見下しながら生きる者がいたからといって、その世界の若い住人の多くが楽々と優雅に戦後を泳ぎわたっていたとは限らない。それどころか、その時代を特徴づける空腹とか寒さとかには、娑婆の人びとよりよほど無防備にさらされている場合も少なくなかった。私自身のようにうしろ楯の家庭が貧弱ならなおさらのこととして、安定より変容をこのんだ当時の娑婆の風には、多かれ少なかれ大半の者が、直接、間接さまざまに心身を打擲されていたといえるのではなかろうか。

しかも、青年たちにとっては精神的飢えもけっして小さくなかった。価値観がくずれたというか、多様化したというか、そういうなかで確かな拠りどころをつかむだけでも困難きわまりないのに、そのうえ書物がえがたいことに加えて、ほかならぬこの自分に訴えてくる書物など皆無に近いといっても過言ではなかったのだ。おなじ戦中・戦後でも、どんな年代で、どのようにそれを体験したかによって、まるきり通じあわないものになってしまうからである。いきおい、行きくれて、みずから一命を砕いた者もいれば、その寸前で立ちすくんであとじさりした者も少なくなかった。生きつづけた以上、私自身はよもや前者にははいるまいが、少なくともその境域を人ごととして通りすぎたりはしなかった、とだけはいうことができる。私ばかりか、自習室と寝室をともにした、一年生から三年生までの十人からの同室者たちも、居合わせた全員で論じあったり、同学年の者だけで論じあったりと、種々さまざまな組合わせで夜を徹しても、語りつくしたという気持ちになれなかった点では似たり寄ったりではなかったろうか。

いずれにせよ、焼酎と寮歌に酔いしれた夜などはむしろ例外で、冬のそんな宵には、拾い集めた木ぎれをバケツのなかで燃やして暖をとった。ときには机や椅子の一部をこわして薪にしさえした。連日のように停電があって、ろうそくが尽きれば、焚火の明りだけをたよりに、進駐軍の宿舎だけが明るいのを遠くよこ目にのぞみながら、そんな身近な現実とはまじわらない理念をもとめて議論の火花を噴きあっていたのだった。家庭教師などのアルバイトから遅く帰ったときには、みんな出はらった真っ暗な部屋で、友人がとっておいてくれた寮の冷たい代用食をひとりで寒々と口にはこんだこともある。

それらの寮の仲間もやがて娑婆へ散って、その一隅にそれぞれ自分の居場所をみつけ、なかにはしたたかに肥厚したり上昇したりした者もいるようだが、思いのほか娑婆の風をあびていた、娑婆ならぬあの世界でひとときをすごした名残りは、濃淡の差こそあれ、それぞれに深く刻みつけられているはずだが——と、のちのちふと思うことがある。鏡で確かめたことはないにしても、怪訝の相がわが面貌にはりつくのをどこかで感じながら。

私自身はしかし、三年の終わりまでその世界にとどまることができず、三年目の夏の末、物思いや論争の場だった薄ぎたない寮を退散する羽目になってしまった。肺結核におかされたからで、去るときにはさすがに脱落者の悲愁に胸をしぼられないわけにはいかなかった。

もっとも、その世界そのものも、その後まもなく、占領軍の命による学制改革の波にのまれて消えてしまった。寮の基盤たる旧制高校が抹殺されたからである。結局、私たちがほぼ最後の住人となったわけだが、それはともかく、もしも占領軍の干渉がなかったら生きつづけたろうか——などと考えるのは無駄というものだ。たとえ学制ないし寮制が存続しても、つぎつぎと入れかわる新しい世代によって、いうなれば、彼らがもちこむ新しい娑婆の風によって変質ないし衰滅をよぎなくされたであろうから。

寮から自宅へもどった私は、昼のうち勤め人の母も学生の兄弟もいなくなるがらんとしたわが家で、ひとりささくれだってゆく神経をもてあますような二、三カ月をすごしたものだが、そのわが家はといえば、早く未亡人となった母親をおもな働き手として日々をしのいでいるという状態だった。

ただ、寮生活のなかでは、真理にいたる捷径とみなして哲学に打ちこみ、原書でヘーゲルなどを読解しようとあせっていたのを、横臥しながら読めるものを、という現実の要請にもうながされるかたちで、ありあまる一日の時間を文学書を読みあさる方向へ切りかえたのは、望外の獲物にありついたようなものといえなくもなかった。というのは、しばし遠ざかっていたその文芸の道こそ、少年時代から私がひたすら目ざしていたものにほかならず、少し迂路をとったあげく、病臥という予定外の事故のおかげで復帰をはたす次第になったからである。

しかも、そのころは新しい作家群が問題作をひっさげて輩出し、文学界全体に沸きたつ熱気が目に見えるような時代だった。そういう気運をも感じながら、兄弟が古本屋や図書館からもち帰ってくれたり、中学時代や寮の友人たちが届けてくれたりする、新文学を中心とする内外の作品を、私はひとりぽつんと横たわって、いわば乱読していた。というより、そうするほかない境涯にあったわけなのだ。

私が病気に気づいたのは、肋膜に水がたまって、息をしたり歩いたりするのも苦痛になったからだが、寮の診療所では開放性の肺結核と診断されたものの、当時は先端的な医療のひとつとされた人工気胸器の針を受けつけた点で、かなり質《たち》のよい、治る見込みのある初期症状のものとみなしてよさそうだった。つい最近まで不治の病いとされてきた結核に、気胸や手術などの新しい医療技術で少しずつ光があたりはじめた時期に倒れたのは、いわゆる特効薬の恵みにあずかるには早すぎたとはいえ、私のめぐりあわせもまんざら棄てたものではなかったといっていいのかもしれない。

ともあれ、こうして私は読書と並行して、気胸のため週に一度ずつ近くの開業医にかよいながら、いたずらに孤絶して流されてゆくだけの二十歳の自分にしだいに神経をすりへらしていったのであるが、それを打開すべく、知合いにも相談しつつ母親がさぐりあててくれたのが、専門の療養所にはいるという道すじで、複数の同病者にかこまれていれば、自分の症状を客観視しうるよすがにも恵まれるだろうし、環境が変われば気分転換や刺戟にもこと欠かないのでは——と、ちゃぶ台で家族と話しあううちに、私自身もだんだん乗り気になっていった。

あとから考えると、私が入院を申請したのは、公費の扶助がえやすくて費用のかからない国立の結核療養所にはおいそれと受け入れてもらえなくなる、ちょうど端境期のような時期ではなかったろうか。つまり、私の場合には、死亡する入院患者が、相ついでというほどではないまでも、まだかなり多かったために順番がわりあい早くまわってきたにちがいないのだ。医療が進歩するにつれて死亡者が減り、それに反比例して患者の発掘が促進されていった関係で、療養所にひとつのベッドがあくのに何カ月も、ときには一年も待たされた例がある、そんな風聞を私も入院中によく聞かされたものだ。それが私の入院当初は、血を吐くなり枯れはてるなりして、数日おきには親しい顔たちが裏門から運び出されてゆくような状況にあった。

その、年の暮れに予定された入院をひかえて、私にはひとつ片づけておかなければならない問題があった。それは、いつ学校へもどれるかわからない、いや、旧制高校の消滅さえ日程にのぼっている、そういう事態にかんがみて、このさいなんとか卒業だけはしておくことで、事実、担任の教授に頼んで、出席日ゼロの後期をリポートと前期成績にもとづく見込み点とで修了したことにしてもらったのである。

おかげで、母親と弟につきそわれて入院した日には、さっぱり身軽になっていたはずにもかかわらず、いざ入院してみると、思っていたほど易々と新しい環境に順応する、あるいは、そこに受け入れてもらう、というぐあいにはいかなかった。軽症とみなされる患者として、二十五、六人がベッドを並べる大部屋に収容されたのだったが、もうその日から、配膳室へアルミの食器にもられた食事をとりに行かされたほか、病室のしきたりをめぐって、雑多な年齢や前歴の同室者にあれこれ尋ねなければならなかったり、そのさいこちらの未熟さを見透かされてのことだろう、そのときどきの相手にひがみっぽくたしなめられたり、ときには嘲罵をあびせられたりもしなければならなかったからだ。といっても、弱者ばかりといっていい集団のことだ、なじんでしまえば、とくべつ面倒な掟だの別格の人物だのがいるわけではなく、たとえ威圧をかもすけむたい古株がいても、ある日その人が個室おくりになっているケースもあった。個室に入れられれば最期が近い、そういうことも、数日のうちに私の知るところとなっていた。

その療養所は、都下北多摩郡の広大な松林のなかに横たわる木造の安普請であったが、そこで暮らす数百人のうち、私のような入院早々の者をのぞく大半の長期患者は、職場からはもとより、ときには家族からも見放され、この吹きだまりのような圏に身を寄せあって、それぞれいのちの行く末をじっと見守っているらしい、ということが私にもしだいにわかってきた。たしかに病気を治療する施設にはちがいないけれども、家で予想していたのとは違って、そのころの療養所の正体は、それこそそこに住んでみて初めて見えてくるようなものといってよかった。要するに、そこに生きる、というか、そこだけを生きる場とする人びとの気息が、いわば求心運動の渦をまいて、外の世界と拮抗するひとつの特異な世界を松林のおくにつくり出してもいた、というわけなのである。

案のじょう、そこでも私は「娑婆」という言葉とひんぱんに接することになった。「ああ、死ぬ前に思いっきり娑婆で遊びてえなァ」とか、「肺病のくせにぜいたくいうな、娑婆の連中だってそれなりに苦しいんだぞ」とかいったぐあいに――。

療養所内の民主化や待遇改善をもとめる組織のひとつに患者自治会があったが、病室や会議室で催される自治会の集まりでも、その言葉はよく聞かされたものである。そこには、あこがれ、反発、憎悪、連帯、疎遠――さまざまな思いがこめられていたにちがいない。そんな集会の席で咳こみながら喚きちらしていた、とがった顎や青白くむくんだ顔たちがいまでも私の目の裏に浮かんでくることがある。のど自慢や素人芝居など、患者と従業員の組織が合同で催した娯楽の会も忘れられない。拍手と野次のたえない会場の片すみから、顔見知りの若い女の患者がいつもの病衣ではなく、ベッドの下の林檎箱からひき出した、すでに体型とも容貌とも合わなくなった晴れ着をまとっているのを見たり、またいつも病室で接する看護婦が、白衣をよそ行きの衣装に替えることでかえってつまらない田舎娘に堕しているのを確認したりするのも、初めのうちは哀しくも心ひかれるながめだった。

当然のことながら、私はここでも暇にまかせ、家で読んでいたのと同種の本を書見器にひっかけて読みあさったが、それらの本も大半が患者自治会所蔵のもので、そのすりきれた黄褐色のページには、私に先んじて手にした人たちのかずかずの思いや嘆息、いや、いのちや運命のエキスのようなものまでしみついているのでは、そうときとして思いやったものだ。

このように「娑婆」と拮抗するひとつの世界ではあっても、そこは旧制高校の寮とは文字どおり対照的な異世界にほかならなかった。現に、私がそこで知りあった人びとにしても、寮の友人たちとは異なり、のちになんとか娑婆に居場所をみつけ出せたらいいほうで、その前に多くはその世界から向こう岸へ旅だってしまっている。

私がその療養所にいた一年のあいだに、従業員のなかの共産党系活動家のいわゆる「レッド・パージ」があった。冷戦態勢をかためつつあったアメリカの占領政策の一環である。傍観者や反対者もいたことはいたものの、大筋においては、療養所はひとつのかたまりとなってこれに刃向かった。死者の遺品をあてにせざるをえない者もいたほどだから、これ以上は後退できない、それくらい行く手への不安が多くの患者・従業員の頭上に垂れこめていた、といっていいだろう。それだけに、ご多分にもれず、半年あまりの闘争をへて被馘首者たちが退去したあとには虚脱の深い穴ぼこが残されていた。そして私自身、こういう推移をともにしたひとりとして、旧制大学が学生をとる最後のチャンスに間に合うよう、家族や友人に退院を迫られたとき、ちぢに思い乱れるまま、はげしく迷わないわけにはいかなかった。

だが、病状もかなり改善され、医師からも退院許可のサインが出ていたとあって、結局、闘争に幕がおりて間もない冬の日に療養所を去ることになった。ここに生きたことをかてに、そう心につぶやきながら。そのせいかどうか、娑婆への門出のはずなのに、学寮を去ったときとくらべてもなお足が重かった。

その後も患者にまで及ぶレッド・パージがくりかえされ、私の知る松のかおりにつつまれた世界は亀裂につぐ亀裂によってひき裂かれていったようだ。それでなくても、その世界を支えていた病気自体が変質をとげて、ひと握りの患者をのぞくと、もはや長期にわたってそこに住む必要のある者がいなくなってしまったのである。患者たちが待ちに待った医療技術の進歩、医療態勢の整備によって、患者たちが営々とつくりあげた彼らの砦が滅ぼされるという結果になったわけで、因果な成行きというほかはない。機動隊がきたら痰壷をぶちまけてやる——などと息まいて、患者たちまで汗と病臭のこもる病衣をひるがえしながら参加した、あの敗れた闘争こそ、ひょっとしたら、あの世界が滅びの予感にあらがって娑婆へ噴射した精いっぱいの自己主張ではなかったろうか。

退院直後はちょくちょく療養所を訪れていた私も、知人たちが死亡と退院で減少してゆくにつれて、いつしかご無沙汰つづきになっていったが、十年ぶりぐらいだろうか、その古巣を再訪したことがある。はたして療養所の内も外もすっかり様がわりしていた。だいいちあの松林が失せて、そのかわり商店や住宅がびっしりと軒をつらねているのだ。松風の音も松脂のにおいもあろうはずがない。それに療養所そのものも、療養所から総合病院への転身をとげなければ、つまり、それ自身が娑婆と化さなければ生きていけなくなってしまったようで、私がその地で出会った、退院してからも療養所の周辺で暮らすことを選んだ、あの世界の何人かの生きのこりをのぞけば、そぞろ街を歩く新しい住民たちの表情にも足どりにも、かつてそこに実在したのち潰《つい》え去った世界のほんの片りんすら見出すことはできなかった。

＊　＊

それはそうと、旧制高校の寮にしても、療養所にしても、あらためて問いなおすまでもなく、実はたえず「娑婆」がまぎれこんでいた。寮からは、歩いても十五分かそこらで浮浪児やパンパンもまじる繁華街に達し、ときには彼らにマントの裾をひっぱられることもあったし、松林で外の世界から隔離されていた療養所にも、毎日いれかわり立ちかわりだれかの見舞客や行商人があらわれていたからだ。時代が時代だけに、繁華街といい、外から訪れる人たちといい、いずれも出来そこないの薄ぎたなさをまぬかれていなかったが、それでも娑婆とふれあい、まじりあって存立していたという事実は動かない。学寮でいう「娑婆」からは倨傲のくさみが立ちのぼり、療養所のそれには鬱屈の軋みがどんよりとよどんでいた、という落差のほうもまた動かないにしても。

しかし、寮や療養所の住人となる前にも、私はその言葉が語られる場所にいたことがある。いや、そこでこそその語がより純粋なひびきをおびていたように思う。戦争末期の五カ月、私は海軍士官を養成する海軍兵学校の、やがて敗戦を迎えるその年に新設された予科、通称「予科兵」に所属していたのだが、その学校にはいったと思ったら、もうその日のうちに教官（将校）や教員（下士官）の口からその言葉を聞かされたのであった。「ここは娑婆ではない」とか、「娑婆にいるような心がけではいかん」とか、といったぐあいに――。

仲間の少年たちがどのように受けとめたか知らないが、少なくとも私自身は、はじめて自分にかかわるものとして耳にするこの語彙から、戦慄が背すじをつっぱしるほど新鮮な印象を受けたという記憶がある。私をふくめて、生徒たちもさっそくその語を口にしはじめたのはいうまでもない。それも、われ先に使いはじめたところをみると、みんな私の場合に劣らず強い刺戟を感じたのではあるまいか。

隔絶という点でも、この軍学校のひとつは、寮や療養所などとは桁ちがいであった。手紙以外にはほとんどまったく世間との通路が断たれていたからで、戦況が敗北になだれこんでゆく初夏から夏にかけては、その手紙の行き来さえとだえてしまったほどなのだ。寮や療養所に「娑婆」の語をもちこんだのも、どちらにも少なからずいた軍隊がえり、いいかえれば、字義どおりの隔絶を体験した者たちのしわざではなかったろうか。寮や療養所でその語が使われるのを聞いたとき、私がなにか二番煎じの感を払拭しきれなかったゆえんでもあるが、なんとさきの旧制高校では、この「予科兵」時代の何人かの顔見知りとふたたび会うことにさえなるのだった。

一九四五年三月下旬、私は海軍生徒となるべく、首都圏からひとりで汽車を乗りついで佐世保の近くまで行き、たまたまおなじ汽車をおりた百名からの仲間たちといっしょに、教官の引率のもと、かなり歩いてから予科兵のある小さな島へ渡った。人数が多いため、一週間かけて全国各地から集まってくるように手配されている、と聞かされたのも、たしかそのときのことだ。まだ十七歳になっていなかった。さいわい途中、敵機の襲来はなかったけれど、乗り換え駅で迷ったり、汽車が延着したり、警報で進まなかったりで、東京を発ってから三日以上もかかったものだから、隊列をくんで歩きながらもついぐったりと顎のでる姿勢になってしまった。とにかく、九州まで来たのからして生まれて初めてのことで、「思へば遠く来たもんだ」と、いつか目にした印象的な詩句をただ漫然と反芻していたように思われる。

余談だが、いまから十年ほど前になろうか、羽田から一時間あまりの飛行で長崎まで行き、そこからバスにゆられて行楽地「ハウステンボス」をおとずれたことがある。そのバスの車窓から、目的地の異国風のテーマパークが海原に浮かぶのを見はるかしたとき、何かしらしきりとなつかしいものを感じ、あのときに渡った針尾島はこの近くのはずだが、とわれとわが胸に語りかけていると、宵のひととき、海風をあび、隊伍をくんで歌った「澎湃よする海原の……」の歌声が、半世紀のかなたからかすかに聞こえてくるような気さえしたのだったが、その後、実は私たちの生徒館や校舎があった島にハウステンボスが建設されたのだ、ということを知った。してみると、私たちが何カ月か暮らしたあの予科兵は、当然のこととして敗戦で解体されたにとどまらず、旧制高校の寮や結核療養所とともに、あるいは、それ以上に跡形もないまでに抹殺され、さらに掘り返され埋め返されて、いまや縁もゆかりもない遊園地の下に押しこめられるにいたってもいるわけなのである。

弁解するようで気がひけるが、私はそのころ多数派を占めていた軍国少年のひとりではなかった。もちろん、その前の年、新設された予科兵の受験に踏みきった中学三年生に、いずれ時局へのさしたる洞察なり認識なりがあったわけではなく、むしろ、勤労動員や空襲に追いまわされて、読書、とりわけ文学書を読むことを妨げられるのをうとましく感じていたにすぎない、といっても大きくはずれてはいない。労働と退避と空腹にひしがれて、悠々と夜空を翔けてゆくB29の壮麗な容姿に見惚れる以上の余力をそがれつつあった、といいかえてもいいように思う。なにしろ、身長といい体重といい、時局がら基準を下げられた海軍生徒の合格ラインにすれすれというところだったのだ。にもかかわらず、刻々と追いつめられて軍人となる決心をしたのは、近い将来いずれ兵士として前線へ出なければならない以上、将校として征くのが、軍学校がただで卒業できるところだけに、この期にありうる唯一の選択肢になりあがっていったからである。それに、母子家庭であったわが家には、息子たちの上級学校の学費をまかなえる余裕が欠けてもいたし、生来無器用な私には、旋盤でオシャカばかり製造しては年配の工員にいや味をいわれる動員先の軍需工場から脱出したい気持ちがきざしてもいた。

けれども、そのあげく受かってみると、学力はともかく、私のような心身ともに軍人向きとはいえない分子が採用されたところにも戦況の暗い雲行きが露呈しているようで、「やっぱり消耗品はいくらでも要るんだろうか」と、気心の知れた中学校の友人たちと語りあったものだ。それでも、この国の若者として、とにもかくにも拓かれたこの道を行くしかない、そんな心境で予科兵合格の事態と馴れあっていったように思い返される。

生徒館らしい、木造の、大きいだけで無愛想な建物がいくつも建ちならんでいる敷地にはいり、所属する分隊の寝室空間に落ちついたところで、挨拶をかわしがてら見まわしてみると、たしかに軍国少年の典型らしいのがいることはいても、私のようなオシャカがまぎれても不思議ではないくらい、同類ないし同類に近い感じの少年が少なからずいることもわかって、吐く息とともにいくらか肩の緊張がほぐれていった。加えて、勤労動員でおくれた学力をとりもどす、という予科兵新設の趣旨にいつわりがなさそうなことも、午後の体操や訓練の前、午前中はほぼ教室での授業で埋まっている時間表が裏づけてくれたうえ、食堂でそろって食べる食事も、家にいたときより質量ともにまさっていた。貧しい食膳を用意するのに走りまわり、夜なべまでしていた勤め人の母親をしのびながらも、私は支給されるものを残らず、むさぼるように腹におさめた。

こうして全生徒がそろうのを待つ数日のあいだに、生徒館の数や食堂での群がりぐあいから、おおよそ四千人の仲間が、「部」と称される七つのブロックに分かれて一学年をなしていることがわかってきた。予科を修了したら、とうぜん兵学校へ進み、そこでは上級生の訓育を受けることになるが、ひょっとして短縮されるかもしれないこの一年だけは、上級生なしに暮らせるのがありがたく、部を十二に分かつ最小単位の分隊、私が属することになった第一部の第八分隊、通称「一〇八分隊《ひとまるはち》」のなかにも、「楽なのはいまのうちだけで、来年は容赦ないしごきが待っている」などと小声でいう者がいた。

が、そうはいっても、そこはまぎれもない帝国海軍の一部で、もう到着の日から、一階の自習室で学習するときと、二段ベッドがならぶだけの殺風景な二階の寝床に横たわるとき以外は、すべての移動をかけ足でおこなうよう、分隊監事にいいわたされた。そのため、校庭、生徒館の廊下、要するに校内のどこでも、私たちは日がな一日ほとんどかけ足の姿勢をくずせなかった。ちなみに、分隊監事というのは、各部の統括者たる佐官級の部監事を補佐する純血種の、つまり海兵出の若い大尉で、彼が指導する各分隊には、名目的にはその分隊監事の補佐役だが、事実上はクラス担任にあたる、たいていは「予備学生」出身の傍系の中・少尉がつとめる分隊付監事がいた。そして、その部監事も分隊監事も分隊付監事も、朝や夕べの集会のたびに、一日も早く娑婆の垢をおとして立派な軍人になるよう、くりかえしハッパをかけた。したがって、四月早々の入校式で、

「本日から貴様たちは光輝ある帝国海軍の軍人である」と、高らかに校長が訓辞をたれたのは、すでに予期したとおりのはこびだった。

　この日から衣類もすべて支給品をまとうよう指令され、私たちは、紺サージの短い上着、士官用の帽子、白手袋、腰の短剣——そういった正装で春の波音の聞こえる針尾島に居ならんだのである。

　私が不安いっぱいに迎えた海軍生徒の日々がいよいよ滑りだした日でもあった。

　起床ラッパが鳴り、当直の生徒が「起きろ」のかけ声とともに二段ベッドのあいだを走りぬけることで、私たち海軍生徒の一日ははじまる。てきぱきと寝具を片づけ、草色の練習服に着がえて、かけ足で洗面所へ行き、順番を待って大急ぎで用をたしたり洗顔したりしてから、朝の大村湾をのぞむ校庭に立って、めいめい声をはりあげての号令演習にはげむが、やがて教官の合図で、分隊ごとに整列して部全体の朝礼になる。部監事と分隊監事から「軍人精神」なるものをたたきこまれるのも、主としてこのときである。といっても、私たちの監事、なかでも「ひげの大佐」と親しまれていた部監事が話すことは、所詮「陛下のおんために一命を顧みず戦う」——という

一点に収斂する軍人精神から逸脱こそしないものの、それにへばりつくほど杓子定規の窮屈なものではなく、さしずめ弱年の生徒一同を元気づけ、彼らの精神と肉体の可能性をおしひろげる方向をさし示そうとするものといってよかった。私自身、とくべつ心服したわけではないけれども、反発ゆえに芽ばえかけた自我をすりへらすような徒労な屈折をなめさせられもしなかった。

それからかけ足で朝食。食事も当直士官の合図でいっせいにはじめ、またたくまに終わり、当番の生徒たちだけが残ってアルマイトの食器を片づける。教室へも、分隊ごとに整列して行くが、そろって走ってゆくこともある。軍事を扱う授業もあるにはあったが、午前中に配置される国語、英語、数学などの学科の履修に重きがおかれているのが、私には何よりの支えといえた。普通の中学校ではむしろ排除される傾向のある英語が重視されたのは、海軍に根ざした伝統のたまものであろう。その一方、愛国心や軍人精神の涵養を目的とする修身のような授業もあることはあるが、それらは受け身に聴くか、ただ聴いているふりをしていればよかった。いずれあるだろうその科目の期末テストにたいしても、二、三回授業を受けた段階で、そう力まずともなんとか対処できそうだと見当がついたからだ。

午後はおおむねグラウンドでの授業だった。体操や教練ないし「陸戦」である。直接指導するのは教員と呼ばれる下士官で、生徒たちより階級が低いため、将校の教官が監督していても、耐えきれないほどきびしいものではなかった。小銃の引きがねをひくコツとして、「秋に木の葉の散るごとく、深夜に雪の降るごとく」と、私たちに諭した教員特有の声の抑揚は、何年たっても愛嬌の化身のように鼓膜にこびりついていたものだ。ただし、肘の力で前へ進む、いわゆる匍匐《ほふく》前進は、中学校の教練でやったときのように生やさしくはなく、さすがに軍隊にいることを実感させられた。また、手旗信号とかモールス信号とかも私の苦手な分野だった。反射神経が鈍いせいもあるだろうが、信号音のリズムに耳をすましているうち、娑婆にいたころ友人たちと聴きほれた西洋のさまざまなクラシック・レコードが耳のおくによみがえって、肝心の信号のほうをつい聞きのがしてしまう場合も少なくなかったのだ。食事にかけつけると、食堂前の広場にしばらくモールス信号の音が拡声器から流されるのも、私にはうとましい限りだった。

この調子ではろくな軍人になれないだろう。それは前々からわかっていたとして、せめて在学中は落伍せずにすませたい。欲をいえば、学科のほうの成績で「軍人精神」、自分には少ない軍人としての素質を補うようにつとめたい。私はだいたいそんなふうな思いを秘めて日々をすごしていたが、そのうち、水野という、同類とみえる生徒のひとりとどちらからともなく近づきあっていった。夕食と自習時間にはさまれた宵のひととき、校庭での号令演習、軍歌演習のさいに二人で並んで言葉と視線をかわす、それだけのことで、ほかにそういう機会はなかなか見出せなかったけれど、あるいは、それだけに、夕闇に乗じ、隙をうかがうようにして相手を身近に感じていられるのが、私にはわずかでも心あたたまる貴重な時間になったのである。

水野も痩せぎすで、文学少年ではなかったものの、私に劣らず軟弱な見てくれを自覚していたからだろう、おのれの駄目かげんをたがいに自嘲したり、勇壮活発な分隊の仲間の抜きんでた仕種を笑ったり、分隊監事や教官連中の言葉じりをあげつらったり、というのが私たちの会話の中身で、それも折をみてはごく軽く投げあうという域を出なかった。それ以上突っこんで論じあう時間もなければ、それだけの覚悟も素地もできていなかった。私ばかりか、たぶん水野のほうにも。結局のところ、とりとめもない息抜きの間《ま》に終わるべくして終わったというほかないのでは、と考えるしかない。

そんなある日、校舎の一角にしばらく宿営していた若い特攻隊員と対面する機会があった。むろん、その人たちと言葉をかわしたわけではなく、整列した私たちの前を通りすぎる七、八人のひとりひとりに海軍式の敬礼をしただけのことだが、出撃のための基地へ征く人たちゆえ、励ましと敬意をこめた別れの挨拶という意味合いのものにほかならなかった。が、それにしては、彼らは一様に顔色が冴えず、「勇躍死地におもむく」人の気概のようなものを放射していなかった。「予備学生」あがりらしい、とあとでささやいた仲間もいるが、いっそ「沈うつな放心」という修飾句が全員にあてはまるような気さえした。つとめて隠蔽していたとしても、目を皿のようにしてさぐろうとしていた私の琴線にふれなかったはずはないし、だいいち別々の個性をもった複数の人すべてに隠蔽や糊塗が成功するはずもない。鳥肌というのだろう、背すじのどこかがゾクッと冷たく粟だつのすら私は感じた。

あたえられる情報が少ないだけに、戦争と海軍の行くえをとざす不吉な暗雲の気配がこれを機に胸の奥底でまたひときわ濃くなったからであろうか。それだけだと考えるのは早計にすぎるかもしれないけれど。

いずれにせよ、入校後はじめて外出が許された数日後の休日に、私があえて外出をとりやめたのもこの一件と無関係ではない。

その日は私の一〇八分隊でも、大半の生徒が、「久しぶりの娑婆だなあ」などといいかわしながら、浮き足だつばかりにその娑婆へ通じる橋を渡っていった。

駅から予科兵のある島までくる途中で私が見た限りでも、ごくまれに人家が見られるという程度の僻地だから、半日の外出では、写真屋へ行って、制服、制帽に短剣をおびた正装を撮ってもらうのが関の山だろう、そんなふうに取りざたされ、そんなふうに予想されたためだけに、私がその群れにまじる気になれなかったわけではなく、何かの拍子に、あの青ざめた特攻隊と近未来の自分のすがたが重なってみえることがあって、あれ以来、うなされて眠りがとぎれるような寝苦しい夜も少なくなかったからである。どうしてそんな自分の写真を家族や娑婆の友人たちに遺せるだろう。考えるだけでも気はずかしかった。

そのため、いつもの練習服のまま、私はやはり外出しなかった水野と海岸の岩場へ出て、久しぶりにのんびりと半日をすごすことにした。ほかにも居のこっていた分隊の仲間と合流すると、雑談の合間に、「この戦況では卒業がくりあげられそうだな」とか、「どうせ消耗品だもの、あんまり時間をかけてはいられないのだろう」とか、「海峡を泳いで逃亡する途中で溺死した奴がいるらしい」とか、公には聞かされない風説のたぐいを小声で話す者もいた。海軍士官の卵に生まれかわった自分の雄姿を記念写真におさめるのに何らかの遅疑をおぼえている連中とみて差支えなさそうだったが、それ以上はだれも掘りさげず、それぞれの故郷の習俗とか出身中学校の特徴などを紹介しあうにとどまった。

水野と二人だけになってから、

「このあいだの特攻隊、見ていてなんだか胸苦しかった。貴様はそんな気がしなかったか？」と、封じきれないまま私は口火をきった。われ知らず声を抑えながら。

「うん、おれもつらかった。その印象がいまもずっと尾をひいてる。この国のために戦うということが……」

「そう、それがああいうことだってのがやりきれないよな」

「そういう感じだよ、やっぱり」

「だけど、いやでも、そういう成行きになったらどうする、自分のこととして？」

「そりゃあ仕方ないだろう」

「まあ、やっぱりそういうことだよな」

思わしげにうなずきあうと、二人ともそこで口をとざし、何を見るともなく沖へ目をやって、しばしただ黙然と海風をあびながら潮騒に聴き入っていた。

それから二人でたまっていた洗濯を片づけたが、午後になって、外出していた分隊員が三々五々帰ってくると、そのつど、ほかの居のこり組とそばへ寄っては娑婆のみやげ話に耳をそばだてた。やはり気になっていたのだった。それでいて、写真屋の前に長蛇の列ができた、とくちぐちに報告されるのを聞いて安堵したことしか憶えていない。実際にそれだけのことしか話題にならなかったのかもしれない。ただ、休日のつねで、その日も宵の口には、「守るも攻めるもくろがねの……」、「海行かば水漬《みず》く屍《かばね》、山行かば草生《む》す屍……」と、隊伍をくみ、波音ときそうように高らかに歌いながら、校庭を行進する軍歌演習がおこなわれたことだけは確かである。いや、確かといえば、「戦雲急なため」らしいが、その日以降、外出の許される日がたえてなかったことのほうが身にしみて忘れがたい。おかげで、軍籍にあった五カ月のあいだ、私は一度として娑婆へ出る機会に恵まれなかったのである。

もっとも、それでは娑婆と接する、というか、遠目にそれを見る機会すら皆無だったかというと、かならずしもそうではない。たとえば、私たちが日に三度そろって食事をとるだだっぴろい木造の大広間には、近隣の村から徴用された「烹炊《ほうすい》」と呼ばれるモンペ姿の娘たちがいた。丸坊主の少年たちががつがつ食べるテーブルのあいだを走りまわっては、やかんに湯を汲んで運んでくる食堂の要員である。配膳や食器洗いは私たちが交替であたる決まりだったが、そういう当番も食事中は立たなくてよかったのだ。

「烹炊、急げェ！」と、あちこちから声があがり、それに応じて娘たちが汗をかきかき走りまわった。その場合、号令がどんなに大きくても、またいかに理不尽に急がせても咎められる怖れはなかった。それどころか、そういう勇猛果敢こそ、やがて兵を指揮する者に必須の属性として評価されてもいたのだった。現に、娘がころんだこともあるが、叱咤した生徒に非があるとはみなされなかった。

むろん、この点でも私はオシャカにとどまっていて、一度も大声を発するにはいたらなかったけれど、遠く近く、若い娘たちが白い頭巾をはためかせながら走るのを見るのは、殺伐たる日常をうるおしてくれるひそかな楽しみであった。私にとってだけそうだったのか、残念ながら、水野にもほかのだれかにも確かめたことはない。が、ともかく、私にとって詩や音楽と同義語だった「娑婆」の概念が、こうしていつか若い異性たちのいる空間をあらわすものとなっていったとしても、不思議ではないだろう。そして、ただ一度だが、私は予科兵の敷地内を若い女性と連れだって歩いたことがある。

すぐそこが青い海原という地形だけに、私たちはまだ五月のうちから、午後の教練の時間などを使って、その海で水泳や漕艇の訓練を受けた。海兵では尻の皮がむけるほど鍛えられる、と前もって聞かされていた噂に反して、上級生のいない予科兵での漕艇訓練はそれほどのものではなかったが、私の得意な領分といえる水泳ではAクラスに配属されてしまったため、おなじAクラスの剛の者たちといっしょに、沖合の高波をきって千メートルも泳がされる日々がつづくと、もともと体力の乏しい私の泳ぎはみるみる下り坂をたどっていった。精神力というか、軍人精神というか、そういったものにも欠けるところがあったのであろう。泳ぎながらもなんとかこの難儀をまぬかれる道はないものかと、あれこれ思案をめぐらし、その実現を祈念したぐらいだから。

それが天に通じたのかどうか、ある日とうとう入院する羽目になった。朝からからだがだるく、授業中も頭が雲のなかでもただようようにかすんでいたので、昼休みに思いきって医務室へ行くと、即刻入院を命じられたのだ。体温計が三十九度近くまでのぼってしまったからのことで、軍医のお墨つきをえてしばらく訓練を軽減してもらえれば、という程度の気持ちで診察を受けた私自身がだれよりも驚いた。しかし、その結果、看護婦という職分の人とはいえ、ひとりの若い女性に白昼公然とつきそわれる身となったのである。医務室から私の所属する第一部の生徒館へ、そこからまた診療所まで行くのはかなりの道のりであった。

私がその生徒館の前で足をとめると、それまで黙っていた看護婦が、

「津川生徒」と、私に声をかけた。「××生徒」——これが私たちの正式の肩書きなのだ。

「津川生徒、毛布と枕をとってらっしゃい。それから勉強道具も」

それでふりむいた瞬間、私ははじめて盗むようにその人を見た。ついでに、どこかなつかしい、あるかなきかの消毒液のにおいのほうも盗みながら。少し年上らしいが、やわらかな輪郭の顔がしろじろと輝いているようにみえ、きれいな人だな、きれいな人でよかった、と心のなかで私はひとりごちた。なにしろ、若い女の人と向かいあうのは何十日ぶりかのことなのである。と、同時に連想がひらめいて、動員先の軍需工場で見初め、ひそかにFと名づけた女学生のことを思い出した。といって、言葉すらかわしたことのない、そのはるか遠方のFがなまなましい形で近づいてくれるはずはなかった。漠とでも類推しえて、ちょっぴりとでも身近に感じえただけで多とすべし、ということにすぎなかったようだ。

私はまず自習室にはいって、必要と思われる学用品を雑のうにしまい、いつものようにかけ足で二階の寝室へ行った。その私の足音が人っ子ひとりいない生徒館にひびいたのにつられ、はたして当直室から留守居の教官が出てきて、

「待てェ！」と、これも海軍特有の号令で呼びとめた。が、私の説明を聞くと、彼は病気なら走らなくてもいい、そういってくれたが、下の入口へとはやる、半ばとぶような私の足どりは変わらなかった。あながち日ごろの習性のせいばかりとはいえないだろう。

白衣の人は、そのあいだに消えうせはせず、生徒館の外に立っていてくれ、私が立ちもどると、手をのばして私の毛布と枕をもってくれたが、私のほうが位階が上だからなのか、それきり私のうしろへまわって、歩きだしてからもずっとその位置を替えなかった。結果として、私のほうでは二度と彼女を正視する機会がなく、ただ、病棟への坂をのぼる道すがら、グラウンドで陸戦の訓練中とみえる、私の一〇八分隊をふくむ複数分隊の生徒たちを見渡せるところで、「早く元気になって、みんなといっしょに」と、背中にむけていわれた澄んだ声を聞くことしかできなかった。

それでも、病院にいれば何度かまた会える、そんな気もあって内心いそいそと入院したのだったが、病室には一日しか置いてもらえなかった。翌朝の診察で、体温も平熱なら、ほかに異状もなさそうだと診断されたのだから仕方がない。一度だけの解熱剤が功を奏したとすれば、やはり天の恵みの、一過性の神経熱のようなものとみてよさそうだった。だが、それがどうあれ、ひと晩すごしてみると、病室への未練などあらかた消えうせていた。空きベッドの多い病室にぽつんと横たわっていると、落伍の不安が心中いつになく声だかにさわぐのが聞こえたうえ、ホームシックに侵蝕されたらしい少年の泣き声が夜のしじまをひき裂いたり、気のふれた生徒が病棟の廊下を走りまわっては看護兵にとりおさえられたり——そんな事件で眠りを妨げられもしたからである。

逃亡中に溺死した生徒がいたという、先日聞いた噂もまるきり根拠がないわけではないのではないか。おなじ分隊にこそそれほど病的な人物は見あたらないにしても——。こうしてひと晩じゅう、浅い眠りの底で泡だつ自分自身のとぎれがちな呟きにずっと聞き耳をたてていたような気もする。

ただ、あの美しい看護婦にふたたび会えなかったのは残念のきわみだった。私のベッドに近づく白衣の気配がするたびに毛布から顔をあげてみたが、私の網膜に刻まれた、あのやわらかな光のこぼれる白い顔を再認することはできなかったのだ。彼女の職場がこの病室ではなかったのか、私の入院中がたまたま彼女の休み時間にあたっていたのか。いや、ひょっとしたら、私がほんの一刹那にとらえた彼女のイメージ自体、私の主観が招きよせた蜃気楼のたぐいにすぎなかった、と考えられなくもない。

そのあいだにも空襲が激化して、寝室の窓があかあかと映えるような夜が多くなった。朝礼のさいの分隊監事の話で、同盟国のドイツが降伏したり、苛烈な戦闘のすえ、あいつぐ玉砕で沖縄が敗退寸前に追いこまれていたり、といったかんばしくない形勢は、私たちのような生徒の耳にも伝わっていた。迎撃にとびたつ味方の戦闘機が少ないことも、それと指摘されなくても、だれもが薄々感づいているようだった。

もはや水泳どころではなく、学校全体の移転が準備され、六月の末近いある夜、私たちは長い列をつくって黙々と駅へ急いだ。夜をえらんだのは、いわずと知れていようが、この数千におよぶ生徒と関係者の移動が軍の機密に属するからのことで、私たちが乗った特別列車の内部は、電灯が消されただけではなく、どの窓にも黒い布がおろされていた。

出発したのが深夜でも、しかし当時の鉄道事情では、長崎県から山口県の目的地へ夜明けまでに行きつくことはできず、すわったままうつらうつらしたあと、私たちは朝の二時間以上、通過駅のホームや沿線の道路とともに、かつて親しかった街の色とりどりのいとなみが朝陽をあびて流れすぎるのを見ることができた。私にとっては実に三カ月ぶりの娑婆にほかならなかった。

　私だけではなかったと思うが、私も窓に顔をおしつけて喰い入るように入れかわり走りすぎる娑婆の景色をながめつづけた。そのうち出勤時間がはじまると、国防色の服にゲートルをまき、戦闘帽をかぶった中学生、防空頭巾を肩にかけた、地味で黒ずんだモンペ姿の女学生も人群れにまじって見られ、そのようにして軍需工場へかよっていた、予科兵に入る前のひとところが、胸骨がきしむばかりの痛覚を伴って思い起こされた。いつとはなしに、Fの面影もうっすらとよみがえってきた。いくつかの色の取りあわせがあったように思われるが、彼女が着ていたかすりの上下も、こうして遠くから見ればあのような銃後の色合いのなかに溶暗してしまうのだろうか……。「娑婆はいい」と、近くの席にいた分隊付監事がうめくように口ばしった。私の脳内スクリーンの映像がそれで邪険に追いやられたことはいうまでもない。

　一瞬、私の眉や唇がはた目にも強くうねったにちがいないが、考えてみれば、この中尉もまた、心ならずも予備学生から海軍士官への道をたどってしまった青年なのかもしれないのだ。私にもう少し大人の聴覚があれば、そこにこもる痛恨のいくばくかを思いはかることができたのではあるまいか。

　移転先は、駅からかなり内陸にはいった、防府のはずれにある海軍施設を急きょ改造したもので、一階が自習室、二階が二段ベッドのならぶ空間というおなじ構造になってはいたが、どこにも海が見えず、それら生徒館にあてられた建物も古くて小づくりなためだろう、潮風のかよう針尾島にいたときよりも、毎日の明け暮れからして、何かにつけてうっとうしいものに感じられた。家にいたころよりはましにしても、食事の質も量もともに貧しくなっていた。いずれも戦況を反映するものにちがいない――生徒の分際でもそれぐらいは推測できた。

せっかく安全を期して移転したにもかかわらず、海軍基地のひとつとして狙われているのか、空襲はやわらぐどころか、かえって日増しにはげしくなっていった。沖縄が占領された結果であることを疑う余地はない。敵機を撃墜すべき味方の高射砲の音がとだえがちなうえ、私たちの校舎に隣接する航空隊には、木の葉でおおわれた二、三機の練習機しか待機していないというお寒い実状を、訓練の合間にこの目で確かめる羽目にもなってしまった。ばかりか、本土決戦にそなえて「陸戦」の授業で伝授された極秘作戦なるものも、蛸壷のような穴を掘って、そのなかで敵戦車の襲来を待ち受け、その時がきたら爆弾を頭上に突きあげる、という哀しいものにすぎなかった。これでは、その時が来なければ餓死し、その時がくれば爆死するしかないことは火を見るよりも明らかだ。

そのうち、私たち第一部のものではなかったけれども、校舎と生徒館の一部が空爆で炎上するにいたり、その跡片づけにおもむく途上、私自身、別の分隊の作業班のひとりが、艦載機の機銃掃射をあびせられ、空中にとびあがって回転・落下するさまを物陰から目撃させられるというひと幕もあった。

もはや退避に明け暮れる日々といってよかった。学校の敷地のはずれに岩山をくりぬいた頑丈な壕がいくつかあって、何分隊かずつ分散してそのなかに退避する決まりになっていたが、生徒館や教室からそこまで大急ぎで走ってゆくのは、若い脚でもけっして楽なことではなかった。とりわけ睡眠中にたたき起こされて走るのはつらかった。

しかも、七月になってからは、家族とのあいだをつなぐ唯一の媒体である郵便がとどかなくなった。場所によってはまだとどくケースもあったが、分隊付監事が自習室へもってくる手紙の束はどんどん薄くなって、ついには大半の生徒が家族の消息にありつけなくなってしまった。しばしば空襲のある地域がとくに駄目なようで、手紙が来ないことで、故郷の家のあたりのおおよその形勢が推しはかれる、というぐあいでもあった。家が東京にある水野はもとより、首都の近郊に住む私の家族、母や兄弟の消息もふっつりととだえ、それきり回復しなかった。家の近くにある高校（旧制）の校舎に焼夷弾が落ちた、という、ここへひっこす直前にとどいた母親の手紙が最後ではなかったか。だとすれば、その後あちらでもひたすら空襲が激化しつつあるにちがいない――。

当然のことながら、一週間ぐらいは帰省できるだろう、といわれていた夏休みもお預けになった。夏休みはなくなったのに、その前に予定されていた期末試験は、既定の方針どおり七月の下旬に実施されるという。海軍生徒として受けるはじめての試験である。ところが、その二、三週間前から下痢で倒れる者が全校にわたって続出しはじめた。公式にはなま水を厳禁される以上の通達はなかったけれど、赤痢菌が蔓延しつつあるのでは、と生徒同士のあいだでもささやかれていた。その水の害に退避の疲れがかさなったのであろう、私の便もしだいにあやしくなり、やがて日に何回も絞られるふうにして体内の水分が流れ出ていった。

それでも、私は湯だけをたよりにあえて試験を受けた。あとからふりかえると、歯をくいしばるかたわら、いったい何をめざしてこんな無理を、と自嘲的にうそぶいてもいた、そういう十日間だった。というのも、試験のむこうに明るい未来が輝いていそうにないことは、十七歳になるやならずの私にも感じとれなくはなかったからである。軍隊どころか、島国全体が敗北へとひたはしりつつあって、呼号される「本土決戦」はそこへ行きつくための通り道なのだ、ということぐらいは。が、それにもかかわらず、ひょっとして、その道を通りおおせたあかつきになおいのちあれば、この試験の結果がものを言う可能性が零《ゼロ》になるとは限るまい——と、そんなはかない藁にもすがる思いで耐えた、残酷なまでに永く感じられた試験期間でもあった。

そのあいだには夜間の退避をさぼったこともある。試験が終わりに近づいた二日間は、もはや壕まで走ってゆける自信も力も失せていたからだ。とび出してゆく近くの友人たちの手前、いちおう起きる真似だけはしたものの、それきりまたぐったりと横たわって、遠く近くどよめく戦争の物音に耳をそばだてていた。このまま死んでしまうのだろうか。どうせ死ぬのなら、家に帰って母の介抱を受け、その温かみを感じながら死にたいものだ……。そんな物思いにひきずられるうちに、このところよくあることだが、水っぽい分泌物が肌着をよごすのも意識された。自分がこうである以上、ほかにもベッドのなかで息を殺し、ひっそりと身を縮めている者がいるような気がしてならなかった。

試験の最終日には、たまたま食事当番にあたっていたため、自分ではひと口、ふた口ほどしか食べなかったのに、分隊のおなじ班の友人たちの食器を片づけ、流し台で洗わなければならなかったが、その私の手もとがよほど頼りなくみえたのか、少し離れたところで洗いものをしていた烹炊のひとりが、かけよってきたかと思うと、やにわに私の手から食器類を奪ってすっかり洗ってくれた。ご法度の行為だからであろう、すべて黙ってあっという間にやってのけられた。私は水をはねかえす娘の素速い手さばきを目のすみにおさめながら、

「ああ、娑婆のにおいがする」と、心のなかでつぶやいた。とくべつな香りがしたわけではないが、平素あたりにただよう、男ばかりがかもす気体とは異質なものを感じたのは確かといえる。暑いのに汗もかかず、流し台に両手をついて眩暈《めまい》の襲来にあらがうのが精いっぱいというところだったけれど。

その翌日、私も晴れて病室にころがりこんだ。軍医に便を見せたところ、

「なんでこんなになるまで放っておいた？」と叱られ、ただちに入院と決まったのだが、水野に伴われて行ってみると、診療所だけでは急増する罹患者を収容しきれず、すでに教室棟の一部が病室になりかわっている状態で、私の入院中にも、そのような名ばかりの臨時病室はさらに増えていった。

そのうえ、見ると、みんな木の床に敷かれた藁むしろの上にただ寝ころがっているにすぎなかった。私に指定された七、八十センチ幅の隙間のまわりでも、少年患者たちはもってきた毛布をおざなりにかけて、うつろな目で天井を見つめたり、エビのように丸くなって、ため息や呻き声

をまきちらしたりしているのだ。ついもらしてしまう者もいるのだろう、下痢便と思われる臭気が教室だった広間の宙を舞っているばかりか、一歩外へ出ると、廊下にも、便所へ行く途中でもれたらしい液体でくさい水たまりができていることが少なくなかった。

なかには、便がとまらないため、木樽の上にすわらされて悲鳴をあげているのもいて、何日かたつうち、毎日のようにその顔がかわってゆくことにも気づかされた。文字どおり断末魔の声のように聞こえたから、いずれの顔の持主も快復とは逆方向へ崩落していったものと考えられる。急造されたものらしい近くの防空壕につめこまれる空襲のさいもひどかった。敵機が来る来ないにかかわらず、下痢は所かまわず流れ出ることをやめようとしないからで、どうやらそれらしいと告知する物音や臭気のなかに、ときには私のものがまじっていたこともなかったとはいえないだろう。

いつしか私の耳にも、何百人もの生徒が罹病し、そのうち一割とか二割とかが死んだという風説が聞こえてきたが、むろん公式の発表はなかった。いくらかよくなってからのことだが、病棟のよこに設けられたかまどで湯をわかしていた看護婦が、その場に居合わせた私たちのだれにともなく、

「かわいそうねえ。一割ぐらいでとまってくれるといいんだけど」と、ひとりごとのように話すのを聞いたことはあるが。

人によって相違はあるようだが、だいたい三日間の絶食、それにつづくまたほぼ三日間の流動食、それからようやくおかゆ――軍医に便を呈示して、こんなふうに階梯をあがってゆくのであ

るが、投薬をふくめて、ほかには何の手当てもなされなかった。したがって、ごく少数の看護婦がたまに枕もとを通ることがあって、そんな折に白衣がそよいだり、女の声が耳にとどいたりしても、「看護婦さァん」と、まれに泣き声をあげる者がいるだけで、彼女たちももはや私たちにとってたいした意味のある存在ではなく、異性が私のなかの「娑婆」につながってゆく密度もすっかり薄まっていた。そのかわり、流動食にたどりついたころが山だったが、突き刺さるような苛酷な妄想が私の脳裡を領しはじめた。針尾島で敬礼した出撃間近な青ざめた特攻隊員たちがあらわれ、死んだおれたちにかわっていよいよ貴様たちの出番だ、と耳もとに執拗に吹きこむのから、いくら逃れようとしても逃れきれず、喘ぎながら倒れはててしまうと、今度は娑婆の風景、というより、娑婆で頬ばったご馳走が入れかわり立ちかわり目の裏を揺曳してゆく、というのが定番の映像だったように思う。特攻隊の吐息といい、ご馳走の色彩やかおりといい、実にすさまじい勢いで、病室にいようと防空壕にいようと、夜であれ昼であれ、おかまいなしに出没したものだ。もっとも、ご馳走とはいえ、私の脳裡をくりかえしよぎったのは、ボタ餅、赤飯、五目ずし——というふうに、まだ食糧事情がよかったころに母親がつくってくれたわずかな種類に限られている。

その間に入院してきた一〇八分隊の者から、ふたたび移動がある、ここでは危ないので、いちじ山地へ避難して本土決戦にそなえるのだ——そう分隊監事がいっていたと知らされた。そう聞かされても、初めは人ごとのように半ば聞き流していたが、おかゆを食べられるようになると、しだいに一日も早い快復をとあせりはじめた。ここにとどまっていれば爆死の確率が高いばかりか、上陸してきた敵軍にいち早く捕えられるか、撃ち殺される怖れもあるだろう。何はともあれ、ひとりではぐれずに、分隊の仲間のいるところにいたい。こう思っても、おいそれとは便が固まってくれず、じりじりと移転の日が近づいてきた。そのため、私は思いあまって、やむをえず、退院許可のでた同室の少年にそっと頼みこみ、ようやく彼の便をもらい受けて、分隊復帰を認める旨の軍医のお墨つきを手に入れることができた。まだ脚にも腿にも筋肉が乏しく、頬もげっそりそげていることは自分でもわかっていたが、このチャンスを逃したら、置いてきぼりの状態をいつ脱け出られるか、心もとない限りと見極めをつけたのである。

私の退院の日に、水野が新たに入院してきた。以前よりひとまわりもふたまわりも痩せ衰えて、あのやさ男はどこへ失せたのか、私に見覚えのある彼自身の影のようにふらふらと私の前にあらわれたのだ。

「何をやせ我慢してたんだ、貴様は？」と、私は声をかけ、臭気のたちこめる病室からやはり臭気のする廊下へ出ていった。水野が来るとわかっていたら、なにも無理をして退院の許可を詐取するには及ばなかったのに——と、心中うしろ髪をひかれはしたけれど、いまさら変えようはなかった。

水野は吐く息もあらく、分隊からはぐれたくないばかりに踏みとどまっていた、と白状し、今度の移転は、むこうへ行ってから、自分たちで山の中腹に穴を掘って、寝起きする空間、つまり、塹壕みたいな陣地をつくりあげるものなのだそうだ、と私のまだ知らないことを教えてくれた。

「分隊監事にいわせると、本土決戦の切り札としての、武器はなくても予科兵魂で陛下のみ楯となるための陣地なんだと。貴様のそのからだで大丈夫なのか？」

「………」私は口ごもり、「わからないけど、おれは行く。ひとまず行って、貴様を待ってるよ」

こうして私は水野と別れ、もとの分隊に帰った。その分隊の生徒館は焼けていなかったが、死者一名をふくむ数名の発病者がでたことの反映なのだろう、十日ぶりにしげしげと見やると、分隊そのものまで以前より肉のおちたひそやかな集団に化しているようにみえなくもなかった。

出発はその翌々日だった。何もかもではなく、さしあたり必要な学用品と衣類をしょっていけばいいといわれたが、それだけでも私の肩にこたえたのはいうまでもない。もう朝のうちから私は疲労をおぼえていた。この二日間は、母方の祖母がもたせてくれた梅エキスなるものをなめつつ、少しでも腹を普通食に慣らそうとつとめ、その甲斐があらわれてほしいと念じていたのに、食堂で供されるものにはあまり箸が進まず、当日の朝も四分の一しか腹が受けつけてくれなかったのである。

「大丈夫か？」と、分隊付監事もそんな私に声をかけた。

時間からみて、四里ぐらいは歩いたのではなかろうか。焼けつくような陽光のもと、私は何度かくらくらと眩暈にさらわれそうになったほどで、途中の野山のながめなど目にもはいらず、休憩のたびに、汗まみれのまま、ごろんと木かげの草むらに寝ころがった。草いきれに酔いつつ遠ざかってゆく意識を、なんとか手もとから放すまいとわが身を懸命に叱咤しながら。

大世帯の全校が一体となって、というわけにはいかず、第一部のなかでさえ、私たちの分隊と行をともにしたのは三分の一、つまり四分隊だけで、あとは別々の集団をくんで山地のあちこちへ分散していったらしかった。

私たちが中国山脈の起伏のあわいをぬって着いたところは、林間学校の建物か何かを思わせるものだったが、水野がいっていたとおり、そこはあくまでも仮の宿舎で、明日から新しい生徒館建設の作業をする、と申しわたされ、ひと休みしてから、樹木の体臭と蝉しぐれのむせかえる雑木林のなかの山道を踏みわけてその建設現場を見に行った。すでに山腹の何カ所かが掘りかえしてあって、ここまでは徴用された近隣の年配者がやっておいてくれた、と聞かされたが、私たちが本土決戦のためにたてこもる砦というにはまだまだ遠い感じだった。というより、いくらひいき目にみても、ろくな陣地に仕上がりそうになく、「没落のはて」——そんな連想さえ呼びおこす、何かあさましいものを見てしまったという気がしてならなかった。

一〇八分隊には、当面の生活空間として、机や椅子などのない教室のような部屋がひとつ割りふられたが、今日は何もしなくてもいいとあって、その部屋の板の間にしばらく寝そべっていると、隊列から遅れまいとして溜まりに溜まった疲れが少しずつやわらいでゆくのが感じられた。それに、予科兵の広大な敷地内におさまっていたこれまでと違って、山地の一角から、林のあいだに点々と畑や民家が散らばるのを見渡せるのは、この五カ月たらずのあいだ奪われていた心地よいながめといってよかった。それも元気のもとになって、夕食の前、私は近隣を探訪に出かけるという数人の仲間に加わることにした。いち早く人里へ行ったグループから、民家に立ちよって水を飲ませてもらった、という報告を聞いたら、もうのうのうと寝ころんでなどいられなくなったのである。

私たちも実際に、宿舎から見える農家のひとつに水をもらいに入った。水がそれほど問題なのではなかった。何が何でも娑婆の一端にふれたい、その一心からという点では、同行した仲間もかわりなかったにちがいない。その農家には、町からの疎開者とみえる母親と小学校五、六年の娘がいて、二人でコップを手に、私たちがいた縁側と台所の井戸のあいだを何回となく行き来してくれた。そのあいだ私は、冷たいさわやかな水に舌づつみを打つ一方、ただもう部屋の畳や調度、母娘の普段着、そういったものに自分でも恥ずかしいくらい目をこらし、屋内にただよう気体を全身で呼吸していて、ヒグラシの鳴き声もほとんど耳にはいらなかった。そのくせ、母親に何かきかれると、海軍生徒らしく折り目ただしい応答につとめ、最後には海軍特有の、腕を四十五度の角度にたもつ挙手の敬礼をすることを忘れたりもしなかった。

「何かしら浮きたつような」とは、こういうときの心の状態をいうのであろう。ところが、実はその日が八月十五日で、私たちの「本土決戦」にも死亡宣告が下されたのであるが、私たちは何も知らないまま新しい寝場所で床についた。といっても、床の上に毛布を敷いて折りかさなるようにごろ寝したにすぎない。二十人ほどでひとつ蚊帳《かや》におさまったせいもあって、窓をあけたままでも暑苦しかったが、私もつかの間、明日からの作業と久しぶりの娑婆とを思いくらべながら、疲労もろとも、まわりの仲間に負けず劣らずさっさと眠りの底へころげおちていった。

あとから考えると、例の玉音放送がおこなわれた昼の時刻には、私たちはまだ隊をくんで田舎道を歩いていたところで、ラジオを聴くどころの話ではなかった。その点は教官たちとておなじである。しかし、到着後も彼らが何も知らなかったとは考えられず、予備学生あがりの彼らとしては、何をおいても同行していない部監事、分隊監事にまずお伺いをたててから、ということにせざるをえなかったのかもしれない。

　翌朝、例によって宮城遙拝ではじまった朝礼のさい、先任の分隊付監事が、戦争を終結して連合国に降伏する旨の詔勅を読みあげた。玉音放送では意味がよく呑みこめなかった、とのちにしばしば聞かされたものだが、新聞の活字を追って読まれる言葉のつながりを聞き間違えるはずはなかった。生徒たちの列のあいだに嗚咽が流れ、ときには号泣が炸裂しさえした。私も無性にくやしくて、朗読のあいだじゅう涙がとまらなかったが、そのかたわら、これで休めるのかもしれない、塹壕掘りと、そのさきに控える穴居生活と竹槍訓練にすりへる必要もなくなって――と、こみあげてくる呟きに耳を貸さないわけにもいかなかった。汗がにじむのにまかせてじっとたたずむうち、いましがたまでこの国のために戦って死ぬはずだったのが、いったんそうではない道が拓けそうだとなると、白っぽい影のようなはかないたたずまいながら、その道がしだいに実在感を濃くしてゆくのを半ば怪訝な面持ちで見つめてもいた、そんなふうに思い返される。いずれにせよ、すぐそこまで追っている、この心身の、少なくとも肉体の崩落の瀬戸ぎわに立ちいたらずにすみそうなことだけは確かなようだ……。

　壇上の教官は、この事態にどう対処すべきか、予科兵本部の方針を伝えに、明日にでも分隊監事がくる、それまでは自習とするが、宿舎とその周辺から離れないこと――こう通告してから解散を命じた。

「このままむざむざ降参するなんて、だれにできる。貴様もそう思うだろう？」

目の合った、わりあい親しい分隊の仲間が近づいてきて私に声をかけた。これまで軍国少年とはあまり感じられなかった生徒である。

「うん……」思わずうなずいたものの、つぎの瞬間、私の視線はあらぬ方へさまよっていってしまった。

「こんなことになって陛下に申しわけない。われわれ海軍生徒はお詫びに何をすればいいんだ？」

こう睨むようにして話しかけてくる仲間もいた。おれはもともと、少なくとも日本帝国の空虚な中心、あの雲の上の茫漠たる存在のために戦うつもりなどなかった——そういいかえすことは、しかしいまなおなしがたかった。こんなとき水野がいたら、と思わずにはいられないが、水野にだってそこまではいえなかったろう。のちに聞いたところでは、宮城前にひれ伏して敗戦をわびた男女同胞が少なくなかったという。

宿舎の窓から山里の風景をながめ、昨日おとずれた民家はどれだったかと、目で点在する一軒一軒をたどってみたが、宿舎を離れて村びとと言葉をかわすことは禁じられてしまった。仕方なく、悲憤をかわしあう一同の環から離れ、窓の外へ目をやったまま、こっそり祖母の梅エキスをなめていると、いつしかその目に涙が宿って外の林や畑がぼやっとけぶっていった。国が敗れても山河があるのだけがしみじみとありがたかった。

あちこちに分散する指揮下の分隊をまわってきたらしく、分隊監事は翌日の夕方になって私たちの宿舎にその日焼けした顔をあらわした。そして、ただちに全員を集めると、海軍省の命令にしたがって、とりあえず学校は解散、生徒全員を各自の家へ帰す、というのが本部の決定で、それが大御心を安んずる道である、と彼は持前のしわがれ声をはりあげ、自分としては、それぞれ本校で学んだものをかてに祖国の再興につくし、近い将来かならずくる敵殲滅の時機にそなえてほしい——こういった主旨の話でしめくくった。

どうやらひとまず家へ帰れるようだ。分隊監事によれば、近日中に臨時列車を仕立てて全員を家へ送りとどけるという。黒い布で電球をおおわれていっそう暗くなったわが家の茶の間がよみがえってくる。窓ガラスに新聞紙のテープが貼られたのは、空襲がはげしくなった去年のことだが、兄弟三人で踏み荒らし、破りまくった畳やふすまは以前のままにちがいない。そこは朝から夕刻まで勤めに出る母の寝所でもあるだけに、母がいないときは一段としらけてみえたものだ。それから、もうひとつの日本間で兄と弟が夜は寝たり、勉強したりしているはずで、ひょっとしたら、徴兵年齢のくりさげで、二つちがいの兄はもう家にいないかもしれない。

何はともあれ、そこへ帰れる、そう思うと矢も楯もたまらない気持ちだったが、その家はしかしいまでもあるだろうか。近所の学校に焼夷弾があたった、という知らせを最後に、この一カ月半、手紙がとどいていないのだ。しかも、そのあいだに数えきれないほどの人びとが斃れ、国土は敵の「じゅうたん爆撃」によって日に日に荒廃しつつあるというではないか。

夜になると、隣の部屋から、その分隊の分隊付監事が私たちの部屋へ入ってきて、陛下はいわゆる君側の奸、腰抜けの重臣どもに欺かれてあのような心にもない詔勅をたまわったのだ、と涙ながらに語り、みんな原子爆弾を怖れているようだが、そんなものはできるわけがない、その部門の研究にたずさわった人間として断言できる、よって、自分はこの降伏は本来わが皇国にありうべからざるものとみなし、その信念にもとづいて行動する、と息まいた。理系の大学から予備学生へのコースを選んだ人なのであろう。私たちの分隊付監事の若い中尉も理系の人であるが、この激変をどう受けとめているのか、実務的なことのほか、この人のように信念めいた言辞をしゃべりちらさないのは、物足りないようで、私などにはかえってありがたい対応なのだと悟らされた。

その証拠に、さきの教官はつぎの日、身をやつして宿舎を離れようとする、つまり、単独行動にはしろうとするところを分隊監事に呼びとめられたのである。彼のうしろには、いつもの練習服を私服に着かえた、一〇八分隊の者もまじる十数人の生徒がつき従っていた。それから二人のあいだでかわされた激論は、室内にいた私のもとまで充分なかたちではとどかなかったが、要するに、遊撃隊を組織して上陸してくる敵軍に体当たりする、成否はともかく、同胞の目をさます狼火《のろし》にはなるだろう、そのうち神風が吹かないとも限らないし、というのが遊撃隊長たる教官の言い分なのにたいして、分隊監事のほうでは、まずは復員を成就すべきで、その前に生徒を私兵化するのは許されない、と主張して譲らなかったようだ。結局、若いが位階が上の大尉の分隊監事に中尉の分隊付監事はいまなお従わざるをえず、みずからその場で解散を宣することをよぎなくされた。その彼の声が涙まじりなら、分隊の部屋へ戻ってきた彼の信奉者たちも、しばらくうつむいて歯をかみしめたり、肩をふるわせてすすりあげたりしていた。

この一件にかんする限り、私としても、生粋の海軍士官たる分隊監事のほうに軍配をあげるにやぶさかではない。だいいち、科学者を自称する一方で「神風」をもち出すとは！　もっとも、私の知る娑婆の教育者のなかにも、似たような人間は掃いて棄てるほどいたものである。

そういえば、このように一教官の暴走をはばむことになる分隊監事のほうも、前の晩、その教官と入れちがいに私たちの部屋へやってきたときには、五十歩百歩としかいいようのない台詞《せりふ》を私たちにぶちまけたのだった。すなわち、詔勅にしたがってひとまず解散はするが、実戦の嵐をかいくぐった軍人として、肝っ玉のくさった上層部の裏切りに唯々諾々と従うつもりはない。いずれ同志を糾合して立つが、そうと知ったあかつきには、少数でもいい、心ある者はぜひ駆けつけてほしい――と。

すると、灯下管制の惰性で電気の消された暗い空間のあちこちから、

「かならず駆けつけます！」と、反射的に勢いよく声がはじけた。

断わるまでもなく、私はその若々しい声たちのなかで黙ってうなだれていた。また、やはり断わるまでもなく、その後この大尉とその一党が決起したという話もついぞ聞いたことがない。

それにしても、このときの私の反応は闇にとざされて大尉の視野には入らなかったはずなのに、私にたいする彼の、おぞましいまでに負の色合いをおびた評価を聞かされたのは、時をへても忘れがたい不思議な暗合というほかはない。

というのは、分隊監事が、自分が率いる十二分隊、六百人弱の生徒の外貌や特徴はだいたい頭にはいっている、と自慢げにいったのを機に、生徒たちが居合わせた分隊員の名前をつぎつぎとあげたのにたいして、「Aは背の高い、気力も体力も充実した男だ」「Bは紅顔の九州男児だ」「騎

馬戦のときのCはまさに勇壮無敵だった」などと返答しているうち、だれかが私の名前をいうと、「津川か」と、彼はしばし呼吸をととのえてから、「彼のことは、いつか打ちのめしてやる、そう思っていたんだが、残念ながらとうとうその機会は来そうにない」と、腹にたまったものでも吐き出すようにつづけたのである。

さも憎々しげな口吻ではなかったのがせめてもの救いだとしても、私以外の者についてはおおむね肯定的な内容の素描ばかりだった、そう思うともなく思うと、やはり耳の底にも胸の底にもいやな余韻がおりのように居すわった。上級生がいないせいもあって、私が予科兵で殴られたのも、この大尉に分隊全体が罰をくらった一度かぎりのことで、むしろ中学校にいたころのほうが、教師の鉄拳制裁はよほど傍若無人にまかり通っていたものだが、それはそれとして、直属上官のこのような眼差しの正体に気づかず、せめて学科の成績だけでもと、下痢による衰弱をおしてまで試験を受けつづけた二、三週間前のわが身を顧みると、その愚かさがわれながらあわれの極みにみえて、この点でも戦争が終わってよかったのか、と思わぬ僥倖にひとりそっと天井のかなたの天をふりあおいだ。

翌日、その分隊監事がほかの分隊のいる仮宿舎へおもむいたのと入れちがいに、本校に保管されていた私たちの持物がトラックで運ばれてきた。入校式のときしか着ていない紺サージの制服、まだ袖を通したことすらない純毛の外套、さらに毛布や下着類など――いっしょにとどいた私物の衣類とは、私のような見る目のない者が見ても大違いとわかる、いまどき娑婆ではめったにお目にかかれない品質のものばかりで、露骨にいいたてはしなかったものの、だれもが待ちに待っていたものにほかならない。それらをもち帰るべく、いそいそと荷造りする仲間たちにまじって、私も大半のものはリュックにつめ、入りきらないものは毛布にくるんで紐をかけた。教科書や文房具を入れてもち歩いていた雑のうには、支給されるはずという食糧を入れなければならないため、これで限界といったところで、なりばかり大きな制帽と形ばかりの短剣は廃棄することにした。「海軍魂の象徴」として真っ先にそれらをしまいこむ者も少なくなかったけれど。

これだけもち帰れば、母も兄弟も目をみはって喜ぶだろう。そう思うと、早くも動悸がはずむのをおぼえた。だが、その家がもとどおりあるべきところにあるかどうか――。

それからは毎日、順番でまわってくる食事当番と掃除当番のほかには、分隊付監事がラジオや新聞から仕入れたニュースを環になって聞くことしか、何もすることがなかった。ただ、そのあと慨嘆したり、風聞をささやきかわしたりする仲間から離れるという、このところの習慣にしたがって、外へ出られないまま、無為のうちに部屋の窓や構内の空き地から山里を見はるかしていると、かつて娑婆の友人たちと聴いたヨーロッパの音楽が耳のおくからひびきあがり、日々読みふけっていた詩や小説のなかの何節かが脳裡によみがえってきた。この五カ月のあいだ、たえて接触のなかったものだ。そうだ、おれはなにもみずから進んで海軍生徒になったわけではない。国敗れたりといえど、これらかつて親しんだものたちのもとへの復帰を早ばやと断念すべきいわれはないのではあるまいか。できるなら、文学書ばかりか、思想とか歴史とかの書物もあさって、不可解なまでに広大無辺なこの世界の内奥に、行ける限りおりてゆきたいものだ……。

そしてその過程で、かつての友人たちはもとより、あのF、いまでこそ記憶の片すみにかすみがちなシルエットとしてうずくまってはいるものの、近々かならずや澄んだ大きな目をさましてくれるだろう彼女と再会をはたすことも……。

何かしら胸が高鳴って、いままでもそこにあった林の緑、そのいたるところで鳴きしきる蝉の声、ときおり空高く舞いあがる鳥のはばたき――そういったすべてが新しいいのちで輝き、うるおってゆくように思われた。

私たちが山あいの宿舎に移転してから、というと、戦争終結の日からということになるが、ようやく八日目に、私たちのための復員列車が用意された。東西南北に分かれるうえ、全校では人数も多かったから、その一日で片づいたかどうか、私たちには知るよしもなかった。私をふくむ多数者が乗るのは東京行きの列車だが、その特別列車が行かない土地へは、各自で一般の列車を乗りついでゆくように、そう聞いた覚えはあるけれども、東京まで行けば省線電車で帰宅できる私には、あまり関係のないことだと聞き流していた。ただ、その場合には、各自に手渡された海軍発行の復員証明書が乗車券のかわりになる、ということだけは憶えていて、実際それを活用する必要に迫られ、そのつどそれで切りぬけることができた。

私たちは二食分のにぎり飯、二袋ずつの乾パンと少量のなま米をもらい、それを雑のうに入れて朝早く宿舎を出た。来るときよりも道のりは遠く、その日とかわらない炎天下を、くらべようもない重い荷物を背おって歩いたからには、何倍も難渋したであろうことは間違いないが、家《うち》へ帰る、その一念の前では影が薄れたとみえ、疲労困ぱいの記憶はあらかた残っていない。ごろごろ過ごした一週間のうちに、私自身の体力が回復をみたことも無関係ではなかったろう。

途中で弁当を食べてから昼すぎに駅に着き、あちこちの仮宿舎から集まってきた大勢の生徒たちとホームで汽車を待っていると、私たちの分隊の東行きの集団に水野が合流してきた。なんとか退院が許されたのだという。

「まだ仮設の病室に残っている連中がいるんだけど、今日をはずしたら、いつ帰れるかわからないからな」と、彼は弁解がましくいった。そういう唇もいまだ青ざめてふるえがちだ、というのが、久しぶりに会った私の第一印象で、

「大丈夫なのか？　まだぐあいが悪そうだけど」と、こころもち声を荒らげないわけにはいかなかった。

「心配するな、大丈夫だよ。だんだんからだが慣れてゆくし、乗ったら寝そべってればいいんだから。それより、貴様がだいぶ元気そうになって、うれしいよ」

こういうと、水野はやっと陰のある弱々しい笑顔をみせたが、その反映のように、私の胸にも、最後の何日かを彼とともにしうる喜びが静かにゆっくりとふくらんでいった。

ところが、やがてガタゴトとホームに入ってきたのは、なんと無蓋貨車であった。六月末に長崎県からこの山口県へ移ってきたさいには特別列車を用意することができた帝国海軍にも、もはやそんな力はないらしい。

分隊ごとにあわただしく一台の貨車に乗りこみ、分隊監事のふる海軍旗におくられて、私たちはいつ再訪できるかわからないその駅を発った。泣いている者もいた。しばらくして、水野はや

っと横になったが、ゆったり寝そべるだけのゆとりがなく、そのうえ上からは頭に陽が照りつけ、下からは震動が突きあげてきて休まらない、そう彼はいった。そんな貨物用の床に、私たち全員、夜になったら身を縮めて横たわらなければならないのだ。しかし、何がどうあれ、家が、娑婆が刻々と近づきつつあることだけは確かだった。とまったり動いたりと、いらだたしいような運行ではあったけれども、民家や往来の近くでとまったときなどには、まるで「一億一心」が生きつづける証しのように、戦時中の身なりそのままの沿線の住民、つまり娑婆の人たちと、「頑張れエ！」と、親しく手をふりあうこともできた。そして、そんなひとときもあずかって、私たち自身、トンネルを通るたびに煤けてゆく顔を見合わせては笑いあった。

陽が傾きかけたころ、それもきっかけになって、水野と私は車輛の鉄の枠にもたれてしばし語りあった。この十日間に別々のところで経験したことが最初の話題になったのはいうまでもないが、平素を上まわる変動つづきだったため、いくら話しても話したりない気持ちだった。かといって、疲れの影の濃い水野の横顔も私には気になって、山の宿舎でぼんやり考えたことを残らず話すのはためらわれた。それに、東京の中野区に家のある水野にとっては、私以上に帰る家のないことが、確信というか、真っ黒な重石にでもなっているようなのだ。そこで私は、

「おれたち、これからどうなるんだろう？　あらためて新しい人生にいどむ、そういうことができるんだろうか？」と、できるだけさりげない口調でいってみた。さりげなく扱える主題などではないとは百も承知しながら。

「どうだろうね」と、水野は気乗りしないふうに返事をくり出してきた。「そのことはおれもずっ

と考えてきたよ。しかし、まだ答えは出てこない。というか、答えの出ようがないんだ。まずは娑婆に帰って、まわりの様子をうかがってからでないと……」

「そうかもしれない。娑婆の風しだい、たしかにそういうところもあるよな」

私はこう受けると、また寝そべろうとする水野のかたわらで膝をかかえ、間をおいてため息を吐いては、それといっしょにこぼれ出る内部の声でも聴きとるように耳をそばだてた。むろん、走る列車がたてる轟音に容赦されるものなどありえなかった。

夏とはいえ、日が暮れると、打ちつける夜風は寒くさえあって、私たちはシャツの上に夏用の半袖の練習服をかさねた。それからも絶えることのない音と震動とでなかなか寝つけなかったが、明け方になってまどろんだと思ったら、「じゃあ」と、去ってゆくひとりの仲間に肩をたたかれた。降伏後にわかに過激化して自決さわぎまで起こしたことのある少年だった。駅の標示板には「神戸」とある。ながめわたすと、人家はおろか、一木一草もなさそうにみえる一面の廃墟の上にもやがたゆたい、やがてそのなかへ、とぼとぼと歩く友の灰色のうしろ姿が吸いこまれていった。

ほかにもひとり二人と仲間が降り、明るくなるころには、たしか大阪駅あたりからだと思うが、降りた人数を上まわる娑婆の人たちが乗りこんできた。佐々木という世話役タイプの生徒を中心に、初めのうちこそ何人かが、

「これは貸切りだ」と、通せんぼの恰好をしてどなっていたが、その程度では、「このご時世に何や、おたがいさまやないの」とか、「わてら、駅長はんにことわったんぞ」とか、喚きながら押しよせてくる人体のうねりを制しきれないとわかって、いつかみんな顔をうつむけたまま何もいわ

なくなってしまった。そのうち、娑婆の波間に私たち海軍生徒の草色のシャツや上着が浮かんでいる、といったほうがいい趣きになると、なかには、すぼめなくてもいい肩をすぼめる私たちにむかって、

「あんたら、それでもいちおう軍人さんやろ。のこのこ東京なんぞへ行ったら、米軍《ベーグン》さんにつかまっちまうんとちゃうか」などといいつのる者もいた。

私たちとおなじく坊主頭に戦闘帽をかぶった初老の民間人であったが、佐々木がかろうじて、

「われわれはこの列車で東京まで行ける、そう分隊監事に保証されてるんです」といいかえしただけで、それきり、

「何が分隊監事よ。それにこの貨物、どこまで行けるかわからんよ。現にわてらも、行けるとこまでやな、大阪駅でそういわれたもん」こう突っこんでくる相手にだれも返す言葉をもたなかった。

「娑婆はきびしい」私は思わずひとりごち、つられてどこということなく全身が蝕まれるような疼痛をおぼえた。

いい負かされたかたちの佐々木自身、実はかねて「東海道は危ない」と、そう水野と私に警告していたのだったが、京都駅に着くや、彼はその目はしのきく性分にまかせ、とびおりて情報を仕入れにいった。そして、機関士もどこまで行けるかわからない、といっている、やはり米原から北陸まわりのルートをとるほうがいい、と主張し、そういうコースで高崎まで行くつもりの自分に同行するように勧めた。すると、それまでもとつおいつしていたらしく、水野がほとんど間

をおかず、

「頼む。ただし途中までだけど」と、留保をつけて同行を申し出た。それから、中野の家は絶望的だろうし、たとえ焼け残っていても家族はそこにいないだろう、そこで、まだしも家族のいる確率の高い、母親の実家のある新潟県の新津まで行くことにする、と彼はつづけた。

私としては、速く確実に帰りつけるルートならどれでもいいが、もうしばらく水野と行動をともにできて、そのうえなお安全確実であれば、それに越したことはない、そう思って米原で貨車をおりることにした。

すでに日暮れどきで、駅のホームにも近辺にも灰黒色の人影が右往左往していたが、ホームではたまたま、百人ばかりの陸軍の一隊を率いる隊長らしい軍人が、列車の運行状況に気がたったのか、駅員だか駅長だかを殴っているところに行きあわせた。急いでその場を脱したのはいうまでもないが、ほかの駅員にきいても、新潟、直江津方面への列車がいつ来るか、目下のところ皆目わからない、という返事しか返ってこなかった。

私たちは外へ出て、何か情報はえられないかと、消えそうな焚火をかこむ一団にまじってみることにした。復員兵らしい者もそうでないらしい者もいた。その一角で、

「負けいくさをやらかしたくせにいばりやがって、あんな横柄な軍人にゃあ、頭に原爆でもたたきつけてやるといいんだ」と、だれにともなくつぶやいている、土地の者ではないとわかる人の声がしたが、だれもものうげにうずくまって反応しなかった。見まわすと、空襲のせいか、その予防措置のせいか、それとも、たんに夜のとばりのしわざなのか、駅前広場のむこうにも、ずっ

と広場とおなじ闇だけがつづいているようだった。

それでも、さすがは駅前である。佐々木が居合わせたひとりの男に話しかけて、にぎり飯を売ってくれる店があるのを聞き出し、さっそく教えられたとおり広場の裏手へまわってみると、実際にそれらしいバラックの店があって、持参したなま米とにぎり飯を交換してもらうことができた。今朝から乾パンしか食べていない私たちにはまさしく願ってもないめぐりあわせであったが、そのときには、店の裸電球のまばゆさ、店にいる男女のいかにも商人風の応答——生まれて初めて見聞きするような、その新鮮な印象のほうにむしろ耳目を奪われた。

そのあいだに火の消えた焚火の跡へ戻って、そのにぎり飯の半分を食べると、小雨も降りだしてきたので、ごったがえす駅構内のベンチに隙間をみつけて、まず水野をすわらせ、立つ人を待って順番に腰をおろした。交替で列車を見張っていようというわけだが、そうこうするあいだにも水野は何度も駅の便所へ立ち、そのつど暗い青い顔をして戻ってきた。まだまだ快癒にはほど遠いようだ。

結局、むきだしの腕や首を蚊にさされながらそこでひと晩すごし、翌日かなり陽がのぼってから列車がホームにはいってきた。といっても、それ以前に見張り役が居眠りでもして見すごしてしまった可能性もなくはない。車内はすでに足の踏み場もないほど満員のうえ、中の人たちが手足を動員して乗りこむ者たちを小突きおとそうとするのに、痛いのは覚悟のうえで、三人が文字どおり一丸となって応戦し、その甲斐あってなんとか通路に山と積まれた荷物の上に場所を確保することができた。大半が復員途上の兵隊らしく、はじめは乗車を妨げた連中でも、おなじ車内の相客となると、猜疑をあらわにしつつも、けっこう愛想よく話しかけてきた。ただ、こう込んでいては、便所へ行くのもままならず、下痢のとまらない水野をはじめ、佐々木も私もわりあい大きな駅にとまった折に交替で窓から外へ出て用をたすしかなかった。

こうして直江津に着いたのは夜になってからだが、佐々木と私はそこで降り、そのまま先へ行く水野と別れた。車内では、

「石にしがみついても……」励まそうとする私をさえぎって、

「おれのことより自分のことを心配しろよ」と、強がりの笑顔をみせていた水野だったが、いくらかすいた座席にすわれたにもかかわらず、発車する段になると、さびしそうに私たちの立つ薄暗がりにむかって手をふりつづけた。

それから二、三時間も待ったろうか、私たち二人は運よくその晩のうちに上野行きの汽車に乗れ、そこが始発駅で、私たちがずっとホームを離れなかった報酬として、はじめて二人で並んで座席にすわることもできた。といって、すいていたわけではなく、発車までにも満員をこえ、しばらく進むともう通路が通れないくらいに乗客と荷物ではちきれそうになった。やはり復員兵が中心で、兵隊も一般の人もみんな薄ぎたなく、呆けたような面相でわれ先に眠りこけた。

佐々木も眠ったため、私もそうしようと思ったが、疲れているわりにうまく眠れなかった。米原の駅前で手に入れた三個のにぎり飯は、その晩と、今日の昼ごろ食べたらなくなってしまい、今晩は駅で水を飲んだだけとあって、空腹も眠りを妨げているのかもしれなかった。見るともなく窓の外を見ているうち、気がつくと、遠く近く点々と大小の光芒が見えるのを喰い入るように

追っていた。戦争が終わったしるしなのだ、と私はあらためて自分に念をおした。考えてみると、子供のころからえんえんと戦争がつづいていたが、これでほんとうに終止符が打たれるのだろうか。半信半疑ながら、少なくとも当面は空襲がない、それだけはしかし疑いなさそうだ……。

どうやらひと眠りしたらしく、寄りかかってくる佐々木の肩の重さで目がさめた。見ると、外には霧のようなものが白っぽく流れていた。高原地帯にさしかかっているのだろうか。いずれにせよ、朝が近いようだ。事実、そのまま陽ざしのない朝になり、目をさますなり佐々木がおりる支度をはじめた。永い旅をともにした仲ではあったけれど、矢のごとき帰心の前では、共通の思い出もいまは語らいの種になろうとはせず、二人とも黙ったまま高崎駅がくるのを待ち、列車がその駅にとまると、佐々木はおりた。

彼は汽車が走りだすまで私の窓の前に立っていてくれたが、いままでは似たり寄ったりの人群れに埋もれて目立たなかったのか、朝のホームにいる人びとのなかでは、彼が群を抜いてきたならしくみえた。まる一日以上も無蓋貨車に乗っていたのだから無理もない。おなじ貨車にいて、それ以来顔を洗っていない私もやはり煤まみれにちがいない。そういえば、着ているものも見るからに薄よごれていた。

だが、それよりも、その薄ぎたない佐々木の姿がホームにたたずんだり流れたりする娑婆の人たちのひとりとしてそこに配置されているのが、なぜか奇異にみえてならなかった。私自身、もうすっかり娑婆のなかだ、そう気づいてからだいぶたっていたにもかかわらず。

列車が発車し、手をふる佐々木の姿が見えなくなると、私は雑のうをかきまわし、その底に残る三個ばかりのしけった乾パンをかじった。これで食べものの蓄えが底をついたわけだが、あと二、三時間で着くはずのわが家がなかったら——そのときはそのときで対応を考えるしかない。一時間あまりで熊谷駅。窓からのぞくと、駅の周辺から中心街一帯にかけて、空爆による破壊のなまなましい痕がひろがり、まだあちこちで煙がくすぶっているのも見えた。そしてさらに一時間、ようやく大宮駅に着いた。ホームからよく望めないまま、あえて街の様子を確かめもせず、私は省線電車に乗りかえた。

ここでも私とおなじように大きな荷物を背おった乗客は少なくない。しかし、とにかくこの電車があって、それが動いてくれそうだという、そのことだけで私の頭も視界もいっぱいだった。そして、実際に電車が動きだした。二つ目がわが家のもより駅の北浦和駅なのである。

その北浦和駅がきて、私はそこで降り、リュックの重さが肩にくいこむのに耐えながら、一歩一歩、階段をのぼっておりて、改札の外へ出た。その位置で見まわすと、駅の近くの家が二軒ばかり壊されてさら地になっていたが、草ぼうぼうのところをみると、空爆のあとというより、延焼防止のため人為的に破壊されたものと考えられる。そこを通りすぎると、わが家へ行くには渡らなければならない踏切に達し、以前にもよくあったように、数分間の立ちんぼをよぎなくされた。

そのへんの様子は変わっていない。踏切のこちらにもむこうにも、欠けた櫛の歯のように家屋の欠けた地面があることはあるものの、それをふくめて家々の並びぐあいに五カ月前と変わりはないとみて差支えなさそうなのだ。ただ、山口県の防府を出発してから四日もたってしまいはしたけれど、まさかそのあいだに季節が移ったはずなどあるまいに、むこうでは炎天というほかなかった空が、いまはどんよりと鉛色の雲にとざされ、あたりには涼気とさえいえそうな、じめついた気体がたちこめている。

やがてその踏切を渡り、しばらく見覚えのある街筋を歩いてから「新国道」を横ぎると、浦和高等学校（旧制）に突きあたる。その塀にそって正門まで進むと、門とむかいあうところに小さな洋服屋があって、店主が仕事の手を動かしているのが窓ごしに見えた。何度か仕立てなおしを頼んだことがある、そんな記憶にひっぱられるまま、その引き戸をあけて、

「津川ですが、すぐ取りに来ますので、このリュック、預かってくれませんか」と頼み、相手がうなずいたのを見て、リュックをその狭い店先におろした。

わが家のことを知っている人が何もいわなかった以上は、と希望がふくらんできた。しかも、店を出たとたんに、よくは思い出せないながらも、知合いであることは確かな中年の女性と行きあった。配給所などで見かけたことのある隣組の人かもしれない。むこうも一瞬目をみはったが、こう煤だらけでは、近所の中学生だった私を再認するにいたらなかったのであろう。それにしても、あの奥さんがこのあたりにいることは悪くない兆候と考えていい。

手荷物と雑のうだけの身軽さになったことも手伝って、われ知らず足のはこびが速くなり、学校の角をわが家のほうへ曲がると、手紙で知らされたとおり、古い校舎の一角に焼けたとみられる残骸が塀ごしに望まれ、そのむかいがわでも、焼夷弾をくらったとおぼしい人家の焼け跡に夏

草が生い茂っているのが見えた。

と、ほとんど同時に、その先の以前とかわりない家々のたたずまいのかなたに、どうやらわが家にちがいない色合いのものが見はるかせるではないか。なおも小走りに進んでみると、それは見まがいようもなく、わが家の古ぼけた板塀とその下からはみ出しているヒバの濃い緑葉にほかならなかった。

おお、家《うち》がある。私はもうのめるような恰好で走りだした。これからさき娑婆の風はどのように吹くだろう――。いうまでもなく、このあいだ私の脳裡には、そんな問いの影だにさしていなかった。

まがいの窓

扉をノックして研究室にはいってきたのは、案のじょう稲葉博である。午後の演習のあとでそういう約束がかわされていた。だが、それもテキストと関係のあるドイツ近代作家について質問するためか、あるいは、いま全学をゆさぶっている学生会館問題について論じるためか、どちらかだろうと推察していた中尾修二は、稲葉のレインコートのかげに若い女性を見たとき、積みかさなっていた時間がくずれる音を聞いたように思った。

「このあいだ話した……」その稲葉がこういいかけると、

「足立です。足立直美といいます」と、連れの娘が立ったままにこりともせずにひきとった。二、三冊かさねて腕にかかえたノートのいちばん上に Walt Whitman と書いてある。

「アメリカ文学の専攻ですね」と、中尾修二は声をかけ、初対面の女子学生がうなずくのを見たが、まだはじめの驚きから解かれていなかった。それどころか、それが木枯しのように胸のなかでさわぎはじめてもいる。彼は思わず目をそらした。

相部屋の同僚とのあいだをしきる書棚がのしかかるだけで、三人がいる三階の窓に風景らしい風景は何もうつっていない。しかし、その窓にはりつく晩秋の灰色は、おなじ色彩に塗りこめられた修二の記憶の底へじわじわと分けいってきた。その色が背後に荒々しさをひめて浮きあがるのは久しぶりのことで、当時、というと、もう二十年以上も前、彼は旧制高校の寮の窓から、峰子のせいでその色が荒れるのを見ていたのである。もっとも、当時の廃墟がいただいていた空がいまさらこの都会の上によみがえるはずもないが……。

「夕飯でも食べに行こうか」と、修二はふりきるように稲葉にいい、それから直美をふりかえった。

先日ゼミナールの懇親会の席上、ビールの酔いにまかせて、稲葉が恋に勝った旨くちばしり、修二が半ば出まかせにその相手を見たいと応じた結果として、二人の今日の訪問が生まれたにすぎないとは彼も思いあたっていた。事実、二人が当惑げに顔をみあわせるのも見逃さなかった。だが、彼は早くも電話のある部屋のすみへ行って、妻の房子を呼び出すと、夕食は外でとる、と早口で告げ、ほとんど返事を待たずに受話器をおいた。

「つきあうより仕方なさそうだな」と、稲葉がささやくのが聞こえた。いや、ささやきながら、そりかえった唇をとがらせているのまで、実物を見なくても見えるような気がした。それが稲葉という若い個性を周囲からきわだてる爽快さのひとつなのだ。

が、ふたたび二人とむきあった修二が見たのは、その稲葉ではなく、直美のおもてに波だっていたらしい微笑の名残りである。あるいは、彼にはそれしか見る気がなかったから、というべきかもしれない。かすかに桜色のにじむ面高な顔だちといい、内部をとじるような、それでいて、笑いを吹きはなつような冷たい表情の質感といい、そこに厚い時間の堆積をくずして峰子が立っているように思われるのだ。

「行こう」と、彼は小さくいうと、テキストやノートのはいったカバンをつかんで歩きだした。声も足どりも気づまりげなのに、若い二人のうしろで研究室の扉に鍵をかけたときには、彼の意志の宣言のように音がとび散った。忘れていたはずのものが実は生きていて、あらためて確かめられるためにそこにある、という発見のこだまでもあろうか。

研究室のある鉄筋ビルの外には、うそ寒い暮色がどんよりとひかえていた。その肌ざわりも色合いもいつもとかわりなさそうなのに、それとは無関係にふと若やぎかけてはひるむのがおもはゆく、

「何がいい？」と、修二は少しおくれて歩く二人をふりかえった。

「そうだなあ、せっかくおごってもらうんだから、学食のランチだなんて、けちなことはいいませんよ。『トン吉』のカツライスはどうです？　三百円なんです」

稲葉がそういって、点々と灯の散る街のほうへ高だかと笑い声をあげた。

大学通りがその街とかさなるあたりに数軒の小食堂がかたまっていて、「トン吉」もそのひとつだが、修二は先に立って暖簾をくぐった。狭い店内に客がみちはじめる時刻で、稲葉がさっそく知合いらしい学生仲間に手ぶりと声で挨拶したのにひきかえ、直美のほうはそ知らぬふうにコートをぬいで席についた。淡いグリーンのセーターがあらわれ、その胸の高みがしずかに息を入れるのが見えた。

「顔が広いんだね」と、修二は直美に話しかけながら稲葉のほうへ目をやった。

「いつもさわいでないと気がすまないみたいなんです」といって、直美はクスッと肩をすくめた。

一瞬目のふちをかすめた微笑の色が、しかし先刻ほど冷たくみえなかったのは、主観が干渉してその方向へ印象をまとめたものにすぎないのか。修二はまた、似ている——という呟きをのんだ。

やがて稲葉も直美のよこの席につき、三人でビールのタンブラーを打ちあわせた。

「きみの成功を祝うよ」と、修二は稲葉にいった。すると、

「いやあ」稲葉が口を大きくあけて笑い、

「あたしも祝ってあげる。いつもうまく行くとは限らないから……」直美が声をたてずに笑った。

それでも、あざやかに浮きあがった唇の色が微妙にその笑いの明度を補っている。

この唇を、そしてもっと多くのものを、稲葉はすでに直美からかち得たにちがいない——修二は、よく冷えた液体が食道をつたわって腸の粘膜にしみてゆく速度で思った。彼自身のなかには、峰子の唇はおろか、その手の感触さえも残っていないのだ。残る道理のあるはずがなかった。先日の稲葉の話では、彼は三十代の建築技師から直美を奪いとることに成功したというが、二十年前の修二は、稲葉の相手とおなじ年配の美学者のもとにおめおめ峰子を残留させてしまったのである。

「三年生ですか？」と、その彼が気をとりなおして直美にきいた。

直美が目をみはってうなずいた。

「すると……」

「二十一です」

今度は修二がうなずき、そのままテーブルに頬づえをついた。トンカツと味噌汁のにおいが鼻先にただよったかと思うと、周囲のざわめきが近づき、やがてどこへともなく吸いとられていった。いまの直美の年で峰子が結婚したことは、忘れようにも忘れられるはずがなく、それが知らぬ間に物音を遠ざけたのかもしれない。そのとき修二は二十二歳、やはり稲葉と同年齢であった。いまふりかえると、耐えがたかった苦しみのかげにあって、その陰影を溶かしきるほど峰子の目も直美のように澄んでいたにちがいなく、彼自身もはた目には稲葉のように笑う青年でありえたのではなかろうか――。

「いや、違うのだ」と、彼は逆らうようにくちばしった。

「えっ？」若い二人が同時に声をあげた。

「いや、食事が来てるってことを……」

「知ってますよ、そんなことは」と、稲葉が打ちかえすようにいいかえしたが、

「でも、あたし……」直美はふいに別の世界に隠れでもするようにしらじらと息をつめた。峰子もよくそうしたものだ、と修二も思わず息をとめかけたが、その彼を突きはなしながら言葉が彼女の口もとからくり出してきた。

「なにも現在が不満だっていうんじゃないんですけど、あたし、人生がこれっきりのものだとも思いたくないんです」

「どういうことよ。ナンセンスじゃないか」と稲葉が叫び、

「あたりまえですよ」と、修二もこころもち身を乗りだした。「きみらはまだ何十年も生きるんじ

ゃないか。稲葉君とのことにしたって、それはまだはじまったばかりで、これからご苦労な永い建設や屈折の時期を迎えるわけでしょう」

「そういう意味じゃないんです」

「というと？」

「人生って、だれかひとりの人のためにあるんでしょうか？　それだけでいいんでしょうか？」

「きみ、それはないだろう、そんな没主体的な発想で……」稲葉が割りこんだが、

「あなたは女の気持ちがわからないのよ」と、直美はきりかえし、なにか勝ちほこるような眼差しで修二を見すえた。「先生の奥様なんかどうかしら？」

「どうっていわれても……」修二はたじろぐまいとしてうっすりと笑った。身についた教師口調がすべり出たのはしばらくたってからのことだ。「うちの家内なんか、そんなふうな人生、それに近いものを、いわば既定コースみたいに受けとったんじゃないかと思う。でもね、子供ができるとか、新しい人間関係が育つとか、人生そのものが、永い紆余曲折をへて予想以上に広がりとか深さとかを増してゆくんです。わかりますか？」

直美は肩に息を入れると、その吐息のように小さな笑いをもらした。

「わかりますけど、なんだか、あまり冴えませんね」

「………」どうやら侮辱されたとおぼしい妻を擁護すべく、修二がやおらすわりなおしたとき、

「わからなくていいんだ」と、稲葉の唇がそりかえって言葉をたたき出した。「どうせ論理になりえない中年紳士の気分的なご説なんか」

「いやなことをいうね」修二も口もとに力をこめた。「具体的なものこそ真の論理をはらんでいるはずだ」

が、そのあとを受けた直美の調子はさらに強かった。

「論理なんかどうでもいいのよ。とにかくあたし、どんな枠もはめられたくないんです」

「おお、カッコいい」と、稲葉が歓声とともに手を打ち、「だが、だれがどういおうと、きみにはおれが必要なんだ」

「しょってるわね。あたしって女、案外ばらばらになっても傷つかないんだから」

「ちくしょう、けっこうほざくじゃないか。頭にくる」稲葉はまた男っぽくうなったが、濃い眉のあたりには雲がかかって心なしかしらけていた。

ふたたび修二の耳に周囲のざわめきがよみがえってきた。しかし、彼はそのなかから、「愛は分裂的であってもいいのでしょうか」という問いかけしか聞いていなかった。それは遠い昔の峰子の手紙にあったもので、彼がそれに牽かれて学寮から彼女の家をおとずれたのも、いまとおなじ晩秋の季節だった。そして、その日はその言葉の意味を確かめられないまま、下駄をひきずりひきずり帰ったのだ。

彼が峰子と出会ったのは、戦時中、勤労動員に駆り出された軍需工場のなかで、二人はまだ近くの町の中学生と女学生にすぎなかった。もっとも、この間に行きずりの言葉さえかわされたわけではない。敗戦の翌年、十八歳の修二が抑えきれずに心のたけだけ長い詩を書きおくったとき、二人のあいだの行き来がひらけたのである。もはやその詩は再現しようもないが、たしかその末尾には、「夏草しげる焼跡の夜、行けど行けど、散りはてる涙にはあらず」といった文言がつづられ、少女の返事の冒頭には、「廃墟の草が風にゆれ、露が落ちるのが聞こえます」とあったように彼は憶えている。「愛は分裂的……」の手紙はそれから数カ月とたたないころのもので、それが彼女をしばっていた婚約という事実からきしみ出た音であることは、その年の暮れになってはじめて彼に知らされたのであった。

それにしても、なぜ峰子は直美のように、傷つかずに分裂できると宣言してくれなかったのか。支配的な倫理の呪縛がゆるむには歳月がかかるものだ、と考えるしかないのだろうか。確かな手ごたえをもって修二のなかにひろがるのは、往時の晴れあがった空の下に横たわる薄黒い廃墟の景色だけだ。そのなかで彼は峰子を想い、そして峰子は嫁ぎ、その後なお三年ばかり断続的に会ううちに、彼ら自身も彼らをとりまく風景もいつしか変わりはてていったことに気がつかなければならなかった。峰子がすっかり修二の視野から消えたのは、いまから十五年前、彼が二十五歳のときである。

「もう少し飲もう」と、修二はやっと口をひらいた。しわがれた声が焼ききれずに出てこられたのは、せめて目の前の若い二人は手放すまい、との意志が機を逸せず息を吹きかえしたたまものにほかなるまい。

稲葉の提唱で、三人は大学通りから大通りに出たところにあるバーへむかった。といっても、修二がまだはいったことのない若者むきの「マンモス・バー」で、細長いビルのいちばん上の六階にある。エレベーターに乗ってから、

「先生みたいな体制がわの人と差しで飲むのはいやだな」と、稲葉が口をとがらせると、

「案外せこいのね、懐柔されてしまいなさいよ」と、直美が軽くひきとった。

行きついたところは薄暗い空間の広がりで、暗紫色の照明のなかに若い男女の声の潮騒がひしめき、有線放送とおぼしい歌謡曲の旋律と歌声が流れていた。いわゆるボックスはなく、そこここに蛇行するカウンターやテーブルがあったが、三人は修二を中にして窓ぎわに席をとった。窓から街の灯が見え、はるか下の通りを自動車が自動車を追って音もなく走るのが見える。

「いろんなものがどんどん変わってゆく」と、修二はひとりごとのようにつぶやいた。

「そうですかね」と、はたして稲葉が突きかかってきた。「形だけでしょう。社会も大学も総体としては旧態依然じゃないですか」

「痛いことをいう。しかし、そういうきみの告発もふくめて、ぼくには変わったという実感がぬぐえないんだ」

修二はウイスキーのしみる喉のおくで糊塗するように笑いかけたが、

「わるいけど、あたしは形だけじゃなく変わるわよ」と、直美の声にさえぎられた。

むろん、直美は修二を通りこして稲葉にいったのである。そのため、彼女と稲葉とのあいだにひとしきり短い言葉のやりとりが誘発され、修二としてはときおり相づちめいた口をさしはさむしかなかった。われわれの大学でも近いうちに過激派の占拠があるだろうか、などとためらいがちにきいたところで、彼らが噴き出す熱い語彙たちにふれれば、たちまち昇華して行き場を失ってしまいそうなのだ。

「あなたの主体的な論理と称するものだと」と、直美が切りこんでいた。「あたしが立ちどまっちゃうことのほうこそ問題として追及すべきなんじゃないの」

「まさにそのとおりさ。だからおれは、きみが現状を拒否する方向をさし示した。しかし、きみの拒否はまだ部分的にとどまっていて、行動と結びついていない」

「あなたとおなじ仲間になれっていうの？」

「結論としてはそうさ。そうならざるをえないはずだ。だけど、それはあくまでもきみが主体的にどう自分と向きあうかにかかっている」

「ちょっとおかしくない？　あたしはただあなたとの関係で立ちどまらないっていってるのに、あなたときたら、そこは見つめないでいいから……」

「いや、そこまではいってないよ」

「なら、どういうこと？　先生はどう思います？」

「トイレ」と、しかし修二は断わって席を立った。「ずるい」と追ってくる稲葉の声が聞こえたが、ふりむいてひと言つけ加える心のゆとりはなかった。かつては彼も峰子とこのようにさまざまな局面でいいあらそったにもかかわらず、そのつど立ちはだかってきた致命的な齟齬が、別の次元にとどまり散乱したままよみがえろうとしないからか。

あなたがかんだ小指がもえる
ひとりでいると小指がもえる

そんな秘密を知ったのは
あなたのせいよ　いけない人ね
…………

通路を歩く修二の背中へ、スピーカーから歌声がすべりおちてきた。この歌も稲葉と直美がたてる摩擦音を慰撫するためにしか役立たないだろう——なぜともなく彼は思った。現に、彼が窓ぎわにもどってみると、稲葉が直美の隣に席を移し、二人で肩を寄せあっているのだ。
「先生、どうかしら」と、そっと腰をおろした彼に直美が話しかけてきたのも、なおしばらく二人の言葉と笑いがはじけつづけたあとのことだ。「この人、あたしを冷たいっていうんです。わかってないいんですね。こう見えても、内がわには女の潜熱みたいなものがちゃんとあるっていうのに、まだそれをひき出すすべを知らないものだから……」
「なんかハレンチ」と、稲葉は上機嫌にさえぎったが、修二は先刻来の薄笑いをひきずりながら立ちあがると、代金をおいて出口へむかった。外見とは裏はらに、心とからだのゆらめきを圧して、さらに飲みつぶれることへの、怒りどよめくような渇きが彼のなかにもりあがっていた。

ここはどこだろう——と修二は自問しなくてもよかった。もともと彼の行く先、というか、このところ思うともなく脳裡にうずくまっていたところはひとつしかないからだ。もはや稲葉と直美の話し声も「小指」の歌も聞こえてこない。細い裏道がひとすじ、ところどころ薄明りに照らされた石ころを浮かべて闇のなかへのびている。そうだ、おれは帰ってきたのだ、と彼はつぶやき、その声がおののくのに深々とうなずいた。

ここには数年前にも一度もどってきたことがある。そのときはたしか宵の口で、実際いくつか電車を乗りついだうえ、酔い心地にも乗って来てしまった。生け垣がブロック塀になり、古い木造家屋の何軒かがモルタル塗装に生まれかわるという、どこの住宅地にでもある変容は認められたが、小暗い小道であることは以前と変わっていなかった。ただ、かつて峰子がいた峰子の実家のあったはずの場所に、彼女の旧姓をあらわす標札も見覚えのある平屋の家もなくなっていることを、彼はそのとき確かめさせられたのである。

はじめてこの小道を歩いたとき、修二は鉄かぶとを背おい、ゲートルをまいた国防色の少年であった。やがて戦争が終わり、その翌年あふれるように詩を書きなぐったのは、やはりここにたたずんで、生け垣のおくに明滅する少女の姿にはげしくからだの芯が顫えるのを抑えることができなかったからだ。それからしばらくこの道を踏んで峰子の家へ行くことが叶えられたが、それもつかの間、それが彼女によって禁じられると、彼女が結婚によってこの道を去るまで、彼とこの道との疎遠が持続しなければならなかった。だが、彼女が去ったあとでふたたびその疎遠がくつがえったとすれば、そこにも彼の青春の慙愧がくすぶっているわけで、そのくすぶりこそこの道をひときわ暗く塗りこめたといえなくもない。つまり、この小道を抜け、二つほど角を曲がって先へ進むと、この町の「新地」——かなり年をへた家々を両がわに並べた一本の舗道で、その入口に「新地組合」と読めるネオンのともるアーチ門があった——に行きつくことができたのである。いや、そのころから修二が事実そのようにしてそこへ行くことがあった、といいかえるべきであろう。峰子が嫁いでしまったから、と無造作にいいきれるかどうか。いずれにせよ、峰子の結婚から彼と房子との結婚までに七年という歳月が流れているから、そのあいだ彼は思い出したようにこの道を通りぬけ、その後、房子と暮らすためにこの町を去ることで、ほとんど決定的に疎遠を成就するにいたったことだけは確かといえる。

そして、それからの十年あまりは、彼にとって家庭と大学にいわばしだいに深く包みこまれてゆく過程であったが、そうして包みこまれながらも、彼はときとして、この小道が胸のおくへ暗くのびてゆくのを凝視しないわけにはいかなった、まるで彼がいらだち、もの思うことを促す衝動の源泉ででもあるかのように……。

そうだ、おれは帰ってきた、と修二はふたたびつぶやいた。すると、そんな自恃のかけらが弦をはじいたわけでもなさそうなのに、見よ、サワサワと人の気配が立ちはじめたではないか。彼は微笑しようとして、頬のしびれがほぐれないのにいらだった。

が、たしかに声は聞こえる。寒風をひきいて吹きすぎるような声たちの群れで、どれがだれのものか、とっさには識別のしようもない。ただ、この道をのみこむ闇のかなたにひらけていた区画の薄明りがただようのは見えた。「新地」と呼ばれたその世界が消えてから久しいにもかかわらず、そこで彼がまじわった薄暗い点々のざわめきだけはあえてよみがえろうとしているらしい。

そうだったのか、と彼は口ごもったが、かわいた喉に声がつまずいてしまったので、いや、わかっていた、だから、といいなおした。だから、おれは今日もこの間道に来て、歩きながらひとりひそかに憤らずにはいられないのだ。

同時に、縄がよじれるような低い笑い声があがった。嘘ばっかり、あなたの唇にはいつもそんなふうに嘘が巣くっている。

なんだ、房子か……。修二はあわてて逃げ腰になったが、足が重くて倒れた拍子に、またざわめきが背中にのしかかるのを感じた。けれども、案に相違してというか、案のじょうというか、そこには色あせた廃墟の影のような感触があって、胸にこだまする顫音さえさわやかで懐かしい。すまない、と彼はしぼるように声を出した。おれはやはりあの廃墟の時代から生きなおさなければならないと思って……。

いいのよ、無理しなくても、と、霧のような囁きが吹きかえしてきた。その時代そのもののように冷えびえとしている。

寒い、修二は凍りそうな肩をすぼめた。だが、どうだろう、いまの時世にささやかな飽食をぬすむより、いっそここへ戻るほうが無理が大きいといえるわけでもあるまい。

さあ……。どちらにしても、この世に我慢できないことなんかないでしょうよ。そうとでも思わなくちゃあ……。

ああ、その声、そのひと言を聞くためだけでも帰ってきた甲斐がある。とりわけきみがいた、あの淡い灯のたわむれる区画が死んで、この裏道もいっそうくろずんでしまったいまは……。でも、あなたは来やしない。

いや、故あって来てしまった。若い男女の学生に触発されてといってもいい。そのあとおれはさらに行きなれた暖簾の店でひとり盃を傾けたけれど、そうするうちにこの道が意識の底でふくれあがるのに抗することができなかった。ここにはきみらの知らない別のようすがあって、そのためにもおれは……。

いやよ、そんなの、と強い声が修二をさえぎった。あの人たちといっしょにされるのは迷惑ですよ。

まぎれもなく峰子の声で、その声にあおられてあたりに風がうずまいたのか、ざわめきの影が身をさけて揮発するのがうっすらと見えた。待ってほしい、と彼は喉をからして呼びかけたつもりだが、実際にはただのつもりに終わったらしく、気がついてみると、峰子の隣にすわって両手で口もとの薄笑いをおおっていた。かつて来たことのある街はずれの林のようだ。しかし、二十年あまりまえ二人で来た夏の日にあった、あの真昼のむし暑い木洩れ陽も蝉しぐれもなく、「神風」の手拭いを額にまいた和服姿の峰子が薄ぼんやりと見えるにすぎない。

そんな冗談はやめたまえ。なるほど、ぼくが見初めたころのきみの姿はその軍国的な鉢巻と神妙なくらいなじんでいたし、その後、夢に立ちあらわれてぼくをおびやかしたときも、きみはずっとその恰好に固執していた。だが、いまさら……。

繃帯をしていないと頭がこわれそうなのよ。もっとも、こんなことあなたにいってもしょうがないけど……。

修二はもう冷えびえと咲く微笑に逆らいきれなかった。憶えている。いつかもきみはそういったものだ。しかし、それはともかく話してくれないか。きみがその着物を着てぼくをたずねてきたのは、たしかきみが結婚する直前のことで、きみとぼくが顔を合わせなくなってからでも十五年がすぎてしまった。そのあいだきみは、ぼくがいつか書評新聞の片すみで読んだような「美しい聡明な夫人」でしかありえなかったのかどうか。

あなたには関係ないことだわ。何もかも関係がないと考えてくださるべきよ。あたしの家があったあの小道までが、あなたの経験や情念との関連のなかでよごされるのはかないませんもの。

わかってるんだ。二つの心がないあわされないことぐらい、もともと知らないわけじゃなかった。ただ、それにもかかわらず悔いが疼いているとすれば……。

悔いの話はやめましょう。あなただってそんなのきらいだったはずでしょ？　それより、いつか映画に連れてってくださらない？　せめてそのなかにだけは、二つの心が合わさるとかなんとか、そんなことがあってもよさそうじゃありませんか。

修二は思わず目をとじた。かつて峰子が似たような台詞《せりふ》を口にしたとき彼がひたった反応がふわっと記憶の底から浮きあがりかけたわけだが、このとき、

テレビのせいかしら、映画を見に行くの、なんとなく億劫ね、という声がしてガラス戸があいたようだ。音も色もない雑木林が、いつ彼と房子のダイニングキッチンに推移したのか。彼は薄目であたりを見まわしながら、焼けるような喉を唾でうるおすのもはばかった。それでも、峰子の出現が暗いざわめきを駆逐したように、房子の闖入が峰子の気配を消さなかったのだけはありがたい。

暖かな夜ですわね。以前のこの時分にくらべたら嘘みたい、とその峰子がいった。いつの間にか頭の繃帯がとれている。

そうでしょうか。わたくしなんか、なぜかここへ来たとたんに鳥肌がたちましたけど、と立ったままで房子が肩をすくめた。

おい、失礼じゃないか、お客さんにお茶でも出したらどうだ、と修二は房子のいるほうへどなったが、実際には言葉が喉ひこか何かにぶつかって散ってしまったらしい。ただ、房子があらわれたおかげで、彼女より年上のはずの峰子が若い娘にとどまっている不条理には気がついた。そういえば、峰子が彼らの住居にいること自体、いつちぎれるか知れない高価な不条理なのだ。

が、峰子はそんな事情など無縁のようによそ行きのほほえみを浮かべ、

お宅のご主人、おやさしいんでしょう？　と房子に話しかけた。

まあまあというところね、と房子は応じたが、はたして彼女も年若い娘を威圧する人妻の役割にはまりこんでいた。

でも、ご存じですか、ご主人とわたくしがどういう道をどんなふうに歩いていたか……。

わかりますわ。いまわからなくても、いずれは……。だってこの人の妻ですもの。

それなら、中尾さんがあたしとやりたいとおっしゃったことも？

修二はパイプ椅子ごとあおむけに床に落ちた。直美のせいだろうか、彼が秘してついぞ語らなかった、というより、語るすべさえ知らなかった言葉が峰子の舌に乗り移ったこと、それだけに震撼されたのではない。房子がみる間に収縮して、サイドボードの上の金魚鉢に浮く水藻のよう

にはかなくゆらいでいたからでもある。彼は反射的にとびあがり、そのほうへ走りよって、よせよ、と叫んだが、いつ背後にまわったのだろう、房子にうしろからいやというほどかかとを蹴られた。

いやらしい、と彼女は顔をしかめ、それからまた毅然として峰子にむかって、平気ですわ、といってのけた。この人、あたしと寝るのがいちばんいいぐらいは承知してますもの。いっておきますけど、この人の唇には嘘が巣くってますの。

奥様にたいしてでしょう？

まさか、このわたくしを欺くなんて……。机について何かものを考えるとき、この人がとじた心をもっていることは、あたしだけが知ってる秘密じゃありませんか。

まあ、すてきなことをご存じですこと。

うらやましい？

どうでしょう。なんだかぱっとしないような気もしますけど……。

いいのよ。そばかすの散る房子の頬がひきつれた。この人ったら、どうせお前たちには関係ないことだっていってますから。案外いいパパでしょう？

そう思いますわ、だから唇が嘘を宿すのもむべなるかなって……。

余計なお世話よ。あたしにはとにかく仕事がいっぱいあって、いちいちそんなことにかまけていられないの。みんなの健康、日々の暮らしの計画、子供たちの教育……。

お家も建てるおつもりなんでしょ？　と言葉を奪って峰子が珍しく花粉のような笑いを宙にま

き散らした。風が冷たかったあたしたちの時代、ご存じ？　あのころの修二さんなら、たがいに韜晦しあう矛盾のあだ花を敷いて寝そべったりはなさらないでしょうに……。

まあ、と房子が絶句したとき、せめぎあっていた二つの自己主張がついに火花を発して焼ききれたようだ。修二はあわてて食卓の下にもぐろうとしたが、どこかの角にでも打ちつけたのか、頭頂に痛みの音波がかけまわるのに辟易して、できるだけ頭をゆらさずにそおっと書きもの机の前にすわりこんだ。

お茶を飲みます？　とうしろから襲ってきたのは、しかしまた房子の声だ。

彼はふたたび転倒しかけたが、思いのほかその声がおだやかなのが気になって、肩と両腕でノート類をかばいつつ、かろうじてそちらへ目をやった。先刻まで身辺に感じられていた峰子の姿形はどこにも見あたらず、それとひきかえに、見るかげもなく散乱したはずの房子のそばかすのほうは薄化粧でくつろわれている。おまけに、

寝ましょうよ、と、その房子が柄にもなく熱っぽい息を吹きかけたので、

おかしいな、と修二はひときわとまどった。平素の彼女とはあまり縁のない街のネオンに染まった霧のような息なのだ。

何がおかしいの？

たしかだれかいたはずだが。

錯覚よ、そんなの、といいざま、房子の全体がガラスを擦る音のようにとがっていった。また自分ひとりでへんな考えごとをしてるんじゃないの。

刺戟するのはひかえてくれよ。それでなくても、思考という作業には迷いや焦りがつきものなんだ。

それならますます自分をとざすことはないはずよ。考える、考えると称して、どこかへ隠れてしまう。そんなに自分ひとりの世界がいいの？　いやだ、あたしはいやよ。

違う。そこから見ないとよく見えないものがあるというだけのことだ。おれがこの家庭の秩序を乱すならともかく……。

どうでもいいわよ。あたしがわからないと思って、勝手な理屈をこねてばかり……。

うるさい、と修二はまた声を荒らげた。形こそちがえ、このような場面は数年前までは現実にもいく度か生起した覚えがあるため、息苦しさにはばまれて、罵声が喉を通りきれたどうかはおぼつかない。

しかし、またどなる、という金切り声の手ごたえもろとも、房子の嗚咽が書斎の長押にぶつかりながら部屋じゅうを跳梁しはじめたのは、それらいく度かの実演のうちのどれかとほとんどかわらなかった。

修二もそんな折の例にもれず立ってふすま戸をあけた。まだ峰子がいるのではないか、と喘ぎながら暗闇にたたずみ、われ知らず目をうるませたのが違うところだったが、足を踏みだしたとたんに階段をころがり落ちた。

だいじょうぶ、先生？　と若い女の声が聞こえた。どことなく傲然とひびくのは、どうやらノートをかかえて立ったまま足立直美がかんだかく笑ったからにちがいない。

彼は眉をうねらせて手をのばし、その手がいたずらに宙をつかむうちに、落ちるとき真鍮の手すりを見て大学の階段のひとつだと思ったものが、実は彼の住居のある団地アパートの階段であることに気がついた。こんなところまで、はたしてあの峰子が来るだろうか。だが、何はともあれ、彼の手をひきあげてくれるものはなく、団地の住人らしい顔見知りの男たちが首をのばし、ばらばらのしわがれ声で笑うのを頭上にあおぎながら、彼はねっとりとした湿原のぬかるみに吸いこまれていった。

頼む、這いあがらせてほしい。おれはまだ滅びてはならないのだ。まるでおどけた異物さながらに彼自身の影がのたうつのが見え、まぎれもなく彼自身の声と思われる熱風のような気体がたゆたうのも見えた……。

「ちょっと待ってらして」

そういうと峰子は奥へさがった。修二の訪問が唐突だったので、身づくろいに立ったのである。十八歳の修二にあらかじめ連絡する才覚などあろうはずはなく、たとえあったところで、敗戦の翌年では、電話という手段はもとより、いつ手紙がつくかもわかりはしない。結局、いくら待たされ、いくら混んでいようと、窓ガラスのかけた電車に乗ってしまうしかなかった。都心のはずれにある修二の学寮から峰子と彼の家のある町までは一時間あまりの道のりであった。

もちろん、峰子の家のある小道の先につづく区画が、そのころすでに淡い灯のもやにつつまれていたかどうか、また「新地組合」のアーチ門をそなえていたかどうか、修二の知るところではない。一度だけ昼間そこに迷いこんで、占領軍兵士が野良着のような和服姿の娘たちと抱きあい喚きあうのを見たことはあるが、それとて、いずれ彼自身がつながってゆく場所として予感される前提にすらならなかった。彼は晩秋のくもり空のもと足ばやに峰子の家のある小道へ折れることにしか関心がなかったのだ。

見まわすと、二つ三つ弱く炭火のもえる火鉢の下には褐色の畳が波打ち、それをとりまいて焦げあとのある柱が立っている。峰子と姉のものというこの戦跡の残る六畳間に修二があがったのは、今日が初めてではなく、夏のあいだにもあったことだが、それから数カ月たってみると、あらためてすべてが未知のもののように彼の目をひきつけた。和風の古ぼけた茶簞笥の上でピンクのスカートをひろげるフランス人形が、峰子のなかの少女らしさを一輪ぱっと咲かせているようにみえるのまで、痛いほど新鮮であった。それもその会うことの叶わなかった月日がえぐったわだちの故であろうか。

修二はいつか峰子とともにすごした夏の日々にひきこまれていった。二年近い逡巡のはてに彼が詩を送り、峰子がそれに応えたこの夏休み、二人は何度か彼らの町の周辺に散らばる林のなかを歩いたのである。濃い緑のかおり、絶え間ない蟬しぐれ、そして木の葉をゆする風の息――すべて晴れた空の色をうつしていたのに、その色と融けあうふれあいは頑ななくらい育たなかった。異性とつきあった経験のない修二が何を語っても稚拙にりきみすぎたとすれば、相手もそういう彼を受け入れられるほどふくよかに熟れていなかっただけか。ときとして峰子のおもてにさざ波だつ微笑にすくわれ、まばゆげに近よりかける瞬間があったことはあるものの、その彼の前できまって微笑が汗をはらって凍りついたものだ。修二はそのように感じ、そのような糸のよじれにも似た齟齬に疲れはてたが、疲れたのは彼ばかりではないらしく、相手もしだいに寡黙になって、何かしら時機をうかがっているようにみえ、そのあげく別れるが早いか顔をふせて小走りに去っていった……。

「明日はお休み？」と、その峰子が火鉢のむこうにすわりながらいった。紅をさしてきたのだろう、さきほどは青白く透きとおるようにみえた頬に桜色がうっすらとただよっている。

「いや、べつに……」修二の舌はまだ物思いをひきずって、充分にほぐれていなかった。

「じゃ、学校の寮へは今晩お帰り、それともあしたの朝？」

「まだ考えていないんだ。うちに寄るかどうかも……」

「お寄りになったら。きっとお母様がお待ちかねよ」

「どうだか……」

修二の口から小さな笑みがこぼれた。ふと割りこんできた母親へのこだわりのせいではない。たどたどしい実状にもかかわらず、久しぶりに会うことができただけに、これでも峰子との会話がいつになくうまくすべり出しそうに思えてしまった証拠ともいえる。が、案のじょう、ほとんど同時に会話がとぎれた。彼はそれきり話の緒をさぐりあてられずに黙りこみ、峰子はそんな彼の苦い含み笑いと沈黙から目をそらして、

「しぐれそうね」と、かたわらの窓ガラスのほうへつぶやいた。

実際、窓にはしらじらと灰色がはりつき、そのとき風が強くそれをたたいた。と、それが合図となって、口をとざした修二のなかに、ゆうべ寮の窓で鳴っていた木枯しの音がもどってきた。——昨日も、彼は夜になって三角くじ売りのアルバイトから寮へ帰ったが、三階建て四棟の寮の窓はあらかた真黒であった。ところどころぼやっとだいだい色がにじんでいるのは、室内の焚火の反映にちがいない。よくある停電のためとはわかっていながら、こう風が強いと、まるで灯《あか》りを吹き消しただけでは足りない闇の精が跳梁してでもいるように思われるのだ。

十人の寮生を収容する彼の部屋も真暗で、なかには冷えきった空気だけがいわばじっと固まっていた。みんな明るさと暖をもとめて、彼の留守中にどこかへ散ってしまったらしい。しかし、なんとか闇に目が慣れてゆくと、おなじ一年生の熊坂が食堂からはこんでくれたのであろう、机の上にポツンと見なれた飯盒があるのが見えてきたので、いつもの伝で、修二は蓋をあけ顔をつっこむようにして、冷えきった給食の水とんをすすりあげた。奥歯がかちあい、頭の芯まで凍りつきそうだ。いつものことながら、腹がみちるはずもなく、窓を打つ風の唸りに骨をかまれるような痛みさえつのっていった。そのため、しばらく部屋のなかをただやみくもに歩いてみたが、スリッパの音がむなしくきわだつだけで、焚火用のバケツにつきあたっても、それを手でおこすのにさえ逆らうほど肩の慄えから逃れられなかった。

やがて、どこからか目を射る白い紙きれの存在に気がついた。つられて目をこらすと、それは彼の机とならぶ熊坂の机の上にあって、何か書いてあるらしいこともわかった。修二は急いでマッチをすった。しばしば停電の夜を徹して、実存主義だの、社会主義だの、主体性だのと喫緊のテーマをめぐって論戦がくりひろげられた名残りとして、ローソクのしずくがつくった堆積はいたるところの机上にあったから、マッチ棒のかけらをそのどれかに突きさして点火すれば、つかの間は原始時代をほうふつさせる明りが得られる寸法なのだ。

「さようなら、友よ、虚偽の世界よ！」とだけ、その紙片には乱暴に書きなぐられていた。

どうすべきか――何ひとつ思いつかないまま、修二はとりあえず下駄をつっかけてふたたび外へ出た。裏門から街へ行く道すがらには灰黒色の焼け跡が累々とつらなっていて、そこは彼らが浮浪児や娼婦たちにマントの裾をとられながら尽きることなく論争をかわしたところでもある。だが、瓦礫や木ぎれが散らばるほか、あたりには耳を切る暗い風しか流れていなかった。結局、彼は電車に乗って、熊坂の故郷へのターミナル駅まで行ってしまったが、折りかさなるようにしてコンクリートの床に寝そべるくたびれた衣服の人群れのあいだに、友人の軍外套を見出すことはできなかった。

修二の場合、近所の先輩から譲り受けた古着のマントで、どうにか旧制高校生らしい見てくれをひるがえしていたが、士官学校くずれの熊坂が国防色の軍外套を手放さないのは、ただもう経済的な動機からで、まさか敗戦で崩壊した帝国陸軍へのノスタルジアなどがあずかっていたわけではあるまい。修二もそれを疑いはしなかった。といって、その外套から舞いあがる何とも埃くさい地熱といったものと、「虚偽の世界」にさよならを告げる神経繊維とが彼のなかでなめらかに結びつこうとはしなかった。それどころか、熊坂よりなお年若い修二の胸底には、世界の虚偽ゆえに行きくれる者が自分以外にあろうなどとは思い及びもしない、なにか「出し抜かれた」という敗北の衝撃のようなものさえ脈打っていた。もはや友人を捜すでもなく、彼は人波に小突かれつつしょんぼりとまた暗黒の寮へ舞いもどった。

彼がひきあげたのはむろん寝室のベッドのなかだ。いまさら机のある自習室にすわってみたところで、闇と寒気と空腹にさいなまれる以外に何の成果があろう。しかし、どのベッドもからっぽの北むきの寝室にひとりで横たわっても、木枯しの唸りがいつになく荒々しく押し入ってきて、いくら寝具にくるまってもからだが温まらなかった。窓にうつる、そこだけ別世界のような遠い灯りは占領軍宿舎のものであろう。呆然とそれを望みながら、彼はいつかなまぬるい液体が目尻から耳たぶへと糸をひくのを感じていた。

峰子をおとずれよう――そう心に決めたのはその間のことである。夏のおわりに彼女が交を断ちたいといってきてから、怒りをはらんだ彼の手紙がいくつか梨のつぶてに終わったあげくのはてに、つい二、三日前ようやく彼女から返事がとどいたのだったが、そこには、例の「愛は分裂的であっていいのでしょうか」という不可解な文言のほか、再会をほのめかす言葉のかけらもなく、ただ、修二とほぼ同時期にはいった女子大の寮の集団生活が耐えられず、いまは休学して自宅にいる、という近況の報告だけがそっけなく紙面を占めていた。虚偽だ、と彼はあらためて歯がみしないわけにはいかなかった。そして、真情をひらかないからそのように故なく苦しむのだ――つづけてまたそうも思ったが、その思いも育ちしぶったまま凪にひきちぎられるのを、ひとり暗がりで目をみはって聞くともなく聞いていたのである……。

「ぐあいはどう?」と、修二はやっと重い口をひらいた。

「いいの、とくべつなことはないの」峰子はそういってついでのように肩にかかる髪の毛を手ではらったが、窓にむけた顔はいぜんしらじらとこわばったままだ。

「だけど、何でもなくて休学するはずはないじゃないか」

「でも、こんなこと、人にいってもしょうがないでしょ」

「人にいっても……」修二の口もとがひきつれた。相手のいう「人」が彼自身とかさなって聞こえ、これまで何度かあったように、峰子の目のふちをよぎった笑いの影から優越と拒絶の冷気をかぎとらないわけにいかなかったからか。少なくとももともに色づくことを許すような微笑とは思えなかった。

峰子の姉が茶菓をおいていった。菓子はふすままじりの小麦粉をフライパンで焼いた手製のもので、二人はしばらく黙々とその味のない、小さくて温かなかたまりを頬ばった。うまいよ、腹がへっているから、とおおらかに笑いあうことができたら——そんな焦りが泡だつのに耳を傾けながら、

「ゆうべ寮の同室の者が」と、修二はようやく話の向きをかえた。「遺書みたいな紙きれをおいて姿をくらましてしまったんだ」

「そう、自殺？」峰子の目のおくが一瞬キラッときらめいたようにみえる。

「そのつもりだったらしいけど……」

「実行できなかったってわけ？」

「まあね」

寮の寝室で修二がほかにだれかいることに気づいたのは、もうほとんど朝であった。ひどく永いあいだ重い物体に圧迫されるような胸苦しさをおぼえていたのだが、そこからやっともがき出たとき、それを促したのが熊坂のベッドのきしみで、彼が何ごとか呻きながら寝返りを打っているのを知ったのである。

「熊坂か？」と彼が声をかけると、「ああ」と、萎えたような低い声がかえってきた。それきり二人とも黙りこみ、言葉をかわさぬまま別々に寮を出てしまったので、その友が何を思って、どこをさまよい、そしていつ帰ってきたかも、いまはまだ推察の道筋すらつけようがない……。

「あたしも死ねたらいい」と、峰子がそっと投げるようにいって唇をかんだ。

「みんなそう思ってるよ」と、修二もぶすっとして唇をかんだ。

「うわっつらでならね、こういう時代ですもの」

「時代？　たしかに関係があるだろうね」

「どうかしら。本心をいえば、どっちでもあたし自身はかまわないけど……」

「時代の質量が個人にたいしてどのぐらい作用するか、それは考える値打ちがあるよ」

修二は声帯をひきしめてゆっくりとつぶやいた。すると、つね日ごろ目にする、敗戦の実体のような荒涼たる焦土が脳裡によみがえり、そのなかを人群れが薄ぎたなくよぎってゆくのが見えてきた。ある者は屈し、ある者は傍若無人に喚きちらしている。とりわけ彼の同世代はとまどいにひき裂かれて……。そうだ、それもこれも考えてみるに値しよう。だが、実のところ、そうした周囲の実相とは何のつながりもなく学寮にたてこもっていただけの彼には、はた目にもその呟きの実質と切りむすべそうにない鈍色《にびいろ》の光背がまといついてでもいたのだろうか。峰子が下をむいて小さく吹き出した。

「なぜ？」修二はなじるように目をみはったが、

「死ぬってほんとうはむつかしいこと」と、峰子は横ずわりぎみにすわりなおし、「実際に死ぬって、それを抽象的に考えたり、夢想したりすることとは桁ちがいのことなのよ」

「しかし、考えることとそれ自体は無駄じゃない。ほんとうの思索は抽象的な行為とは相容れないはずだから」

「でも、いったい何のために考えるの？　死に親しんでひきよせるため、それとも克服するため？」

「それも思索の対象になる。そのことによってはじめて、自分の存在を確認できるといった哲学者もいたじゃないか」

「違うの。あたしはあくまであたし個人に即していってるのよ」

「その実体をきみ自身がどれくらい認識しているか……」

「ひょっとして、してないとでも？　どうしてなの？」

「把握しにくいけど、だって、きみはいわば学校の寮生活から逃げたわけだ。きみのいう集団生活からね。ゲーテの対話集によれば、人間は心のなかでしか真の自由をもちえないということだ」

「そういうこととは次元が違うの」と、また小さいが鋭い声がはじけ、豊かな髪の毛のあいだで顔の肌がひときわ透きとおった。「あたしはただいやだったのよ、複数で存在すること、心を抑え、うわべをつくろいながら傷つけあうのが。それに……」

「えっ？」

「いいわ、どうせわかってくださらないんでしょ。あたし、いまも頭が裂けそうなの」

「………」修二は唾をのんでうつむいた。ふたたび峰子の目のふちをかすめた薄い笑いのしわざである。「頭が裂けそう」とは彼女が以前にもくちばしったことで、そのあとではきまって「神風」の手拭いで頭をしばった少女が修二の夢にあらわれたものだ。しかし、熊坂をまつまでもなく、それとて虚偽の片われなのでは？――いままた彼は打ちはらうために叫びたかった。ひとつ部屋のなかの自意識の葛藤なら、熊坂や峰子ばかりか、おれだって、いや、このおれこそ人一倍ひきまわされている、と。

だが、実際には彼の唇は凍てついたように動かなかった。峰子の手紙にあった、愛は分裂的うんぬんの一節について尋ねる隙間などどこに見出せるだろう。いま無器用にあたりの空気をゆるがすなら、何かが決定的に裂けてしまうのではなかろうか……。

そうこうするうち、いきなり部屋の窓ガラスがあき、冷たい外気がそこから流れこんできたかと思うと、

「峰子」と、太い声が聞こえ、立ちはだかる大柄な、少なくとも修二にはそのように感じられた人影が目のすみに捉えられた。あっという間の出来事で、「ああ、お客さんか」と、わざとらしく吐き捨てる言葉とともにまた窓がしまった。

「父なの」と、しばらくたってから、峰子がこころもち小声で彼に告げた。「うるさいんです」

修二はしかし、いぜんうつむいて、すっかり灰になった火鉢のなかを見つめていた。それじゃあ、今日はお邪魔なようだから、と如才なく腰をあげられるようなら、ことの経緯がはじめから違っていたはずだ。歓迎されざる客人――そういう現実も、これまで以上にとがった棘となって刺してくる。いつか風がやんで小雨のささやきらしい物音が聞こえ、その音にまぎれて、刻一刻、冷湿な空気が全身をしめつけてきた。

「帰るよ」と、さすがに沈黙の重みにもいたたまれず、とうとう彼はつぶやいた。もっとも、立ちあがったのは、そのままなおしばしすわりつくしたあとのことである。

峰子も立ちあがった。修二には顔を見せなかったが、玄関をあけて、雨――といった声は意外にも少しうるんでいた。

「傘をもってらして」

「いいよ、このぐらいの雨……」

「じゃ、そこまで」

峰子がそういって女ものの傘をひろげたので、彼はそのなかに入って赤い柄をにぎった。

小道には人影がなく、灰色のたそがれだけがけぶっていた。この道をひとりさまよったいくつかの夜がよみがえると、さらにそれ以前、あの無気味な警報が鳴りわたったころ、動員先の工場で地下壕の入口からさしこむかすかな明るみにほのめいていた「神風」の鉢巻も浮かびあがった。女学生たちのおなじ装いがあまた重なっていたにちがいないのに、彼の目の裏には、峰子とその鉢巻との組合わせというただひとつの影絵だけが焼きついている。峰子にむかって彼の動悸が打ちはじめたのがその刹那で、それから何日も、都心からであろう、焼けただれた罹災者の群れが流れおちてゆくのをながめながら、その動悸が荒れさわぐのに酔いしれたものだ。そうである以上、せめてひとつ傘の下でつたわる峰子のぬくもりだけでも、それら過去のひとこまひとこまを保温するために実在していてほしいではないか――。

「二つの心がひとつになることってほんとうにあるかしら」と、その峰子が気づまりげに話しかけてきた。

「さあ……」修二は下駄に泥がはねあがるのも気づかなかった。ためらいがちながら、ようやく心がたがいにいくばくか歩みよれるかもしれない。

「やっぱりないでしょうね」

「映画にはあったように思うけど……」

ヨーロッパの美しい悲恋映画が砂漠のような廃墟をうるおしていたころである。

「そうね、映画にはね。でも……」

「なに？」

「いいの。あたしもまたそんな映画を見たいわ。いつか連れてってくださる？」

「うん、きみがよければ……」

修二はここでわれ知らず目をとじたが、その瞬間、

「でも、あたし……」とつぶやくが早いか、並んで歩いている人に変動がおこったのを感じた。芳《かぐわ》しくそよぐ微風があったのである。ふりむくと、紺色のスカートをひるがえしてぬかるみ道を

雨脚のかなたへかけてゆく峰子のうしろ姿が見えた。

このあと自宅に寄ったかどうか、修二はもうはっきりと憶えていない。母親と兄弟がいる自宅からあまり遠くない峰子の家まで来て、そのまま寮へ帰るべき必然性があったとは考えられないが、かといって、そういう可能性が排除されもしないからである。いずれにせよ、当時わが家へむかう彼の足どりはいつも軽くなかった、まるで心身が温まることを拒まれるぶんだけ片意地がそこにたまりでもするかのように。

といっても、衣食にすらこと欠く当時の一般の状況が投影しただけ、と括ってしまうわけにもいかないだろう。彼の家では、まだ学生の兄と修二と弟の暮らしが主として早く未亡人となった母親の働きに依存していた。主として、というのは、彼ら兄弟も多少は金銭を稼いでいたからで、修二が家庭教師やくじ売りをすれば、兄も私立大学の夜間部で事務のアルバイトに従事するというぐあいだった。もちろん、戦争が終わってからは、家の備品ともいえた神棚やご真影といっしょに睡眠や勉学の障壁もとりはらわれて、男の兄弟の行く手に期待の灯りが照りはじめたことは否めない。それでも、自意識のうずまく学寮からときたますりきれたように帰宅する彼を迎えたのは、だれもいないがらんどうの家とか、ミシンを踏む母親の制御のきかない呻吟とかにすぎなかった。彼女は勤めのかたわら、買出しはもとより、企業不安定のあおりをくらって夜なべまでしなければならず、そこへ痔疾も加わって、みるみる衰弱の坂を下りつつあったのである。

そのため、その日も彼は、峰子の家からしつこくついてくる欝屈をときあぐねて、夜のうちに母親と兄弟のいる陋屋を去ってしまったかもしれないし、貝のように口をつぐんで布団にもぐってしまったかもしれない。いまだにうらぶれた形で彼の記憶にしみついているひと皿の外米の冷や飯は、その翌朝、寝床から出ようとしない彼のため出勤前の母親が盛っておいてくれたものとも考えられる。母親の衰弱をミシンゆえと断じた兄が母の留守中にそれを売りはらい、そのあと兄弟が声高に悲嘆する彼女をかこんで呆然と夕陽をながめたのも、いずれその前後に起きたことである。

しかし、そのような陰欝だけが修二と峰子との行きちがいを一方的に決定した、と結論しうるわけでもない。彼女の父親の態度からもうかがえた、彼が彼女の家族に疎んじられていたという事態も無関係ではないはずだった。もっとも、彼女の父親がある不正事件にまきこまれて退官をよぎなくされた地方官吏だったことや、彼女の兄が南方の戦場から帰ってこなかったことなど、当時の修二がどこまで理解できていたかとなると話は別である。ただ、まだ十七歳の少女が親の主導による婚約でしばられ、そのために神経の乱れを制しえなかったことに、そのような家庭の不如意もからんでいたらしいとはどうにか感じとることができた。そして、その婚約の事実を彼が峰子の口から聞かされたのは、その年の暮れ近くふたたび静養中の彼女をおとずれたときのことだ。

「おれはわが耳を疑った」——彼の日記にもそう記されている。やはり電気のつかない夕方のことで、修二は事実、部屋のなかにはりつめる寒々しい暮色が裂けるかと思いながら、その暮色のかなたで峰子の顔が蒼白に凝固するのを見ていたのだった。そして、その数日後には、映画鑑賞どころか、熊坂たち寮友と安物の焼酎をがぶ飲みした彼が、夜ふけに峰子の家の木戸にぶつかって板戸もろとも倒れるというひと幕もあった。

そのとき彼が何を叫び、どのようにあの小暗い裏道を走り抜けたか――翌日の午後、彼の家にあらわれた峰子も口をとざして語らなかった。彼女はただ縁側にあさく腰かけ、狭い庭にただよう薄日を前に、なにか虚無にでも見入るようにつねになく目を細めていただけといえなくもない。むろん、目的なしに来たわけではなく、立って門を出たところで、「もう家《うち》へは来ないで、両親の手前」と、まばたきもせず通告することとは省かなかった。

「…………」修二はつい目をとじた。吹きつける言葉を避けるとっさの反応でもあれば、二日酔いの破れるような頭痛がかけすぎるのを待つためもあったかもしれない。だが、結果として、目をあけたときには、ふたたび峰子の遠いうしろ姿しか見えなかった。

その後、修二は目にみえてあおじろく痩せていった。心に打ちこまれた衝撃のためだ、といってしまえば辻褄が合うが、成長期にこうむった無理や欠乏のかずかずもけっして無視するわけにはいかないだろう。とにかく、彼が数日血痰を吐いたばかりか、肋膜炎をも併発して学寮から敗退するにいたったのは、なお一年あまりがすぎてからである。

が、それまでも、またその後の療養所ぐらしのあいだにも、二人の交渉が消えてしまったわけではない。会う機会こそ間遠になりはしたけれど、細ぼそとながらそれが尾をひくことができたとすれば、修二において、峰子の内部の葛藤にたいするあおくさい独断がおもむろに薄れていったのと並んで、ふたたび女子大へ通いだした彼女においても、触覚の尖端が少しずつなごんでいった——そういう時の恵みが働いてくれた証しともいえよう。

それでも、何かのはずみで衝突が割りこむことはあった。たとえば、中学時代の友人によって、峰子の婚約者の輪郭が彼のもとにもたらされたときだ。それによれば、彼女の父親の退職にまつわる事件には、法律家である婚約者の父親の尽力があずかっていたうえ、その婚約者のほうもすでに三十の坂をいくつかこえているというのだった。

修二は安定を失い、例によって胸苦しさにかられて弾劾すれすれの手紙をしたためたが、そのため峰子があらわれると、その相手がしまいにすすりあげるまで、歯をくいしばるばかりにしておし黙っていたもので、似たようなことは、のちに峰子が病気見舞いに来てくれた折にも二、三度はくりかえされた。

修二が療養所を去ったのは消滅寸前の旧制大学にかけこむためであったが、その彼を評して、知人の多くは目つきがいささかやわらいだといった。身についた学寮的な傲岸に逆らって、木造病舎にひしめく薄倖の人間群が織りなす世界としだいに融けあっていったたまものであろうか。あるいは、あいかわらずの占領下とはいえ、とにもかくにもどん底から這いあがりつつあった時世と彼個人の年齢的な成熟とがひびきあった結果のあらわれとも考えられる。ともあれ、事実として、松林にかこまれた病棟でつぎつぎと血を吐いて死んでいった親しい人たちの呻き声が彼のなかで鳴りつづけていた。その世界の延長線をたどって生きること——彼はそれを自身に課したのである。

そのころ、ある奇妙な夢が彼をおそった。鉄かぶとを背おった少年そのものの彼自身が、身をつつむ国防色にはえて初々しくはにかんだかと思うと、「おれはお前の背信が許せないのだ」こう叫びざま、やにわに刃物を突きつけてきたのである。苦しそうにうなっていた、とあとで寝床を並べる兄弟が証言したが、はたして彼は眠りからさめても、冷えた寝汗にまみれて動悸が静まらなかった。戦慄が通りすぎるのを待つしかないような気持ち――とはこういった情動の謂いであろう。

が、考えてみれば、峰子との出会いの時期を染めていた人生へのおののきの色調からやおら否応なく脱しつつあったのが、この時分の修二の位相といえたのではあるまいか。もとより、先だった何人もの同病の知人たちとひそかに心を重ねあわせてもいたから、といったら誇張になろう。明日にも自分に死神が爪をたてると信じるにはまだ若すぎたせいであるが、にもかかわらず同時に、そのような世界をひきずりつづけるうちに、いつしか封じがたく老成のヴェールをまとっていったことも否めないだろう。その日とくに彼が峰子をしのんで、彼女がすべてだった生の季節から蝉脱してゆくわが身を哀惜したかどうかはともかく、頬のあかい少年の日の自分に不意をおそわれてもおかしくはない、いわゆる人生の分岐点にさしかかっていたことは確かなのだ。

療養所を退院してまもなく、修二は「新地組合」のつつましいアーチ門をくぐった。自分に課した世界の延長を生きるにしては、われながらさもしすぎる気がしないでもなかったが、淡く灯のただようその区画が峰子の家に近いからといって、臆しながらも彼の足がとまることはなかった。もはや峰子がそれほどあわあわとしか干渉しない証しでもあろうか。帰途の道すがらにあおいだ月も複雑にかげってみえた。そして、その年の春、修二の二年おくれの大学入学を祝いがてらあらわれた峰子は、いよいよ彼女自身の結婚が数日さきに迫っているとも告げたのである。

「あんまり待たせるわけにいかないでしょう」と、彼女は弁解がましくとぎれとぎれの口調でいい、

「そうだろうね」と、修二もただうなずいた。ほかにどんな対応の仕方があろう。なにしろ、彼が彼女の婚約を聞かされてからでも三年以上はたっていたのだ。ましてや結納で新調したかもしれない峰子の和服に、「神風」や地下壕の名残りのいくばくかをみつけられるはずもなかった。それからどのような会話がかわされたか、なぜか当時の彼の日記のどこにも書きとめられていない。ただ、

「あなたって、こういう人だとは思わなかったわ。なんだか意地悪してるみたい……」こういいよどんだ二十一歳の峰子のかすれがちな抗議の声だけは修二の耳に残っている。たぶん、彼が心にもなくもてあそんだ冗談のどこかに、結婚をひかえて昂ぶっていた峰子の心の内奥のひだにまでとどく棘があったのであろう。

峰子が来たとき、彼の家では別室に母親が横たわっていた。修二のなかに巣くっていた結核菌が、ちょうど入れかわるかたちで、疲れのたまった母親のからだをむしばみはじめたのである。そのため休職をよぎなくされていたから、大学にはいったとはいえ、彼の未来はいぜん明るくならず、病棟から自宅へあらたな試練と貧寒をしょいこんでひきあげてきた彼には、峰子の内部をいたわることのできる余裕のおさまる隙間などあいていなかった。彼のざれ口調にとげとげしい

反語《イロニー》がひそんでいなかったとだれが保証できよう。それどころか、彼女が髪に手をあてたり、頬をおさえたりするはずみに着物の脇からきらめく素肌に、修二ははじめて息をのみさえした。そのような峰子の身ごなしがかつてなく不安定なら、彼もすでに彼女の家のむこうの「新地」とつながりができていたのだった。

「もう会えないわね」と、峰子はおくりに出た修二に念をおすように声をかけた。その頬をおおう透けるような白さがいつにもまして冷ややかにみえ、

「わかってるよ」と、彼はいわれるままにうなずいた。

「こうして少しずつ年をとってゆくの、ときどきなんだかとってもさびしくて……」

「仕方がないじゃないか」

「のんきそうね。あなたには何の悔いも残らないの？」

「いや、悔いっていえば、これからも重なるばかりだと思う」

「ほんとかしら。でも、人は後悔では死なないらしいわね。あたしにしても、以前はあんなに近くにみえた死神が、気がついてみると、どこか遠くへ行っちゃってるもの」

「そのうちまた自然に近づいてくるさ」

「ええ、それもそうかも……」峰子の口もとから人通りの少ない春の日の住宅地の往来に疲れたような笑い声がころがっていった。

「そうすると」と、修二がにこりともせずさえぎった。「きみは何か後悔してるっていうわけ？」

「べつに……。あなたは？」

「べつに……」

二人はかなり間をおいておなじ台詞を投げあい、小さくちぐはぐに笑いあった。あとから思えば、そこにはまだ若い息吹きが押しとどめがたく噴きこぼれていたにちがいない。しかし、その時点では胸を絞られるような疼きしかなく、ちょうど二人の家のあいだに介在するひとかたまりの街が見えてきたのを機に、修二は足をとめた。いつも別れることにしていた曲がり角である。

「さようなら。グッド・ラック」と峰子がいった。とっさに英語をえらんだのは、やはり糊塗すべきおもはゆさにつきまとわれていたということか。

「………」修二はうっすりと口もとをほぐすことしかできなかった。

「さようなら」ふりむいてふたたびいうと、峰子はゆっくりと遠ざかる和服のうしろ姿になった。とうとう指一本ふれなかった人のうしろ姿だ。修二は頬がひきつれ、どんな苦笑いも仮借なくはじかれるのをおぼえた。


熱風にまかれて修二が何やら叫んだのを、熟睡中の房子は聞きとがめてはいなかった。それでいて、彼が異様な夢にさらわれていたらしいことだけはおぼろに気づいたとみえ、彼が寝床でゴソゴソしはじめると、

「ずいぶん悪酔いしたようね。だれといっしょだったの？」と、さっそく彼女はきいた。

この日はさいわい授業のない日で、修二が目ざめたときには、すでに房子が干した洗濯物がテ

ラスで淡黄色にひるがえっていた。

「学生だよ」と、修二は寝ころんだまま気のない返事をした。「そのあとひとりで飲みなおしたけどね」

「生意気な学生さんたち？　何だかだといまはやりの告発なんかする——」

「さあ、それほどでもなかったみたいだけど……」

「だって、そうでもなければ、あんなふうにうなされるはずはないじゃないの」

なるほど、「告発」というキャンパスの流行語を世間一般の理解の範囲にとどめるなら、稲葉たちは直接的にも間接的にもそれを修二につきつけたといえなくはない。彼らの私立大学では、それはまだ緒についたばかりで、観念と口舌の運動以上のゆさぶりはかけておらず、それが具体的なかたちで打ち寄せてきたとき、どう受けとめるかもまだまだ彼の実感の外にあった。にもかかわらず、ここなら個人的に住みつづけられると思われていた大学という職場が、ほかならぬその地平でくずれそうな気配をみせていることは、彼自身にも予感できたし、少なくとも昨夜、稲葉と直美がその意味で彼に不意打ちのたぐいをくらわせたのは事実である。とりわけ直美は、峰子に似た顔だちとそのしぶくような言葉を吹きつけてきた。峰子が直美のように語らなかったのは、あの灰色じみた廃墟の時代にかえってふさわしい景観といえたかもしれないが、いま修二としては、蕭条と慙愧の念にかたむかずにはいられなかった。もしもあのころ柄にもなく峰子が直美のようでありえたら、彼のなかにわだかまる廃墟ももう少しのびやかに照りはえることができたのでは？　あるいは、それこそあらずもがなの……。

「でも、結局はあなたが悪いのよ」と、房子がつづけて一気に彼のなかの物思いの渦をかき乱した。「なにも飲みなおさなくたって。待ってるあたしの身にもなってみてよ」

「ああ」修二は天井へむけて眉をひそめた。何だろう。せっかく結びかけたイメージの行くえが屈曲させられたきり戻ってこようとしないのだ。それでなくても、頭蓋の内壁を二日酔いの疼痛がはいまわっているというのに。

「好きなときに好きなように飲める。うらやましいわね」

「まあ、そういうな」

修二はそれ以上いいかえさなかった。彼が大学教師になってから見合いで結ばれ、日々の安らぎをつむぐことに専念してさえいるような房子を、いまさら突きくずしてみたところで何になろう。これまでそういう試みをしなかったわけではないが、いずれも中途半端なもので、結局のところ、それらの試みがもとでいっそう自分を塗りこめることに終わってしまった。だが、それだけに内心の哀切をそそるものがなくもなく、

「子供たちはもう学校へ行ったのか?」と、彼は口ごもりながらきいた。

「あたりまえじゃない。どうして……」

が、その瞬間、修二は房子の手をとってひきよせた。ちょっぴり抵抗があったが、十年も連れそったあとでは、それも共犯者の諒解のしるしのようなもので、いちおうの決着がつくまでのあいだ、テラスでゆれる白い洗濯物がまったく視野の外へ消えてしまうこともなかった……。

「いやねえ」と、房子が修二のよこに寝そべったままささやいた。その声に微笑がまじり、そばかすの散る頬が薄赤く午前の光を吸いこんでいるのが、彼には見なくてもわかる。

しかし、彼は私たちのあいだでひとつの異彩であった――とはじまる文章を修二はようやくたぐりよせていた。先刻むすびかけたイメージも実はこれとかかわるらしいのだ。ある美学者のじみな学術上の出版を祝って、友人である高名な評論家が書評新聞にかかげたもので、読んだのはたしか去年の秋か冬の初めのころである。彼の胸に鮮烈な衝撃をたたきこむ一文であった。それがなぜこの交わりのあとのものうい午前の光のなかへまぎれこんできたのか。いや、このものうさとて、久しぶりにあの薄暗い小道を呼びもどしたが故の酬いであるとすれば……。

「彼は私たちのあいだでひとつの異彩であった。私たちが日本の中国侵略に賛同はしないまでも、絶望的に沈黙をまもるほかなかったころ、彼の周辺にだけはまだ自由が息づいていたような感じなのである。彼が屈強な闘士だったわけではない。むしろ病身ともみえる痩せぎすの学生であったが、彼の家には、女では珍しく政治学を専攻する陽性な姉がいて、時局について才気煥発な批判をはばからなかった。私たちはいわばその雰囲気にひたるため、しばしば彼の家に集まったといってもいい。彼自身は私たち以上に寡黙であったが、静かなな水は深いの譬えのごとく、姉の弁舌を敷衍《ふえん》して心中深く期するところがあるかにみえた。

しかし、卒業後まもなく兵卒として中国の前線へ徴発された彼は、ひどくやつれはて、ひときわものいわぬ男となって帰ってきた。かなり乏しくなった頭髪を風になびかせ、杖をついて郊外の林道を散策する孤影には、どうみても二十代とは思えぬ寂寥が刻まれていた。病気をえたというほか、中国で彼に何が起きたかを私は聞かなかったし、いまも聞いていない。いちど彼の姉が、男もつらい、としみじみ語ったのを憶えているだけだ。その沈黙の意味を、私はこの静謐にして精緻な美学論から汲みとることができるような気がする。

私たちの仲間はすでに五十の声を聞いてしまったが、早くから老いることを知っていた彼のもとでは、いらい時間がとまっているような錯覚さえ覚えさせられる。杖を片手にたたずみつづけたにちがいない彼の眼がいよいよ澄明なのは、友人として当然の喜びであると同時に、異様な驚きでもある。彼はいま姉のかわりに若く美しい聡明な夫人と二人だけで暮らしているが、研究室とその家庭とのあいだで練りあげられた思索と観照が……」

はじめて目にしたとき、修二はくりかえし活字の並びに喰い入り、流れすぎた時間も、自分の年も忘れて動悸が荒れすさむのに身をまかせた。問題の学者の名前からいって、「若く美しい聡明な夫人」が峰子であることは疑いを容れなかったからだ。といっても、十年以上も会っていない、彼とおなじく四十の坂にさしかかる峰子を如実に思い描くことなどできるはずはなかった。案のじょう子供は生まれていない、と一瞬ほくそえんではみたものの、結ぼうとしない相手の実像とは無関係に、目蓋のおくに明滅する遠い日の面影を追いつづけないわけにはいかなかったのである。

だが、ここで語られていることの概略を彼がまるで知らなかったということではない。たとえば、婚約者の姉という人物についても、彼女がしばらく峰子の出身女学校の講師をしていた関係で、まず二人の同性のあいだに生き生きと交感の灯がともったらしいことは、峰子の口吻から読みとっていた。一度など、彼女が知的な笑顔の写真を見せて、独身よ、私もこういう美しい人にあやかりたい、とひとりごとのようにいいそえたのを憶えているし、あるときはまた、戦地で反戦的な言動があったかどで拷問された男の人を知っているが、そういう人の内部には見かけ以上の強固なものがあるにちがいない、という意味の峰子の言葉を気遠く聞いた記憶もある。遠く聞こえたのは、その自分をさとすような述懐を彼の耳が本能的に忌避したからで、彼にはむしろ、どこかつらそうにゆがんでみえた彼女の口もとの印象のほうが大事だった。

要するに、かつて友人によって提供され、また峰子自身によってほのめかされもした彼女の婚約者の像は、それから時をへるにつれて彼の手でいささか貧相に修正されていたといわなければならない。それだけに、例の文章はそれをも、というより、それをこそ狙いさだめた槌のように機能したのだった。もっとも、それによって、峰子の婚約がまず周囲の要請と発案から育ったものにほかならない、という彼の抱懐する推定までが打ち消されはしなかったけれど……。

「何をぼんやりしてるの？」と、房子の声がしたので、修二はギクッとわれに返った。

「何でもないよ。だいたい何かであるわけがないだろう」

「そうならいいけど、また何か考えてることがあって……」

「違うよ」

修二は強くさえぎると、房子の手をはらうばかりにして起きあがった。そして、ゆっくりと口をすすぎ、顔を洗ったが、それから足を踏み入れたのは六畳ほどの狭い洋室である。房子が畳の部屋を片づけているあいだは、その先のさらに小さな書斎に入ることもできないのだ。ダイニングでも客間でもありながら、その洋室には子供たちの机やピアノや彼の電蓄などが所せましと居すわっていて、なぜか今日はうそ寒さまでそれらの形をなぞって凹凸しているように思われた。彼はわれ知らず肩をすぼめ、そのまま凹凸の切先のほうへくずおれてしまいたい気がした。どうやらおれは傾いている、と彼は思い、子供たちがいないのを惜しみながらも、その反面いなくてよかったと思いなおさずにはいられなかった。失われかけた平衡を子供ゆえにもちなおすのも何かしら索漠としている。

ところが、幸か不幸か、そのとき電話のベルが鳴った。いつもながら有無をいわせぬ物音で、電話線をつたわってきたのは、研究室を共有する三つ年下の同僚のややうわずった声である。

「お休みのところ申しわけないけど」と、その相棒はいった。「急いで大学まで来てくれませんか。いよいよ全共闘が教室棟のひとつを占拠しそうなんですよ」

「えっ、まさか」修二のほうもあわただしげな応答になった。もうすっかり現実に連れもどされている。こじれた学館問題を口実に過激派の学生が占拠という作戦に打って出そうな雲行きは、このところ学内に氾濫するあまたの文書にちらついていたが、こうも早く強行されようとは予想していなかったのだ。いや、すでに都内のあちこちの大学で「紛争」という名の嵐がうずまいていたにもかかわらず、自分の所属するところではそうなること自体を信じたくなかったというべきであろう。

「昨夜もぼくは稲葉なんかと話したんだが、そういうことは何も……」

「それはそうでしょう。ですが、とにかく集会をはじめて、さかんにアジってるセクトもあるんです。いざというときは説得に出てほしい、そのために待機しててほしい、そう学部長室から連絡がありまして。どうせ無駄でしょうけどね」

相手に合わせて、修二は受話器をおいた。音波がとだえると、にわかにキリキリと悪寒が牙をたててくるような気がした。さっき実際にくずおれていたら、このいらだたしい寒けも未知の恍惚にとってかわられていたかもしれない。ふと、くずれたい、と彼はだれにともなくひとりごちた。忘れかけていた言葉ではある。

「あなた出かけるの？」と、房子が扉のあいだから話しかけてきたが、とりあえず食事をとって出かけるしかないか、と気をとりなおしたばかりの彼としては、もはや彼自身の圏内にひびかぬ出来事として声がはねまわるのを見ていたにすぎなかった。

「デパートの大売り出しがあるの。子供たちったらどんどん大きくなるでしょ、セールのたびに買い足していかないとね。だから、駅までいっしょに行けるわ。ひょっとしてセーター買うとしたら、あたしのよ、どんな色のがいいかしら？」

いまでも中尾家の戸棚のすみには、「アメリカ軍の日本および朝鮮半島からの撤退を要求する！」「破壊活動防止法に反対しよう！」などという巻頭の辞をかかげたガリ版刷りのサークル誌が何部か残っている。すべて修二のすぎ去った学生時代のかたみである。それらの紙面には無名の人びとの感想文や生活記録や詩などが掲載されていて、会員の多くは彼の生家があった町の近辺に住む雑多な階層の青年たちであった。彼がその編集部に加わったのも、彼が療養所でへてきた世界の延長線を彼なりにたどりつづけるためにほかならなかった。

当時の大学にもすでに「全学連」の運動があり、またその傘下にさまざまなエリートの集団が形成されてもいた。とうぜん彼が志向する文芸を核にしたグループもあった。だが、修二にはそこで昂然と肩をそびやかす連中と親しむ気がおこらなかった。おそらく彼の肩は、あの松林のおくにひしめいていた呻きや自嘲や自己主張の重みにあえぎ、さらに婚家へと立ち去った峰子の名残りと、彼女にまつわるあの小暗い道のかなたにほのめいている淡い光芒をも背おいかねていたにちがいない。しかし、それなら、自慰の素朴な排泄のような短文がのさばってしまうサークル誌の枠にあまんじていいのか、となると、かならずしもそれを肯うわけにもいかなかった。彼が当時ときにかじかみそうな自分にいらだち、さして得るところもなく情熱がすりへるのを哀惜しつつ巷の彷徨に踏み出すにいたったゆえんでもある。

修二が大学にはいったのは、まだ荒廃のいろ濃い占領下、朝鮮動乱の余波と講和問題が沸騰し、加えて反体制の陣営にもようやく分裂と低迷がきざしてきた時代である。サークルの代表者として彼が地域の政治運動にまきこまれないはずはなく、回復しかけたからだがふたたびギシギシとがっていった。そうして、中核を占める政治組織の狭量もあって運動の外へはじき出されたのは、その翌年、講和条約と日米安保条約がまかりとおって、弾圧と反撃とが暗夜に火を噴こうとしていたころだ。よりによってこのような折も折に、と彼自身そういう難詰や自責の声を聞きはしたけれど、仲間うちの方針の混乱や粗雑な査問とやらに神経を踏みしだかれていった。おなじころ、旧制高校の寮友だった熊坂も、なにか秘めた感情があるのか、「性に合わん」とだけつぶやいて学生の組織を去った。

いまなお修二の耳の底には、その時分の都会のあちらこちらに散らばる荒廃地の草むらですだいていた虫の鳴き声が、彼がかみしめた無念の思いを増幅するものの象徴のようによみがえることがある。いまや公社の課長職について、見るからに汲々と肥厚しつつある熊坂とて、ふとその種の音色を聞きわけて瞑目するときがあるのではあるまいか。

それにしても、当時、母親が快復にむかっていなかったら、もっととめどないぬかるみが修二をさいなんだことであろう。さいわい、家族のだれかが買出しに歩きまわらなければならないような時代も尽きて、兄が正式に就職することで、彼の家にもいちおうの見通しがたちかけていた。先まわりしていえば、修二の大学卒業と前後して、母親の休職は無事に退職へと移行することができ、彼ら兄弟が順次結婚をはたすと、かつての試練につぐ試練がまるで嘘のように、ときおり会う姑と嫁、嫁と嫁、兄と弟、また夫と妻との角逐といった市民的な正常を絵に描いたような相関図さえ形成されてゆくことになる。病みやすく扱いにくい修二ゆえに病床の母親がしばしば見せた、あのいかにも切羽つまったけわしい形相ももはや呼びもどしようがない。

例のサークル誌は、彼が卒業するまではなんとか生きのびていたが、誌面も発行の間隔もしだいにまばらになって、どうみても両手をひろげて守りとおす気にはなれなかった。修二の青春がなお燃えのこっていたとすれば、それが焼尽したのはむしろ裏街の彷徨においてだった。といって、だしぬけにそのほうへ傾いてしまったわけではない。すでに峰子の実家のかなたに横たわる「新地」と細ぼそとながら交わりを結んでいた修二である。ただ、もともとおのれに寛大な者と、おのれを律しようと努めてきた者とのあいだには落差があって、彼自身はそうしたひとときのなかにも落下の気色《けしき》をかぎとらずにはいられなかった。

街にはいたるところ旋回する新時代の軌跡がうがたれつつあることは見まがいようもなかったが、それでいて、せっかく装いを改めた大半の盛り場には、行きくれたような男女の喧噪と臭気がいぜん薄ぎたなくむせかえっていた。修二はそこで、たいていはひとりで、ときには気のおけない友人と連れだって、連打式のパチンコにふけり、安い焼酎を飲み、アルバイトで得た百円札に余裕があれば、さらに足をのばして場末の「赤線」へ流れた。峰子の実家の前から暗い間道をぬけて、すでに見知った灯のむれる区画へ落ちることも少なくなかったのはいうまでもない。かつて彼のときめきを聴いたはずの薄暗い小道も、もはや負けず劣らず暗い目をした彼の通過を黙々と見まもるしか能がなかった。

いまも彼は外国文学を専攻しながら、内心では頑ななまでにその研究を学とみなす自意識を斥けているが、そのためにいっそう重畳する恥のコンプレックスは、このような底暗い深みに根をもっていて、なまじ昼の光のもとで掘りかえせるようなものとは思えない。何にせよ、いちど緊密な集団からはみ出た者が、のうのうと別のギルドにまぎれこめないのも彼にとっては当然すぎる道理なのであった。

三年前、修二は母親をたずねるつもりでこの町へ来て、目的をはたさずに妻子のもとへ帰ったことがある。駅前から母の住む家とは反対方向へ道を折れたところ、かつては掘立小屋にすぎなかった飲屋が内部から電光を照射する新築の店にかわっているのを見て、つい足を踏み入れ、そのまま盃をかさねてしまったのだ。といっても、主人や女将と昔語りの花を咲かせるという次第にはならなかった。十年という歳月が記憶を妨げたのかどうか、彼はそこに顔見知りの相手をみつけることができなかったまでのことで、そのつもりで入ったわけではないにしても、そんな成行きも作用して、いわば醒めたまま深酔いにおよんでしまったようだ。

が、ともかく、彼はそのとき久しぶりにふらふらとほど近い小道まで足をはこんだのである。そのなじみの道からはしかし、とっくに峰子の実家がなくなっていたにとどまらず、そこから通りなれた間道をぬけて「新地」通りへ出ても、予想どおり、かつてその上空にだけたちこめていた光のもやはなかった。そこに息づいていた世界が法令によって滅びてから何年もたっているのだ。修二がときたまおとずれた店は旅館にかわっていて、そのおくでの営業を暗示する薄明りをはらんだ窓のカーテンも、もはや以前のように通りから望むことはできなかった。以前この舗道の両がわに点々とほのめきながら、嬌声をあげたり、必死に笑いかけたりした人影のあろうはずもない。

あらためて記憶をまさぐるまでもなく、結婚に踏みきるまでのあいだ、修二はそのおなじ店でアキ子と名のる三人の娘と知りあった。二年おきぐらいに別の娘が名前をつぎ、ついでに一部の客までひきついだ模様なのである。いずれも似たような趣きなので、あがった部屋までおなじだったかどうか、当時ですら判然としなかった。ただ、見てくれの印象といい、客あしらいといい、おなじ源氏名を名のったのが不思議なくらい異質な三人だった、ということだけははっきりと憶えている。第一のアキ子が廃墟の反映のように荒涼と瘦せていたのにひきかえ、第二のアキ子は野放図に頓狂な笑い声をまきちらす人だったが、最後のアキ子になるとふたたび青白い燐火を内蔵しているようにみえた、といったぐあいに。

その彼女たちのうち、第二のアキ子が楼主の時貸しを踏みたおして情夫とともに逐電した、という噂のほか、だれがどこへどのように消え去ったか、修二は聞かされていない。それとなく窺いえたのは、それがこういう世界の不文律らしいということぐらいだ。いずれにせよ、そのつどつぎのアキ子に伴われて、踏みなれた黒光りする階段をのぼりながら、くずれの音が遠く近く鳴りしきるのを聞いたような気がする。してみると、彼の夢によみがえったあの薄暗い点々のざわめきにしても、こうした経緯のはてに主としてこの三人のアキ子が相たずさえてかもし出したものといえないだろうか――。

ともあれ、これに先だって峰子とも、ないはずの再会の機会があった。もう会えないわね、と彼女がいいのこして嫁いだつぎの年の秋に、多くの家庭に電話がないころのつねとして、ふたたび連絡もなく修二の家にあらわれたのである。

「用があって、すぐそこまで来たの。どうなさっているかと思って、ちょっと……」峰子は気づまりげな微笑を口もとに宿しながら、淡い色合いの合コートを着たまま縁側に腰かけた。

「あいかわらずです」と、修二は応じたが、たまたま在宅していてよかったと内心では思いながらも、あるいはそれだけに、そのどこか不協和で煮えきらない調子が自分でも気に入らなかった。

「おからだもいいの？」と、また峰子がきいた。

「いいらしいよ」と彼は答えて、そっと目の前の相手を見た。多少の面やつれこそ認められるものの、その峰子の居ずまいから若妻らしいはなやぎが一抹きわだつのにはさすがに拮抗できず、あれいらい彼のなかを吹きぬけたものすべてがそのために白けてしまいそうな気もした。

ほんとうはそれをこそ彼女と語りあいたかったのではないか。現実にはしかし、前の晩に飲んだ液体の余情が、そのあとでからみあった人の汗や残り香も肌にしみついているようなのがうとましくて、そのうち噛みあいそうにない会話にも彼はさしていらだたなくなり、やはり峰子はおれのなかに何かの痕跡を見とどけに来たのだろうか、そうだとしても、こうして突き放せるまでにつながりが永らえたのはかえって悪いことではなかったのでは——などとひそかに念をおして苦い笑いをのんだ。そして、そんな泡だちが胸底からひびきあがるのにまかせて、

「きみは満ち足りていないらしい」と、うわべはさりげなくくちばしった。いつ育ったのか、少なくとも峰子のこの前の訪問があった去年の春には、まだ持ちあわせていなかった物言いである。

彼はいうが早いか思わず横をむいた。

「満ち足りていたらどうなるの？」

「さあ、なにしろ自分では経験のないことだから」

「それなら余計なことはおっしゃらないで。あたし、思ってたよりわるくないの」

「そう、それはよかった」

「そうなのよ」

彼の語気を打ちかえしでもするように、峰子がこういいはなったとき、その声をつつむ陰影とは裏はらに、唇には一見して強い線がうねっていた。何の証しであろう、切れながの目尻にもうっすらと赤みがにじんでいた。

それきり話がとぎれると、その日も二人は、以前とかわらず街に近い地点まで行って別れた。それが婚家へ帰るべき峰子にとっては遠まわりだった、と修二が気づいたのがあとの祭りなら、峰子のほうもずっと異議をとなえなかった。

修二はその彼女とは別の道をえらんだが、ひとりで歩くうち、彼女といっしょのときより大きく聞こえる自分の足音を聴くに耐えず、

「それはよかった」と、先刻とおなじ台詞を、その足音への呪詛のようにひとりごちた。

すると、そのさい口もとにたまった微苦笑が、すれちがう人びとにさらわれ消されてしまいそうで、いつしか彼は走りだしていた。どこか意識の奥のほうで、早くも行く先が少しずつ濃くなりつつ明滅しているようだ。通りなれた街路につらなる店々の色彩や音響が、輪郭を失ってうずまきながら彼のなかへなだれこんでくるかと思われた。

午後、修二がキャンパスに到着したときには、同僚が電話で話した学生集会がおこなわれている形跡はどこにもなかった。野外集会の定位置のひとつ、校門近くの広場には、いつものとおり

応援団が四肢をひろげてまるで獣群さながらに吠えているのや、マンドリン・クラブが芝生に円陣をくみ、首をかしげて楽器を抱いているのが見えるだけだ。ただ、もう少し広い本館前の広場まで行くと、煙草の吸殻だのビラの破片だのが散乱していて、数十分前までそこで肩を寄せあっていた若者たちの熱気や喊声の残滓さえ感じられなくはなかった。「闘争勝利」「団交貫徹」と書きなぐられたタテ看も何枚か残されている。

修二はそこから教室棟にかこまれた広場のほうへ行ってみたが、そのあたりにむらがる若者のあいだにも稲葉の姿は見られなかった。それどころか、目下そこは稲葉たち全共闘系のグループと対立する学生自治会の勢力圏であるらしく、数人の男女学生がハンドマイクをかついで「暴力的占拠反対」をさかんに呼びかけていた。だれがどこを歩いてもいいはずなのに、タテ看や演説の場所についてはキャンパスが事実上分断されているのは、十年この大学を職場としてきた修二にも、いや、それだけにいっそう薄気味がわるい。ともかく、稲葉たちはこの場所を避けて、入りくんだ広い構内のどこかへ散っていったとしか考えようがない。かといって、彼をつかまえたところで、とくべつ有益な収穫が得られるなどと期待できるだろうか。

彼はため息をもらすと、足ばやに研究室のある鉄筋ビルの出入口をくぐった。さしずめ自室へ行って、連絡をくれた年下の同僚に話を聞かせてもらうしかなかったからだ。ところが、階段に足をのせたと思ったら、その同僚に上のほうから声をかけられた。

「どうもどうも。今日は大丈夫そうだとあらためて電話をしようとしたんですが、どなたも応答なさらなかったもので……」

「へえ、出かけたあとだったんでしょう。で、結局どうなってるんです？」

「まあ、形勢をみるため、いわば花火を打ちあげたっていうところでしょうか。ぼく、これから研究費配分の委員会がありますんで……」

「研究費？」修二が訝しげについ語尾をあげると、

「いくつかの学科からちょっと異議が出ましてね。えっ、こんな乱世にのんきすぎますかね」と、相手は片目だけで笑ってみせた。

「なんだかそんな気もして……」

「仕方ありませんよ。これも務めのひとつですから。それぞれ既得の権限はせっせと守りながら、その一方で義理がたく影にもおびえる。中尾さんがわざわざ見えたのも、そんなところじゃないですか、当たらずといえども遠からず……」

　同僚がいいよどみ、声をたてて笑ったので、修二も知らず知らずそれに和した。が、気がついてみると、相手がいなくなって、彼の自嘲だけが階段の壁にそって尾をひいているのがおぞましかった。なるほど、彼もかつては反体制派の青年の片われとして、いくばくか脅威をあたえる存在だったかもしれないのに、いまでは反対に影にもおびえている。十五年という時間の厚みだけがこのような状況の落差をもたらしたのであろうか。何はともあれ、こんなはずではなかったのだ。考えてみると、少し前までは、彼自身の蹉跌の体験でも、埃をはらえばいまなお多少は意味をもちうると勝手に信じていた。けれども、実際には、あえてみずから「出る杭」の役を演ずるのが億劫なまま、ついにその時を逸しつづけてしまっているが、やはりそこに、いや、ほかならぬそこにこそかの「影」の胚胎する土壌が用意されていたということなのか。

研究室にこもると、彼は同僚を待ちがてら本をひらいた。講義の下調べでも、論文の材料あさりでもなく、ましてたまに頼まれる参考書執筆とも無関係に文献のページをめくるときほど、つきまとうコンプレックスに足をすくわれぬ充足感が目ざめてくれることはないが、そのような時間はめったにおとずれてくれなかった。いまも、目の下のページとは別の何かにかまける意識があるためだろう、周囲の書棚に居ならぶ新旧の書物群がやたらとかびくさい。ふと、彼は目をとじて、峰子の夫という人の「いよいよ澄明な眼」を想像してみた。その人も大学人ならその人もふくめて、このようなときにもはたして「澄明な眼」なるものがありうるだろうか、職場がこのようにゆさぶられ、その実体がこのように見透《みとお》しがたいときにも……。なぜか目蓋の裏で、そういった不可視のものたちが彼の上に折りかさなって、たがいにはげしくせめぎあってでもいるようだった。

修二はいらだちにまかせ本をふせると、そのはずみで椅子から立ちあがった。だが、意外に鈍くしか腰が浮きあがろうとしなかった。そのあたりにもわだかまる過去のもろもろのしわざにちがいない。外のほうへ目をやると、窓枠にくぎられた灰色があって、その先につながる空がしぐれそうにみえる。二十余年前、相合傘で峰子の家を出た日も小雨で視界がけぶっていたが、それから十年後、例の「新地」から峰子の家のあった小道の近くまで、第三のアキ子の相合傘におくられて歩いたことがあるのを彼は思い出した。

その夜そのアキ子は、やがて来る彼女の世界の消滅と彼女自身とのかかわりの意味をつっかえ

つっかえ訴えたのである。虫がよすぎるかしらネ、どんな形でもいいから連れそってくれる人がいるといいんだけど、と投げやりにも侘しげにもみえる面差しで鎌をかけられたのも、おなじ日のことだったかどうか。そんな燐火のくすぶりを感じさせる断末魔の「赤線《シマ》」の娘の迷いに、助手になりたての修二がいったいどんな道をさし示しえたであろう。それにしても、十年という間をおいてあまり隔たっていない似たような細い裏道を通った二つの相合傘をかえりみると、どうひいき目にみてもいじけた青春であったというほかはない……。

――研究室棟から正門にいたる、昼間はことのほかさわがしい一帯も、遅い時間帯になるとさすがに人通りがすがれ、一昨日、会議に出た同僚を待ちきれずにひとりで帰途についたときとかわらず、もやかと思わせるたそがれの色合いが一面にぼやっとただよっている。それらもやの粒子が喉の粘膜を刺してくるような違和感を別にすれば、二十年前とも、十年前とも、この季節の冷湿な暮れどきの感触にさしたる違いはないだろう。修二は埒もないことを確かめるともなく確かめながら、門の周辺にたむろする学生たちのだれにというわけでもなく、こんなときの習い性となった照れかくしの仕種として口もとをほころばせた。と、それに応えてほほえみかえしてくれた若い女性とおぼしい人影がある。案のじょう峰子のようで、

「先生、このあいだは……」と、彼女が彼の前に立ち頭をおこしていったのである。

「ああ、きみか……」修二はおもはゆげに何度となく目をしばたたいた。いつの間にか峰子が足立直美にとってかわられていたからだ。たそがれのヴェールを裂いて定まった像である以上、もはやぶれは生じないだろう。だいいち、いまの峰子の容姿がこれほど瑞々しかったり、彼女のス

カートがこれほど短かったりすることなど、いくらなんでもありえない。そういえば、この広いキャンパスでほんの二、三日のうちに顔見知りのおなじ学生に出くわすとは、それ自体きわめて稀有なこともおなじくらい確かな事実ではある。

「彼を見ませんでしたか？」と、その直美が話しかけてきた。修二とは対照的にあらぬことに囚われているふうは微塵もなく。「どうせキャンパスのなかか近くで、だれかと論争したり、例の調子でアジ演説でもぶってるんでしょうけど……」

「ああ、稲葉君のことか。実はぼくもこないだからずっと捜してるんだけどね」

「どうしてですか？」

「どうして？」修二はしどろもどろに口ごもり、われ知らず視線を薄暗い宙へおよがせた。「どうしてかな、突然きかれても……」

「そんな、先生、ずるいですよ。なにか情報がほしいんでしょう？」

「いや、そういうわけでもないけれど、まあ、そういえば、見透しがきかないっていうところはなくはないな……。よかったら、駅までいっしょに行きませんか？」

「ええ、帰ろうと思ってたところですから」

直美は、一瞬はにかんだようにみえたが、修二が歩きだすと、そのかたわらに並ぶことをためらいはしなかった。そうして歩きながらも、彼のほうは前をむいたまま、内心その直美のつかの間のはにかみにしがみつき、桜色のにじんだ頬の質感をたぐりよせていた。稀にだが峰子にもこういう瞬間があったように思い出される。

「こないだの晩、あれから、夢をみてね」と、彼は唾をのみのみ、その合間にひるみがちな言葉をなんとか舌にのせた。

「夢……」直美はその単語を何倍かはなやかにくりかえした。「それ、あたしにも関係あるんですか？」

「さあ、どうだろう。ひょっとして聞いてくれるなら……」

「………」直美はうつむいて小さく笑ったようだが、修二にそれを見とどけたという認識はなかった。それを内心忌避したのは間違いないとしても、大通りにさしかかると、行きかう車や人びとのかきたてる音響がその方向に手を貸してくれたせいもある。おかげで、先だって稲葉と三人ではいった六階の「マンモス・バー」に直美を誘うことができた。

「いいです」と応じた声も、意外なほど素直だった。

エレベーターをおりて厚いガラス扉をあけると、二人の前にまた広い暗紫色の空間がひろがり、まずは「小指」にかわって、先夜も聞いた、泡だちはじめたざわめきをなごませるような「ブルー・ライト・ヨコハマ」の甘やかな歌声が流れていた。二人がすわったのもまた窓ぎわの席で、窓の外には宵の口らしく街の灯が控えめにまばたくのが見えた。

初めのうち、修二はゆっくりと水割りのタンブラーを傾けていたが、しだいにその速度が増していった。稲葉ぬきの、考えようでは絶好のチャンスにもかかわらず、まさにそのために話の緒が手もとから逃げてゆくのにあせったといっていい。直美も口をひらかず、カウンターのようなテーブルに肘をついて窓の外を見ながら、ときおりあずき色のフィズをすすっていた。修二は、かつて何度か峰子とこのようにおし黙ってすごした時間があったのを思い出した。彼女の婚約告白から結婚までのあいだに断続的におとずれた出会いの折だ。もっとも、雑草の生い茂る道端とか昔ながらの食堂みたいな喫茶店といったそれらの場所には、歌も技巧的な照明もなかったし、また、いまここに峰子がいても、いや、すぐそこにいる直美の場合はなおさら、かつての峰子のように嗚咽がはじけ出そうにはなかった。

やがて、退屈まぎれにか、お愛想にか、やっぱりずるい、と直美が窓の外へ目をやったまま高めの声で先刻の台詞をむしかえし、近々闘争が本格化したら、収拾策動の疑いで真っ先に粉砕されるのでは、と目下はやりの穏やかならぬ文言でしめくくった。

「彼らを守りたいらしいね」修二はとっさにいいかえしたが、最後の「粉砕」という一句が、直美の口から出ると、そのままスピーカーから流れる流行歌の旋律に乗ってゆきそうな気もして、そのせいか、かえっていつになく唇がゆるむのを感じた。酔いもその背中を押していたのはいうまでもない。

「彼らなんて関係ありませんよ」と、直美もいいかえした。

「そうか、きみは彼らの一味ではなかったよね。それなら、彼らではなくて、彼っていえば……」

「いけませんか?」

「いや、いけなくなんかないですよ。ただ、きみはこの前、彼のもとに立ちどまることはないって宣言したはずでしょう」

「しましたよ。でも、だからって、いまは彼が好きなことにかわりはないんです」

「ちょっぴり投げやりに聞こえなくもないけど……」

「いいでしょう、それでも」

直美が末尾をあげて笑い声とないまぜにしたので、修二もいっしょに笑ったつもりだったが、それがいっこうに声となって外へ出そうにないうえ、酔いがざわめくのにもつられて、久しく忘れていたくずれの音がようやくぶりかえし、うごめきだしそうな、なにか別の手ごたえのようなものを握りしめていた。手のひらの汗もその証拠のひとつのように感じられ、

「だいぶ昔のこと」と、それに乗じてひと思いに坂を下るように、「まだ警報や飢餓があばれ放題のころ、そしてどこにも焼け跡が目立っていたころ、きみに似た少女を強くもとめた青年がいた。その少女に親が決めたかなり年上の許嫁がいたのはいい。だが、残念ながら、それをどう感じ、どう思ったかはともかく、彼女はきみのように語ることができなかった。別の倫理が律していた時代だったからか……。それから何年もたったけれど、いまこうしてきみを見てると、つい時間をひきもどすとか、時代をとりかえるとか……」

隣の席の女子学生がそっけなく吹き出し、

「もう見え見え。その青年て、先生のことでしょう？」

「まあ、そういうことかも……」修二は肘をついて深くタンブラーの上にかがみこんだ。さすがに気はずかしさがきざして、顔だちや雰囲気がいかに似かよっていようと、結局うわべの相似にとどまっていたと思い知らされてしまって、という述懐は周囲の雑多な物音に吸いとられるにまかせながら。すると、そんな年配の教師をしり目に、

「それで、先生はあたしにどんな用があるんですか？」と、無愛想な、そのくせ何とも若々しい女の声がはずむように跳ねていった。

「用って？」とくりかえして、彼はいささか鼻白んだ。「用っていわれても……」

「なら、なんで誘ったりなさったの？　薄々とわかる気はしますけど」

「なるほど……。さっきの青年に話をもどすと、少なくとも彼はそういう用らしい用をはたすにはいたらなかった。さわると冷たくて、ばらばらに裂けそうな気がしたからだろうね、きっと」

「そんなナンセンス、わからないわね、あたしには。わかりたくもないけど……」

無造作にふりまかれた直美の透きとおる声が冷えびえと優越の渦をまいているようで、

「おかしいかな」と、修二は弱々しく口ごもった。

「というより、やっぱりナンセンスですよ。いまだって女にはいろいろと耐えるべきことは多いけれど、あたしとおなじように、その娘さんだってただの女の人でしょう。結局お二人で、女の本性をはさんでじゃれあっていただけじゃありませんか」

「………」修二は生唾をのんで目をみはった。その目が自分でもわかるほど血ばしっていて、いや、このわたし個人も、そしてその彼女も、きみがいうのとは違って――と、どこか奥深いところでたぎっているはずの異議をみずから焼ききってしまった。と、同時に、

「行きます、あたし」と、かたわらの直美が立ちあがりながらつぶやくのが聞こえた。

修二も反射的に立ちあがり、直美を追って出口へと急いだ。しかし、足のもつれのため、相手との距離がちぢまるどころか、勘定をすませて廊下へ出てみると、すでに彼女が遠ざかりつつあ

ることを示すエレベーターの酷薄な指針しか見えなかった。

仕方なく彼はそのエレベーターが戻ってくるのを待った。それからそれで降りながらも、いま自分がしていることの意味を問いなおすだけのゆとりはなかったものの、この数日間、永らく彼をとじこめていた時間の壁をひき裂いてくれそうにみえていた窓が、実はまがいの窓にすぎなかったというじくじたる思いは痛いほど噛みしめていた。あの直美が何を語ろうと、彼らの時代に峰子が語らなかった、あるいは語れなかった言葉がいまさら語られるはずはなく、その時代から脱け出るべくして立ちすくんでいる彼自身の古めかしい二律背反が霧散するはずもないのだ。

ビルの外にはあいかわらず人波が寄せかえして、その間隙を埋める大気も人為的な鈍色《にびいろ》ににごっていた。そして、その鈍色のかなたで、直美の長く裾をひく髪の毛が肩で波打ちながら駅に通じる地下街へおりてゆくのが人びとの肩ごしに見えた。もしもこの人波がさえぎらなかったら、かつて嫁いで一年かそこらの峰子と別れたあとのように、修二は小走りに走ったであろうか。そうするには、いまや世帯もちの四十歳の腰は重く骨ばっていて、これ以上くずれることに逆らってもいた。彼はたたずんで、いたずらに目をしばたたくしかなかったが、やがてひとつの情景が脳裡にたゆとうているのに気がついた。類推が招きよせたのであろう、おなじようなくすんだ人波にのまれてゆくうしろ姿がよみがえったのである。

若妻として修二の家に来た峰子と別れたあと、彼はそれとはっきり気づかぬ間にかなりの道のりを走っていた。行きついたのが、峰子その人の実家があった小道の近辺だったことは断わるまでもない。日暮れの早い秋のなかばで、すでに残照もなく、当の裏道はたそがれのなかを黙々とうねっていた。そして、その道からさらに細い間道へ折れると、暗紅色の灯がうっすらとただようひとかたまりの区画へ出る。そこで修二が一番目のアキ子の客となったのが、実はその日なのだった。はじめて彼女を見たとき、峰子がもってきてもち帰った陰影には、けぶりながらもなお冴えざえと発光するものが確実にあった――しばしそういった感慨にふけったものだ。その記憶が二十年近くも息づきつづけたからには、このような前後の脈絡を修正すべきいわれはないだろう。

「寄ってらして」と、その日も舗道の両がわからいくつもの声がかけよってきたが、そんなありきたりの呼びかけをして彼の小指をつまんだひとりの娘の前で、修二はふと足をとめた。店の名を示すネオンの光が薄青くたわむれる下にほっそりとした影が孤絶したように立っていたのだ。

彼がなぜということもなくあとじさると、

「サービスします。口あけなの」と、常套句をかさねる音量のとぼしい声がふるえ、その声とは異質の思いつめたような形相が迫ってくるのが見えた。いちはやく彼女が彼を店の壁面に押しつけたのである。ほかに身についた反応もないまま、彼はただしかつめらしくうなずいて靴をぬいだ。その相手が第一のアキ子なのだ。

「いくつ?」と彼がきき、

「二十一」とアキ子が答えた。ちょうど階段をあがったところで、廊下のだいだい色の電球がその顔の半分を照らし、あとの半分は障子が半びらきになった部屋の闇をかぶっていたが、その部屋にも電気がつくや、畳の上に敷かれた布団のはでな色彩が、そのなかにこもる淫臭もろとも、目と鼻にぱっと照りかえってきた。

アキ子が年齢をいったとき、修二はほとんど無意識に、峰子よりもひとつ下だな、と自分にいいきかせたが、その峰子ゆえに来たかどうかの問いは意識的に遠ざけていたように思う。その後も裏町をさまよいながら、あるいは、おなじ店で第二、第三のアキ子をひきついで横たわりながら、ときに歯をくいしばるばかりで、もはや峰子ゆえに胸が焦げることはなかった。いうなれば、夜明けの星影がはるかで薄いのに似ている。彼はむしろ、行く手をかざす闇をひらくことなく、そのなかでなおその行く手をさして歩きつづけざるをえないわが身への負い目により多く囚われていたのではなかろうか。

ちなみに、第二、第三へとアキ子たちは少しずつ彼と年齢がひらいていったが、それだけに、もう一方では、ひたすら廃墟からの脱出をめざす新しい時代のなかで時代錯誤をきわだてていった。そうして、相合傘であの峰子ゆかりの小道の近くまで修二をおくりに出た直後、いいかえれば、彼女たちの世界が消えてなくなる前夜に、第三のアキ子は黙って消息をたったのであった。

ともあれ、全体があわあわと薄く、鎖骨や肋骨までほのじろく透けていたのは、何といっても最初のアキ子である。黒目がちの目も人一倍ひかって大きくみえた。それがこういう区画の人にありがちな頽廃傾向になじまない証拠かどうか、当時の修二には見当もつかなかったし、見極めるすべもなかった。お茶ひきが多いという彼女の嘆きのもとを分析してみたこともない。ただ、ためらいがちに腰をゆすったあげく、かたい感じの微笑のあいだから、「すいません」と、心もとなげにつぶやく彼女に、いや、こちらこそ、とひと言いいかえしただけだった。

いうまでもなく、学生か、せいぜい副手の分際だった修二が頻繁にアキ子の部屋にあがることができたわけではない。いたって間遠におとずれるのが関の山で、のちに第二のアキ子には「忘れたごろ来る人ね」と露骨に評されたほどだ。おかげで、とくに打ちとけて身の上話などをかわしあう間柄にはならなかった。あの小暗い道を抜けたかなたに、彼の小指をつまんで周囲の薄闇に融けるような笑みをもらす異性がいるという事実があるにすぎなかった——そうもいえなくはない。その結果、そんな卑小な事実をあてに、かつての戦慄のかわりに兄のおさがりの背広と闇をまとって、その道をうつむき加減に歩いてゆく彼の姿が見られたのである。すでに巷でも、彼によって堰かれることなく、廃墟の名残りが掃きのけられて、そのあとに秩序が居すわろうとしていた。

痩せていたアキ子がふとりはじめたのも、たしか知りあって何カ月かたったころで、そういった時節の移り行きとどこか歩調が合っていた。その世界でよく見られるように、中身の充実とはかかわりなく外郭だけが不自然に熟れさせられた感じで、頬や腰や乳房が妙なぐあいにふやけはじめたのだった。

あまり運動しないから、と彼女は弁解がましくいって、気だるげに寝返りを打ったが、もはや時世の流れのなかに堰くことのできる事象があろうとは思われず、彼はやはり漠といらだつことしかできなかった。

だが、そんな状態も半年あまりで終止符を打ち、当初から二年近くたつと、アキ子はふたたび目に見えて骨ばっていった。もちろん、乳房だけはもとに戻りようがなく、痩せたぶんだけ重そうにゆれているのが、滑稽を通りこして哀切ですらあった。

「重いだろう」と、修二が笑いにまぎらせていうと、彼女もみはった黒目に小さく彼をうつして、何かしらつらそうな風情で笑いかえした。そういえば、いつだったか、彼女の背中からサロメチールのにおいが立った折にもおなじように目もとをゆるめ、

「なんだか疲れちゃって……。昨夜のお客さん、へんにいじめるものだから」と、ひとりごとのようにつぶやいて病身の老女よろしく拳で肩をたたいたものだ。

修二は唇をまげて黒くひかる階段をおり、いつものようにネオンの下を避けて間道の闇をもとめた。そこから例の小道へと歩を進めながら、姫鏡だけが飾りといっていいアキ子の寒々とした部屋を想って冷えていったのも、いつもとかわりなかった。

つぎのときにはしかし、

「お客さんのだれかに肺病でもうつされたのかしら」と、彼女が口をきり、あたかもごく身近なところに虚無があって、それに追いすがりでもするようにほほえむのを彼は見た。いわれてみれば、量感の薄い咳にも病臭がにじみ、目も青黒いくまの底におちこんで一段と大きくみえるのだった。

「ぼくにも肺病の前科があるんだ」と、彼はついしみじみとした口調になって、「相あわれむとし

ようじゃないか」

「ほんと？　うれしいわ」

「だけど、いまはよく効く薬があるから安心だよ。以前はずいぶん死んだものだけど……」

「そうですってね。いっしょに死んでくれる気ある？」

「………」

修二の肩の慄えがつたわったのか、アキ子が薄い笑みを残して寝返りを打った。あの峰子でさえ、想うだけであえて口にしなかった台詞の同類が無造作にこぼれ出てきたいま、このように不感症に終始してはいけないと思いながらも、目といい口といい、そういう趣旨にそって反応してくれようとしなかったのだ。

幸か不幸か、その晩はそれきり時間ぎれになったが、そのつぎに彼が彼女のかたわらに横たわったとき、もともと貧農の家系であるが、上の兄が戦歿、それに追討ちをかけて働き手の下の兄が結核に倒れたためここまで落ちてしまった、そう打ちあける彼女の息が彼の耳をかすめるはこびになった。枕で顔をこすっている仕種には、泣きまねの一種かと思わせるところがあったにもかかわらず、あおむけになると、白粉がはげはげの彼女の頰には実際に点々と頭上の豆電気を浮かべる水たまりができていた。

「診てもらうといい」と、修二はつぶやいて逃げるようにひきあげるほかなかった。

実をいうと、この第一のアキ子が姿を消したのは、それからまもなくのことである。といっても、修二がそれきり彼女を見かけなかったというわけではない。もう一度たしかに会っている。

したがって、そのさい顔をそむけ声をかけなかったつぐないに、数日後あらためて「新地通り」に彼女をおとずれたときにはいなくなっていた、といったほうが正確になる。けれども、そのもう一度の出会いのときはもとより、無駄におわった訪問の夜も、修二の記憶に内部がくずれるような波動を残さぬふうには進行しなかった。彼としては、思い返すだにいたたまれなくなる機縁なのだ。

たとえば、その訪問の夜、おなじ店の前で、そのアキ子さんならもういない、と告げる一方、遮二無二彼をひきよせた肌のあさぐろい娘は、

「名前は？」と彼がきくと、ひとまず玄関のなかへ彼を押し入れてから、

「ア・キ・コ」と、一音ずつくぎるようにして場ちがいな金切り声で名のった。すなわち、第二のアキ子である。

例によって酒を飲んできた修二のほうも、二階にあがるなり、倒れるように、前のアキ子のものかどうか判然としない部屋のなかへころげこみ、そのわきで、「しっかりしてえ」とはしゃぎながら服をぬぐ初対面の人の、前の人とはくらぶべくもなく荒っぽい所作を気遠くながめていた……。

くりかえすが、第一のアキ子を最後に見たのはそれより数日前のことだ。いや、峰子を見たのもその日が最後になった、といいかえてもいい。いまから十五年ほど前の秋のおわりごろで、まがいの窓という痛覚も実はそのときはじめて生まれたものなのである。ついにひらかれなかった彼の青春にとって、十年近くにもおよぶ峰子との行き来がまがいの窓に終わろうとすることへの、

いわくいいがたい疼痛といえばいいだろうか。ただし、その時点では鋭角的に突きあげる痛みとして受けとめる用意がなかっただけに、よもやそれが十数年後にまで尾をひき、つかの間の摩擦音をたてて閉じられることになろうとは見透すことが叶わなかった、というまでのことかもしれないのだ。

それはそうと、その日は、たまたま早い勤めがえりの電車のなかで峰子に会ったのである。正真正銘の偶然にほかならない。あいかわらずひんやりと咲く切れながの目の微笑の裏に、会わなかった二年間の年輪がたどれるような気がして、二十五歳の修二は、自分のなかにも刻まれているにちがいない年輪を疎まずにはいられなかった。

「お子さんは？」と、彼が月並みな質問をすると、

「まだ。それよりいまはお仕事がほしいの」と、彼女も穏便に答えた。

そのほか二人が話しあったことといえば、修二が仕上げた卒業論文のことや、新米の大学副手として処理しなければならない雑用のことぐらいで、いわば無難な話題をなでまわす以上には出なかった。かつていく度となく二人の出会いをきしませた不協和な音がたちそうな気配は、そのまま最後まで顔のかけらものぞかせなかったわけだが、それもあながち電車内という公共の場ゆえとは限らないのではあるまいか。

その間、彼は吊革をつかみ峰子と並んで立っていたが、話がとぎれた瞬間、ななめ下からシーンとのびてくる黒っぽい眼差しがあることに気がついた。見ると、すぐそこの座席に第一のアキ子がすわっていたのだった。いつにもましてどことなく垢抜けない趣きなのは、こうして外で見

るのが初めてのせいか、その「業態」を彼が知っていることと関係があるのか。それより何より、当のアキ子のほうこそ、勤め替えの準備に買いものにでも出かけたのか、ひょっとしてその行く先でも物色してきたのか、それとも、例の病気の診察とか相談とかにおもむいたのか——何ひとつ糺《ただ》しようがない。目が合うと、彼女が心なしか悪びれたふうに目礼をおくってよこしたというのに、修二のほうではつと目をそらし、それによって見ず知らずの他人をよそおってしまったからである。

この場合、もしも峰子が居合わせていなかったなら？　こんな仮定の問いにそもそも正解がありうるだろうか。いずれにしても、首すじが熱く、手のひらがやたらと汗ばんだところをみると、彼の顔面にも明らかな変化が生じていたにちがいない。

そうこうするうちに彼らの降りるべき駅に着き、三人はそろって降りると、人波にはこばれるままにあわただしくおなじ階段を上下し、おなじ改札口から外へ出た。髪をつかまれでもしたように、修二はそこでとうとう足をとめて、少し先を行ったはずのアキ子を目で捜した。すると、人群れのかげにどうにかみつかりはしたものの、そのうしろ姿は見栄えのしない合コートのなかにとじこもって、かたくなに彼の視線に応じることを拒んででもいるようにみえた。

「じゃあ、お元気で」と、峰子が彼に呼びかけた。今日は婚家へ帰る前に実家に寄ってゆくという彼女は、アキ子とおなじ道を通って、当時まだ修二が母親や兄弟とともに住まっていた家とは反対方向へ去るところだった。

「………」修二はただ手をあげた。この期におよんでなおだれかをひきとめる言葉があるだろうか。泣くまい、笑うまい、とひとりごちつつ顔をしわめてその場に立ちつくすほかなかった。その彼の視線の先で、乳房が重たげにゆれる痩身のアキ子が、屈筋の律動をひきいて楚々とアスファルトを蹴ってゆく峰子にたちまち追いぬかれたのは、いま考えてもそうなるべくしてなった成行きといえる。それからは、一つちがいの二人の女性とも、みるみるうちに折りかさなる通行人の鈍色の波に呑みこまれてしまったのだ。しばらくは雑沓もその色に音を消されたのか、とでもいうふうな感じだった。

いつの日にか

その人、椿いづみには三回会っただけで、うやむやのうちに関係がとぎれてしまった。私の場合、そういう別れ方が普通なのか異例なのか、ちょっと頭をひねっても結論が出ない。だいたい、多いとはいえない似たような出会いと別れの経緯のどこかに、何らかのけじめが介在しようとしまいと、どちらにしても、いずれ時の流れのなかへ溶融してしまう点ではさして変わりないのではないか、とも考えられるのだ。

最初の出会いは、朝鮮戦争二年目の年の夏のことで、そのとき私は大学の二年生、彼女は高校の三年生であった。大学二年生と高校三年生というと、一見二つちがいとみなされるかもしれないが、私がずっと旧制の学校に在籍したうえ、病気で大学に一年おくれてはいったという事情も加わるため、実は二十三と十九の四つちがいで、私が沈没まぎわの旧制度の大学生なら、彼女のほうは、旧制女学校が新制度の高校にかわった早創期の生徒のひとりといってよかった。そして、出会った場所が、日本の単独講和と朝鮮戦争に反対する文化的なイベントの会場だったということも、いまにして思えば、いわゆる時代色を濃厚にはらんでいたといえなくもない。

以前から文学青年だった私は、当時、地域の文芸サークルの会員としてガリ版刷りの誌面に短い小説や時局を憂えるエッセイを書いていた。このように同人誌ではなくサークル誌を拠りどころにしたのは、大学に進む前にいた療養所時代につちかわれたものの名残りで、そこで出会った、いわば底辺を這うような薄倖な人びとの生き死にのすがたから目をそむけまいとする志向のあらわれともいえる。同人誌を足場にして文壇へよじのぼる、あえてそういう道筋をとらなかったわけで、あとから考えると、少なくとも一人前の作家をめざすにはプラスの作用をしなかったのでは、と悔やまれるところもあるが、それとて、私という人間の個人的な資質を捨象したうえでの話で、実際のところは確証の得ようがない。ただ、せいぜいタブロイド版見開き四ページの、月刊ないし隔月刊のサークル誌では、せっかく小説、あるいはその習作を書いても、掲載されるスペースの割当てがなかった、ということだけは否めないけれど。

そのころはまた全学連の第一期の全盛期で、共産党中央部に叛旗をひるがえした連中が、全国的に過半の学生自治会を颯爽と牛耳っていたが、私はそれにも近づかず、住んでいた首都圏の一角で、反政府・反占領軍をかかげる地域の運動体につながっていた。やはり地域に根をはろうとする文芸サークルに属したのと軌を一にするものといっていいだろう。運動体ゆえ、当然さまざまな年齢や職業の人たちが関与していたものの、中心の働き手には、ご多分にもれず時間とエネルギーのある大学生がならざるをえず、したがってここでも、全学連中央部の反党的な運動方針が隠然たる「錦のみ旗」になっていった。しかし、「理論闘争」とか「理論武装」とかを得意としない私は、共産党系の組織と対抗する組織がためや政治路線の策定・推進などは、それを身上とする仲間の学生にまかせ、不遜にも私たちが「関ヶ原」ととらえていたその年の夏休みには、おなじ療養所にいた中学時代からの友人・原口とともに、側面から闘争をバックアップする文化的な集会をもよおす活動に主力を注いでいた。

　原口は、私とは大学も別なら、彼自身が文学青年というわけでもなかったけれど、私と組んでやれる仕事なら協力する、といって仲間の環に加わってきた。旧制浦和高校を母体として成立したばかりの埼玉大学の寮の空き部屋が私たちの拠点で、その古畳の上に大半が東京の大学に所属する十人ばかりが車座になってよく論じあったものだ。食糧事情の悪い時代のことゆえ、ろくなものを食べていないということともないあわさって、夜がふけるにつれて空腹と疲労、さらに倦怠感が眩暈《めまい》の渦をひきおこしそうで、窓の外の草むらですだく虫の鳴き声さえうらめしいぐらいだった。倦怠感は、まだ完治していない胸の病巣と、私には不毛とみえる運動推進の理論をめぐる堂々めぐりにたいするいや気と——その両方に根ざしていたと考えられるが、夜ふけて家に帰っても、空腹を充たすには足りない冷たい代用食と、それを用意した母親の不きげんな顔しか待っていないと思うと、いらだちまで加勢していや気の嵩がいやます結果になった。しまいには、暑いのに汗もかかなくなる。

　そんなこともあって、なるべく理論武装に汲々としなくてもいい方向へと、文化イベントの担当をかって出たわけであるが、学校のサークル、労働組合、青年会など、夏の盛りにその窓口を捜しまわっては趣旨説明をくりかえすのも楽ではなかった。原口と手分けして行くことも、同道することもあった。話を聞いてくれるところも、邪険に追いたてかねないところもあったが、出演や費用の負担、その他の面で協力をとりつけられたケースはわずかしかなく、そんな帰り道、二人で浮かない顔を見合わせて、何度さじを投げかけたか知れなかった。

それでも、夜間高校生たちによる詩の朗読、農村の青年会による祭りばやしの演奏、即席合唱団の反戦平和の歌声と、それに会わせた少女たちのバレー――こういった素人中心のだしものから成る催しを八月の半ばすぎのある宵にひらくところまでこぎつけることができた。そういうなかへ私たちの政治目標を多少とも織りこもうと努めたことはいうまでもない。だが、当日になってみると、出演者などの関係者をのぞけば、会場とされた浦和の広いホールは閑散としていて、どうみても失敗というほかなかった。

出演者や裏方として協力してくれた人たちの交通費や弁当代、それから会場費とその他の雑費――これではとても弁済できそうになく、責任者としてあわただしく会場と楽屋を行き来するあいだも、私は内心ため息ばかりついていたが、すべてのプログラムが終わったあと、私が所属する例の文芸サークルの会員のひとりに呼びとめられて、会場の片すみで椿いづみをひきあわされたのである。

「家内の親戚の子なんだけど、たまたま家に泊まってたもんで連れてきたんだよ」と、小学校教員をしているその会員はいった。

「というと、この辺の人じゃないんですか?」と、私はききかえし、はじめてその娘を見ると、「はい、会津若松から来たんです」と、その相手は答えたが、私の視線のなかで、中背のすらっとしたワンピース姿の全身が、初対面の緊張と笑顔でさざ波のようにふるえるのにつづいて、近くにあった祭りの衣装や照明の色彩がそこへ収斂でもしたのであろうか、少し赤らんだ面差しいっぱいに両の目が薄紅色にキラキラと光っているのが見えた。

「やっぱり文学が好きでね、いろいろ教えてやってくれよ」と、友人が口をそえ、「よろしくお願いします」と、いづみも微笑しながらよく透る声でつづけたが、そのときの私にはそれ以上相手をすることができなかった。処理しなければならない用件があって、あちこちから声をかけられたからだ。

それから数日は、文化祭がのこした借金を補うためのカンパ集めに歩きまわり、原口の小遣いと私が家庭教師でかせいだものもはたいて、なんとか帳尻を合わせることができたが、運動そのもののほうも、それが不要になったわけでもないのに、さして戦果のなかった「関ヶ原」をこえたとあって、夏がおわるかおわらないうちから尻すぼまりに凋落の坂をくだっていった。おめおめ引きさがれるものか、という思いだけは人後におちなかったつもりでも、私としてはやはり、創作にむかえるゆとりができたのが何よりもありがたかった。夏休みを運動にささげた若い仲間が学生寮の古畳の上に寄り集まる、ありがたくない時間がまれになった、ということでもあるが、あるいは、その種の活動にむかない私を見限って、私や原口ぬきにほそぼそと「理論闘争」を研ぎつづける連中がいたことはいたようだ、といったほうが正確かもしれない。

季節が傾くなか、ひとりでわが家の机にむかっていると、電灯のルクス以上に光彩を放っていたように思われる、あのいづみの面差しがしきりに思い起こされ、思いきって彼女の紹介者に手紙で人物や住所を問いあわせてみよう、そう意を決したところへ、いづみのほうから私あてに葉書がきた。若い女性らしいきれいな細かい字で、先日は失礼しました。あのように平和のために闘っておられる津川さんから多くのことを学びたい、そう切に思いますが、まわりによい仲間もいないうえ、大学へ進む準備をしなければならない時期でもあるため、ひとりであせっています。ついては会ってゆっくりとお話ができれば、と自分勝手な考えにふけっているのですが――と、こんな主旨のことが書かれていた。

自足できない性分のようだが、それはあの日の彼女の眼差しも物語っていなかったろうか、こう私はひとりごち、むしろそういう女子高校生とひびきあう血のさわぎに駆られるまま、いづみにかなり長い手紙をしたためた。時代状況、運動の未成熟――そういったものへの焦燥と個人的な沈潜への志向とがちぐはぐにせめぎあうような文章だったのではあるまいか。そして、そんな青くさいちぐはぐさのなかに、相手の気をひこうとする言辞までまぎれこんで、そのちぐはぐな波だちをいっそう支離滅裂なものにしていたのではないか、そんなふうにも思われる。

それから半年、文字どおり文通に明け暮れることになった。半年というのは、彼女が高校を卒業するまで、ということで、その間、そういう成行きにブレーキをかけようという試みはどちらからもなされなかった。その意味では、若い私たちの相性はけっして悪くなかった、そうみなしても差支えなさそうなのだ。

いづみがわりあい裕福とみなしうる開業医の娘だとか、父親は全学連がかかげる、反戦・反党的な政治路線のシンパで、陰に陽にその勢力に肩入れしているらしいとかいうことが、しだいに手紙を通してわかってきた。寒い夜ふけにビラ貼りに出かけたら、「パルタイのおばかさん」に突きとばされたとか、両親とも大学進学やその方面のことにとやかく干渉しないとか、そんなことも書かれていた。私が育った母子家庭とはだいぶ趣きが違うようで、読みながらそういった個所では羨望をそそられたものだ。なにしろ、わが家の母親ときたら、例の平和文化祭にかこつけて刑事が身もとしらべに来たことも手伝って、私が「赤い」時流に染まってゆくのをひどく怯え、遅く帰るたびに苦情を投げつけることに飽きなかったのである。実をいうと、母は私を追うようにして、私が病臥を脱け出せたころに発病し、しばらく教職を休むことをよぎなくされていたのだった。彼女が戦中・戦後にかさねた自己酷使を、私の胸に巣くった病菌が放っておかなかったことは一目明らかである。

そうこうするうち、こんな田舎町では充分な受験勉強はできない、だいいち受験などで貴重な青春の時間を空費して何の意味がある、といづみはいいだし、高校を卒業したら上京する、そうすれば手紙なんかではなく面とむかって親しくお話しする機会もできる、というふうにも書いてきた。主として職につくのに有利なように大学へ進んだといっていい私が、女性が職場に進出する風潮があまり見られなかった時代に、そのような彼女の意向を変えようと多少とも試みたかどうか。確かなところは思い出せないにしても、返事としてはどっちつかずの、そのくせ大筋では彼女の意にそうような言葉を書きつらねたにちがいない。

こうした勢いのおもむくところ、私たちの二度目の出会いは、上京してくるいづみを私が大宮駅で出迎える、というふうに進行するはずであった。四月早々の文通で、たぶん私の発案にもとづいて、そういった筋書きが決められたのである。むろん、学生の分際の私が駈落ちのたぐいの壮挙をそそのかしたわけではなく、いづみが東京の山の手に住む叔母の家に身をよせ、そこから予備校へかよう、という両親も承知のうえの彼女の進路の途上に、あるいはその入口に、私がほんのちょっぴり顔を出すというものにすぎなかった。

ところが、その汽車の便を知らせてくるのを待ちかまえていると、その手紙よりも彼女自身のほうが先に私のもとへ来てしまった。当時の多くの家庭の例にもれず、わが家には電話などなかったので、手紙の住所をたよりに、行きあう人にききき目ざすこの家をたずねあてたという。高校を卒業したばかりで、服装がその高校の制服とおぼしい地味なものなら、その名に値するほどの化粧っけもなかったとはいえ、永い汽車旅で煤にまみれたところを見られたくない、そういう女心が一枚かんでいたのかもしれない。ひと晩こちらですごしたのち、今日は東京の叔母の家から出てきたともいっていた。

意志的なととのった顔立ち、血のざわめきを秘めたような眼差し、こういった印象はあの晩と変わっていなかったが、それ自体がキラキラと発光していたかにみえた目とその周辺のほてりは認められず、全体が固く青ざめているという感じだった。乗りもの疲れのほか、初対面に近い二度目の出会いへの期待とかおののきとかのしわざかもしれなかった。たまたま母が病院、兄弟がそれぞれ勤めとか大学とかへ行っていて、私ひとりしかいない家のなかへさっそくあがってもらったのはいうまでもない。そういえば、そのわが家の貧相なたたずまいとそこにしみついているつましい生活臭も、先夜の彼女が放射していたあの光彩をそぐのにあずかっていなかったとはいえないだろう。

手紙では多くを語りあったわりに、あるいは、それが妨げになって、面とむかうとあまり話すことがなかった。私自身、異性と二人きりになることに慣れていないうえ、番狂わせにもとまどい、この期に何を話すのがもっともふさわしいのか、焦点をしぼりきれずに、ただ通り一遍のうわっつらな話題しか思いつかなかったのだ。会津の気候、汽車の乗りごこち、叔母の家のありか、予備校の時間割り——。

この最後の話題では、それまで口の重かったいづみも、

「予備校、ほんとはあんまり気が進まないんです」と、いくぶん打ちとけていったが、こころもち首をかしげ、目と唇に力をこめているのが、こちらが目を伏せていても、彼女と私のあいだの空気の顫えぐあいで伝わってきた。その口調のところどころに土地の訛りらしいアクセントがどんよりと消えなずんでもいた。

「だけど、行くことは行くんでしょう?」

「ええ、そのために上京してきたんですから……。でも、お手紙でも書いたように、何のためなのか、なんだかむなしい気もして……」

「なんていうか、いまこの時をすごす生のリズムだと思えば……」

「ええ、いちおうそんなふうにも考えて……」

手紙からもおぼろに感じとれたことだが、政治という外向きの荒っぽい方面にか、内向きの繊細な精神と心情を要する方面にか、彼女には自分でも正体のわからない何か野心のようなものがまとわりついている——と私はこのときも感じないわけにはいかなかった。

「野心は、それを叶える実力をはぐくまなければ野たれ死にしてしまう」——これに近いことを書きおくった覚えはあるものの、面とむかってはさすがにいいにくかった。いや、それはこの自分にこそ打ってつけの訓戒では、そんな思いも頭をもたげ、おかげで刻一刻と自分でもわかるぐらい興ざめていった、といったほうがいいような気もする。

二時間近くも日本間でむかいあっていただろうか、膝がつらそうないづみを見かねて、私はお茶でも飲みにと外へ誘い出した。日をあらためて会えば、ずっと私のなかに息づいていたいづみがよみがえらないとも限るまい、そう念じながらのことでもあったが、駅へむかう道すがら、埼玉大学のグラウンドでいまを盛りと咲いている桜の花をいっしょにふりあおいだときには、その明るい色合いが降りきたってうっすらと彼女の目もとを染めるようにみえた。が、それもしかし、最初の刹那がすぎると、私の内部の反映にすぎなかったかのように薄れてしまった。ふと、このいづみに会う前の、去年の春から夏にかけて、このあたりでよく学生仲間と落ちあっては折々の目的地へ出かけていったことを思い出したからか。情熱とはうらはらの、灰黒色の思い出ばかりといってもいいすぎではなかった……。

駅までの通りに、あると思っていた飲食店は一軒もなかった。まだそんな時代で、立ち寄って飲食した経験がなかったばかりに、あるなしすら確認したことがなかったのだ。私が憮然として苦笑いをかんでいると、それをどう受けとめたのか、いづみは、今日はいい、今日はこれで、といいざま駅のほうへ小走りに去っていった。

「じゃあ、また」と、改札のかなり手前で私もいった。紺色のうしろ姿がほっそり、それでいてとっとと階段をのぼってゆくのを見おくりながら、だいたいお前はツイテナイんだよ、と私はわれとわが胸に声を出さずに語りかけた。初めての経験というわけではなく、つかの間のしぼられるような胸苦しさにも覚えがあった。

＊　＊

それからも文通はつづいた。ただ、私が書く手紙の宛先は、会津から東京杉並区にかわっていた。いや、かわったといえば、中身のほうにもそれはあてはまり、旧制大学の三年目にはいっていた私が、年内に仕上げるべき卒論をおもな関心事として書きしるしたのにたいして、いづみのほうでは、予備校へかよってはいるけれども、「進歩的」と定評のある出版社に勤務する叔母の家で、ひとりで読書する時間からより多くのものを学んでいる、と報告するかたわら、その家にときおり顔をみせる全学連中枢部の連中の動静を書きとめることもあった。まだ若い叔母だけではなく、大きな労組の専従だという彼女の夫のほうも彼らと親交があるらしかった。さもなければ、ある日いづみが帰宅したら、みんな留守の家に「彼らがあがりこんでビールを飲んでいた」などという記述があらわれるはずはなかったろう。

私は、その連中の才覚には一目おかざるをえないと思いながらも、一括して彼らが好きになれなかった。彼らが闊歩する大学構内での、彼らが牛耳る運動から遠ざかっていたゆえんであるが、かならずしも理論闘争で彼らに太刀打ちできなかったからばかりではない。彼らの、肩で風をきるばかりの、人を人とも思わないふうな、青年将校風の物言いや挙措は、私が大学にはいる前にいた国立の結核療養所で目にし、耳にしたすべてをあなどり、ないがしろにするもののようにみえてならなかったからでもある。

といって、私はそうとはっきり手紙に書きつける自信もなかった。そのかわり、卒論のためにトーマス・マンの初期作品を分析する作業とならんで、その療養所での一年間の明け暮れを作品化する仕事にもとりくんでいることにだけは言及しておいた。ちょうど占領軍によるレッド・パージにたいする闘争が療養所にうずまいた時期とかさなっていて、それを縦軸に、松林のおくでの男女のまじわりを含む患者たちの生きざま、死にざまを横軸にして、原稿用紙のマス目にひと刻みずつ道筋をつけていったのである。退院からまだ二年あまりしかたっていない時期のことだけに、この手ですべてを充分つかみきれないもどかしさを自分でも感じていたが、私自身としては、これで私の文学の基盤をかためるとともに、あわよくば文学界へ打って出るジャンプ台になしうれば、という意気込みもあった。いきおい、卒論のほうの骨格がととのうと、こちらの執筆に主力を傾注するほうへと足を踏みだした。あいかわらず文芸サークルの仕事はつづけ、政治運動の残り火に少しばかり手を貸すこともあったのはいうまでもないが。

ちなみに私には、母子家庭の貧窮と悲哀、戦中・戦後の精神的・物質的な窮乏生活、薄ぎたない旧制高校の寮、親友の死、病臥――二十四年の短い半生のうちにも時代の推移と照応するさまざまな経験があるが、何といっても療養所での一年間がいちばん深く胸底に刻みつけられていた。ほかの体験や時期をさしおいて、その時期のあれこれの形象と心象のデテールが、描かれるべく意識の水面にくりかえし浮きあがってきたのが何よりの証拠といえよう。

こうしていつかその年の夏がすぎ、椿いづみとの三度目の出会いが実現したのは、めっきり秋色が深まってからのことだった。ペン先に力をこめる作業で私が彼女のことを失念してしまったわけではないように、彼女の視野からも私の存在が排除されていたとは思われないが、文通の間隔がしだいにあいてゆくなか、私ばかりか、彼女のほうでもあらためて会うことに以前ほどふれなくなった。全学連をひっぱるあの颯爽たる連中ばかりとは限るまいが、予備校や叔母の家といった新しい環境になじむにつれて、彼女の関心の向きを左右するものがつぎつぎと出現した、ということもあったにちがいない。

私たちは大学構内の、漱石の作品で知られる池のほとりで会うことにした。一年生、二年生のころにも週に二回か、せいぜい三回ぐらいしか登校していなかった私のことだ、単位をとる必要のなくなったいまは、研究室で何か調べるとか、育英会の奨学金を月に一度ずつ受領するとか、そういう特別の用がない限りキャンパスへ足をはこぶことはなかった。いずれがついでにせよ、その日も何かその種の用をはたしたあとの、すでに陽ざしが中天から西へまわりはじめたころであった。

いづみの姿はすぐさま再認することができたが、木洩れ陽が顔の半分にしかあたっていないためか、少し大人びた表情に沈うつの影がさしているようにみえた。大人びたといっても、唇に紅をひいたほかには、化粧っけらしいところもなければ、よそ行きとみえる衣装をまとっていたわけでもない。とっさに、かつて会津からあれほど熱心に手紙を書きおくってきた当人だけに、その熱気が薄れはてたことを自認しつつ会うことへの気づまりの影のようなものがさしているのだ、と私は勘ぐってみたが、その点では私のほうも五十歩百歩だったといえるかもしれない。

私たちは食事時間外の、閑散とした学生食堂にはいって、紅茶を飲み、時間かせぎに何も具のはいっていないそばをとった。

「勉強はしてる？」と、私はセルフ・サービスの紅茶を運んでくると、話しかけた。

「あんまり……」

「じゃあ、本を読んでるんだ？」

「ええ、本はよく……」

「どんな本？」

「いろいろあるけど、思想関係のものが中心ですね。それからそういう雑誌も……」

いづみの叔母の出版社は、「進歩的」な論陣をはる雑誌を出していることでも知られていた。私ももむろんその雑誌の購読者だった。けれども、ポツッポツッと問いに答えるだけの相手の居ずまいから、これ以上この話題に深入りする気勢をそがれ、ひよっとして彼女が寄寓する家に出入りするという全学連幹部の消息をただせば、歓談が息を吹きかえし、色づくこともありうるのでは——と思いながらも、それを実行に移すのにも抵抗をおぼえるまま、このところ私自身がいちばん打ちこんできた創作のほうへ自然と話の穂先をむけていった。

そこで、まず無難なところからと、療養所をとりまく松林のおくでおこなわれた、若い男性患者と看護婦とのさまざまなデートのうち、私自身も実地に経験したことであるが、白衣を着ていると美人だと思われていた人がマスクをとっておしゃれをすると、別人のようにつまらない田舎娘に豹変してしまっていた話や、松林のあちこちの下草のあいだからそういう逢瀬の残骸を竹棒の先でつつき出す名人がいた話などをふるまった。もっとも、あとのほうのことは、私の見る限り、いづみの理解の範囲におさまらなかったのではあるまいか。

ともあれ、こんなたわいない話で語らいが笑い声もまじえて多少もりあがったのを機に、私は一歩踏みこんで、私がその世界で見た人間のさまざまな死の形を素描してみることにした。私の作品では、例の反レッド・パージ闘争の経緯と、私とほぼ等身大の主人公がその過程で行きあう何人かの入院患者や二、三人の看護婦との相互関係とがよりあわさって、その特異な世界の実態が浮き彫りにされてゆく構造になっているが、私がそこで接した多くの人の死にざまも、その構造を支え、それにふくらみを付与すべく、作中の随所に点景としてちりばめられている。

自分の喀血で気道がつまってあっという間に窒息死した人、二十年をこえる闘病のはてに、周囲のだれにも気づかれることなく枯れ木のように息をひきとった人、肺胞に膿がたまり、異臭のする吐息をまきちらしながらなかなか死にきれなかった人、腸まで菌におかされ、夜中に呻きながら何度も便所へかよったあげく、個室へ移されたとたんにこと切れた人、なぜか肺臓が乾酪化し、全身が黄色くしぼんで遺骸になってからもおなじ様相をとどめていた人、病気はいちおう治ったものの、付添婦として療養所にとどまりつづけるうち、腎臓までおかされたつらさのためばかりではあるまいが、松の枝で首をくくって蒼白のむくんだ顔を冬の風にさらしていた人――。

それらは、あの世界が権力に抗してたたかわずにいられなかった状況の基盤となるはずのもので、珍奇な見ものとして語られたり、聞かれたりしていいものではなかった。むろん、いづみもいくぶんかは時代の不条理、政治の非情と結びつけつつ聞いてくれたように思われる。

「すごいんですね。あたしなんか、想像してみたこともないぐらい……」

こんなふうに彼女は目をみはり、

「その作品、世の中に出てゆくといいですね」と、しばらくたってからつづけた。それでいて、その目に私が期待していた光は宿っていなかった。

「それァ出したいんだけど、なにしろ二百枚という長い作品だから、いまやってるサークル誌ではどうしようもないし、かといって、これまで関係のない商業雑誌がいきなり採りあげてくれる、そんなわけにもいかないだろうし……」

「大丈夫ですよ、お話を聞くかぎり……。だれか紹介してくれる人がいさえすれば……」

「いや、実は非常勤講師のN・K先生、知ってるだろう、名前ぐらいは？　ごく最近、実はもうその先生に渡してある。まだいろいろ気になる個所や、これでいいのかって気のするところもあるんだけどね」

「大丈夫ですよ」と、いづみはくりかえし、

「いやあ……」私は口ごもった。

N・Kはこの何年か「フランス文芸思潮」という題目の講義を担当しているが、本職は脂ののった初老の文芸評論家で、むしろ文学関係を中心に政治にまでおよぶ幅広い分野の活動家、あるいはその世話役として知られる人物だった。八面六臂の活躍ぶりから、とうてい無理だろうと思

いながら、ほかに有力な手づるを思いつかないまま、講義が終わったところで頼んでみると、その方面の経歴をきかれ、地域の文芸サークルに加わり、その関係で「新民主文学会」にはいっているが、それ以上これといった経歴はない旨、ありのままを答えた。Ｎ・Ｋは戦後生まれのこの左翼的な文学集団の議長という役割も引き受けていたが、それとかかわりがあるのかどうか、しばらく黙って私の目を見つめ――とうぜん私のほうでもおなじ時間おずおず見つめかえしていたわけだが――すぐには読めない、待つ気があれば原稿を送りたまえ、こういい捨てるが早いか、持前のせわしげな足どりで立ち去ったのである。

「Ｎ・Ｋさんなら、有力で顔も広いし、別の学科だけど、ときどき授業に出てはそのあとなんかにせっつくこともできるしね」

私は口ごもりがちにこうつけ加えたが、事実そのように考えて、その二、三日後、二百枚あまりの原稿を彼の自宅に郵送したのだった。

見まわすと、午後の学食のなかは、うどんやそばをかきこんでいる人影がまばらに見られるにすぎなかった。そのものうげな気配と融けあって、私たちの話までいわれもなくとぎれ、どちらからともなく手もち無沙汰にあらぬ方へ目をやったのは何故だろう。ただでさえしゃべりすぎた感のある私には、むしろ黙々と相手の反応をさぐりたい時間帯がおとずれていたことも確かだが、それにしても、この間おたがいに目を合わせないよう、無難な宙へと視線を移そう移そうとしていたのは何故だろう。

いづみが療養所の世界に分け入る私の話、とりわけその世界から私がつくりあげた物語の断片に耳を傾けてくれたであろうことを疑うべき理由はあるまいと思われる。だが、そのうえで彼女は、その物語に執着する私のなかに、それと浮沈をともにしかねない、危なっかしい、頼りない男性像を見ていなかったろうか。実際、彼女がときおり接する機会があるらしい、あの全学連の昂然たる青年たちとくらべて、滅びゆく人、滅びゆく世界との共鳴に淫するばかりの印象をあたえたにちがいない私が立ちまさってみえたはずはないだろう。それどころか、まさか、と打ち消したいのは山々ながら、いづみがそのなかのだれかに心を寄せ、その男と近づきあっている可能性だって……。

私は目顔で合図をおくって立ちあがり、いづみと並んでかなり歩いてから、人通りの多い橋を渡ってもよりの駅へ行った。道みち私も彼女もあまり口をきかなかった。ふたことみこと、あたりさわりのない言葉をかわしたにすぎない。かけ足で夕暮れがしのびよっていて、私の内部の絵すがたの反映なのか、橋の下の薄ぐろい川の流れもその先の街並みもぼやけて埃とざわめきのもやに化してゆくようにみえた。

私たちはその駅で反対方面へ行く電車に乗ったが、くりかえすまでもなく、この三度目の出会いののち私たちが二度と会うことはなかった。もちろん、私の性分として、数日、数週後にはまた手紙を出して、卒論に専念している近況を伝えがてら、近々会いたい旨ほのめかしてはみた。最初の出会いのさい私の胸を射た、あの目の光芒をなんとか呼びもどし、できればその灯《あか》りの暈にふれてみたい、そんな意地のあらわれともいえる。しかし、彼女の返事には、お言葉にそうべく、心を入れかえて大学受験のための勉強にはげんでいる、という報告のほか、私の申し出については何も書かれていなかった。私がその受験勉強を遠回しの拒絶と解読したのが私たちの文通とつきあいにとどめをさすことになったのか、もう少し惰性が尾をひいてから終わりが来たのか、私にはもはや記憶がない。

＊　＊

椿いづみとの関係はこうしてとぎれてしまったが、私が彼女に物語った「療養所小説」のほうはその後もずっと私と縁がきれなかった。考えてみれば、いづみは私がこの作品の執筆について、さらにはおおよその内容についてもはじめて打ちあけた相手なのである。はじめは手紙で、つぎには面とむかって。その療養所時代をともにした、中学校以来の友人・原口に作品の概要を話したのも、それから一年ばかりたってからのことだ。

彼女にも話したとおり、私はときおりN・Kの講義に出て、講義がおわるや、急いで追いすがると、作品を読んでくれましたかときいた。「せっつく」ためであったことはいうまでもなく、講義に出るのからしてそれだけが目的だったといっていい。そのつどN・Kは、執筆や会合に追われる名士にふさわしく、悪びれたふうもなく笑って、

「いやあ、もうしばらく待ってほしい」といいざま、足速に去っていった。

こんな調子ではいつまで待っても埒があかないのでは、と半ば諦めかけたころ、×日の×時ごろに家へ来たまえ、とN・Kは何か申し渡しでもするように通告し、

「長いので参ったよ」と、精力的で人なつっこい笑顔の残像をのこして去った。

数えてみると、原稿を渡してからほとんど五カ月がすぎ、とっくに年も改まっていた。それに、その日が年度末の授業で、それ以後はもう教室で会えるチャンスがなくなってしまう。N・Kのほうでも、そういう事情を勘定に入れて、初心者の中篇に目をとおす時間を捻出してくれたのであろう。

いわれたとおり、私は二月末か三月初めのある日、十一時ごろN・Kの自宅をおとずれた。中野の閑静な住宅地の一角だったと思う。かなり大きな二階家で、戦災には遭わない家のようにみえたが、彼が戦前からそこに住んでいたかどうかはわからない。その家の近所に住んでいたことのある、私たちのサークルの、詩を書く年配の女性会員が、奥さんはフランス人形のような方でした、と話していたのを思い出しながら、私はベルをおした。

奥さんとおぼしい美しい女性が玄関をあけてくれたが、ずっと年上の人であるせいか、人形のようだとまでは思わなかった。ともあれ、いわれるままあがり、薄暗い廊下をぐるっとまわった行きどまりの広縁の籐椅子に腰をおろした。ガラス戸の前の庭には雑然とした植込みがあるだけだったが、その広縁には透きガラスを通してさんさんと陽光が照りそそいでいて、明るいうえに、火鉢などなくても暖かかった。よく磨かれた床板も明るさをひきたてていた。

待つこと五分ほどで、バタバタとN・Kらしいせわしげな足音がしたかと思うと、ゴマ塩あたまの彼自身があらわれ、売れっ子特有のぶっきら棒の口吻で、きみの作品は未熟で、種々欠陥があるけれども、発表に値しないわけではない。出して、反響をみるのもいいことだ。自分が推薦すれば、「新民主文学」で採りあげてくれるだろう。編集長のN・Sに渡しておく――こんな主旨のことを一気にまくしたてた。

なんだかひと言の抗弁も許されない託宣でも拝聴させられているようなぐあいだったが、私にとって不都合なことがいわれているわけではない、ととっさに私は悟り、立ちあがって最敬礼をした。と、このときN・Kが立ったままそこにいることに気がついたが、つづいて彼はいぜん立ったまま、

「しかしね、小説なんだから、問題の病院のある地名は架空のものがいいんじゃないか。きみが実際の地名にこだわる気持ち、それはわからなくもないが、やはりまずいね。ぼくはいま出かけるんでね、ここでそれを直したまえ」

こういうなりN・Kが出てゆくと、入れかわりに夫人が障子のかげから半分だけ顔をのぞかせて、

「わたくしも出かけますので、お仕事おわりましたら、そこにそのまま置いてらしてください。留守番の者もおりますけど、声をかけずにお帰りになって結構ですから……」夫と均衡をとろうとでもいうのか、対照的にためらいがちの細い声で告げた。

初めはあっけにとられ、呆然とすわりつくしていた私も、やがてN・Kの言葉を反芻してみて、なかなか納得にいたらないまま一時間近くたってしまった。私には、私がいた療養所のある村も療養所そのものも、それ以外ではありえない、代替不可能の、唯一無二の実在のように思われていたのである。その点がゆらぎはしなかったものの、それでも、よくよく考えてみれば、その実

在性が土地の名前に依存しているわけでも、それを替えたらくずれ去るわけでもなく、おまけに、ここでそれを替えずに、せっかくの発表の場をむざむざ失うとしたら、むしろそのほうが私にははるかに受け入れがたいのだった。なにしろ、書きあげるのに何カ月も呻吟しつづけたばかりか、さらに五カ月も待たされた原稿なのだ。

N・Kがあげた「新民主文学」は、彼が議長をつとめる例の文学集団の機関誌であって、彼がそれを選んだのは、私の無名性のほか、作品の傾向やレベルからいってそこに落ちついたのであろうが、おかげでN・Sに作品を読んでもらえるのは願ってもないありがたいことだ。N・Kとおなじく五十がらみといったところであろう、その作品、「夜明け前のさようなら」という鮮烈な詩や、「汽車の罐焚き」「歌のわかれ」「五勺の酒」といった詩情と明察のあふれる小説を通して崇拝していた人物に会えるかもしれないのだ。彼が二年前まで共産党の参議院議員だったということや、いまはその党中央部と対立する「新民主文学会」の幹部だということなど、私にはさしあたりどうでもよかった。だが、何はともあれ、いまここで地名を改めさえすれば、そのN・Sが立つ文学の地平に少しは近づける可能性がひらけなくもないとすれば……。

私は、あれこれと思い迷ったすえ、N・Kのいうとおり架空の地名を考案することにした。N・Kに反論したり、意見を聞いたりできないのが初めはもどかしかったが、彼とはもともと言葉をかわしたといえるような間柄でもないうえ、作者たる私以上に決定権をもつ者がいない以上、このように放置されたのもかえって好都合なことと感じられてきた。ところが、その変更たるや、決断すればそれで解決というほど簡単なものではなかった。二字の地名の片方の漢字だけ残す、そんな中途半端なことはしたくない、というところから出発して、漢字の質感も音も截然とへだたりながら、しかもそれらしくにおう二文字にしよう、まずそこまで考えを進めたところで頓挫してしまったのだ。こんなとき頼りになる辞書もなければ、いつもひとりで物思いにふけったり創作のペンを進めたりする、私のデスクのある廊下のはずれとは場所がらが異質すぎて、とても思考を操縦できそうにないことに加え、明るすぎるぐらい明るい広縁には、いまや耐えがたいまでに温気が充満してもいたのだった。庭がわ一面の透きガラスと太陽光線の合作といえよう。薄暗くて寒い自分のデスクにいるときとかわらぬ下着をかさねてここにいるのからして場ちがいもいいところなのだ。小便にも立ちたいが、物音ひとつしないがらんとした家のどこへむかって案内を請うべきか、見当のつけようもない。

そんなこんなで往生したが、結局、生理的な要請にうながされるかたちで仕事の手を速め、二百枚あまりの原稿の全部にわたって、新しい架空の地名に書きあらためた。そのため、私がさきに目標とした適切な地名にまではたどりつけなかったにしても、とにもかくにも架空のものに替えることでいくばくかより小説らしい体をなし、その後またこの療養所とその周辺を舞台とする、「療養所後日小説」ともいうべき作品を構想するときには、もう迷いもなくこの架空の名前に拠ることができたという後日の成行きを考え合わせると、この日のN・Kの託宣も、いっそ初めからその先見の明にこそ思いいたって感謝すべきではなかったろうか。

むろん、私自身がそのような感慨にひたるのはだいぶ先の話で、この日には、奥さんにいわれたとおり、広縁の小さなテーブルに原稿をおき、ことわりもなく玄関の鍵をあけて出るや、一目散に駅の便所へと走りだしたのである。

　さて、これで原稿とともに、この物語の舞台もN・KからN・Sのもとへ移ってゆくことになるわけだが、その前に、大学卒業をひかえて私の就職問題が何とかならなければならなかった。いや、私自身が何とかしなければならなかったわけで、さもなければ、結核で二年から三年に休職を延ばしていた母親が今年度かぎりで退職に追いこまれ、退職しても年数不足で恩給がつかないというわが家では、生計が立ちゆかなくなってしまう怖れがすぐそこまで迫っていたのだ。私はそのため、英語ないし独語の高校教員をめざして、この半年いわば駆けずりまわっていた。新制大学をおなじ三月に卒業する弟が先に出版社に決まったのはいいとして、私としてはそれだけ焦燥にかられずにはいられなかった。

　が、そうかといって、病後の身が雪深い地などでひとり暮らしをするのには二の足を踏まざるをえなかった。母親の同意もえられなかったであろう。そのうち大学の掲示板で、気候の温暖な静岡にクチがありそうだと知って、その高校を日帰りで訪問したところ、「きみのような若い独身教師には嫁さん候補者が殺到しますよ」と校長にいわれたうえ、帰りに自転車でおくってくれた出入りの書店の主《あるじ》には、「独身ですか、漱石の坊ちゃんといったところですな」といわれて、冷やかされたような、生来あまりなじみのない温かい笑顔にへばりつかれたような複雑な気持ちで、お願いする旨、丁重な手紙を書いた。要するに、つてをたぐって、それまでに都内や住居の近辺の、何人かの校長や教頭をたずね歩いた私の印象がそれほどきびしかったということでもある。

もともとクチが少ないところへ、私が英語ではなくドイツ語を専攻している点をなじられたり、思想傾向をためすためだろう、日本古来の美風に同調をもとめられたりした面接もあった。それでなくても、経済団体のトップが「赤い学生お断わり」と盛んにいいたてていた時代なのだ。

しかし、そうこうするうち、さる都立高校のドイツ語専任の教師が大学へ転任しそうだ、という朗報が耳にはいり、間接的な知合いであったその高校の教員を介して何度か本人と面談をかさねた結果、私を後任に推してもらえることになった。校長も了解してくれているという。あとは都の教員採用試験に受かればいいところまで来たわけなので、なお不安材料はあるものの、静岡にはふたたび丁重に断わり状をしたためたが、あいにくこの先任者の転任先での決定がおくれたため、私の就任も二学期からということになってしまった。そのうえ、都の採用試験には、筆記試験とならんで身体検査もあるため、胸のレントゲン写真にくっきりと空洞の痕跡が浮かび出る私にはそれも脅威で、ひとりで知恵をしぼったあげく、これまでの経験から、撮影のさい目立たないように病巣のある胸郭の右上方部を板からちょっぴり離してみることにした。あとから聞いたところでは、疑うべきふしがある、という教育庁の懸念を校長がなだめられる程度にまで、その試みは功を奏したようであった。

そんなわけで、九月までは浪人身分をよぎなくされ、暑い夏にはこの試験で緊張や不安をかきたてられはしたけれど、私の就職にめどがついたことで、わが家の空気もこころもちゆるやかな感じのものになっていった。それまでは、私はもとよりとして、その私よりもむしろ母親のほうがヤキモキして、何かというと愚痴といらだちを投げつけてきたものだ。政治的な運動からはあらかた足を洗ってはいたが、原口とともに参加した去年のいわゆる「血のメーデー」ではあやうく捕まりそうになったし、いまなおつながっている例の文芸サークルには、警察に目をつけられた「赤」もまぎれていたからには、私のほうにも、いいあらそう一方、その母の言い分を半ばは仕方のないことと容認するほかないようなところがあったのである。

そのあいだに、たしか梅雨のころ、N・Sから呼出しの葉書がきた。いうまでもなく、私の「療養所小説」が用件である。その指定された日の午後、私はいささか昂ぶって小田急沿線にある彼の住居をおとずれた。N・KはN・Sを「新民主文学」の編集長だといっていたが、その時分には編集委員ではあっても、編集長には少し前から彼にかわって評論家Hが就任していることを私は知っていた。だが、そんなことはどうでもよく、N・Sが作品をどう読んでくれたかが私の最大の関心事であった。

N・Sの家は、N・Kの家とおなじく静かな住宅地にあったが、大きさといい見てくれといい、N・Kの家よりもいくぶんつつましくみえた。私が通された居間とおぼしい日本間には、N・Sがひとえの和服の胸もとをはだけてすわっていて、のっけから原稿をめくりめくりデテールの欠陥を突いてきた。すでに原稿の該当個所に毛筆でしるしがついているのだ。自宅でくつろいでいたせいで、写真の印象ほど手ごわくないのでは、という最初の予想はたちまちくずれ、ときおり眼鏡のおくから黒い光がギロッと射てくるようにさえ感じられた。が、そうかといって、居心地が悪いわけでもなかった。デテールを手がかりに作品の文学性といったものがつねに話合いの核に据えられたことに加えて、その黒い光の周囲にすっとおだやかな影がさすこともあったからではあるまいか。

「あらためて吟味して、直せるところは直す、そうしてまた近いうちにとどけてくれるかな」と、原稿の最終ページまで達したところでN・Sはいった。

「だいたいわかりました。ただ、直してよくなるかどうか……」私がいいよどむと、

「ぼくはヒントを提供しただけで、作品はきみのものだから。まあ、じいっと見つめて、テーマ全体との関係でだ、そうやって考えてゆけば、新しく見えてくるものもあるんじゃないか」

「はあ……」私はN・Sの目をそっと見返して、この作品の取り柄を認めていないのではないらしいのを感じとることができ、肩の緊張がいくらかほどけていった。あとから考えると、半年後に連載のはじまる名作『むらぎも』を構想中だったN・S自身、いくたの支流を集めつつ伸びてゆくひと筋の道をじいっと見つめているところだったにちがいない。

　居間のこととて、私たちの話合いのあいだにも、舞台女優の奥さんと中学生ぐらいの娘さんが出入りしていたが、娘さんの「暑い、暑い」を聞きとがめて、

「おしとやかにしとらんからだ」と、N・Sがつっこむと、

「お父さんたら、ばかなことばっかり」と、娘さんが果敢にいいかえし、N・Sの顔いっぱいに苦笑がひろがるというひと幕もあった。

　私がひきあげるとき、N・Sは散歩ついでに途中までおくってきた。歩きながら、「『新民主文学』はこんな長い新人の小説をほんとうに掲載してくれるだろうか」という、こみあげる質問を私が思いきって口にすると、

「N・Kとぼくが推薦するんだ。心配は要らないよ」

N・Sはこう請けあったが、私がそれにつづけて、このところ「新民主文学」では評論のたぐいが創作のスペースを圧迫している、と批判ないし苦情をのべたときには、遠くを見たまま何もいわなかった。彼自身この雑誌には、作家・詩人としてよりは「ご意見番」のかたちで寄稿するのをつねとしていたことも一枚かんでいよう。そう忖度することはできても、私としては、それで納得というわけにはいかなかった。「新民主文学会」から共産党本部に忠実な「民衆文学協会」一派が離脱してからのこの二年ばかり、時とともに両陣営の論戦が激化し、前者の機関誌では、「理論武装」をととのえた全学連の一味が後者、というより後者を突きぬけ党本部に的をしぼった論陣をはっていたが、それらの大半は私には文学とは無関係な夾雑物にみえてならなかったのだ。ユニークな文芸評論家として知られる新編集長Hがそんな文章を評価しているはずはなく、結局のところ「理論闘争」で彼らを圧伏できないだけのことではないのか。いや、その点ではN・Sほかの編集委員も同罪というほかはない――。

だが、推薦してもらう立場の私にそこまでいえるはずもなければ、党内のあらそいに深入りするだけの自信も覚悟もなかった。とすれば、とるにも足りないような小異をくちばしで突っつきまわしては、他陣営への攻撃でいたずらに誌面をけがす醜悪な論説には生理的な嫌悪すらおぼえるという、私個人の内的な事象にとどめておくしかないだろう。

やむなく私は話題をかえて、「新民主文学」の最近号に載ったある小説に感銘を受けた旨を伝えて、

「何かしら胸を打つもの、ほのかな味わいなんて浅いものじゃなく、そういう心に残る、ほかの作品とは違うものがあれにはあるように思いましたが」

「あれはよかった」と、N・Sもこれには同意してくれた。「生きて、ひきしまっていたね」

「で、何が、そういう感銘の決め手なんですか？」

「さあ、文学は情感がこもっていれば、まして筋が通っていればいいというものじゃない。つくり手の、いわくいいがたい何かがにじみ出る、そういうことじゃないかな」

「………」私自身にそういった何かが具わっているだろうか――私はこうききかえすべきだったかもしれないが、とっさにそのように反応することはできなかった。のちのちこの場面を回想しても、返事がこわかったから、という弁解しか思いつかない。その一方、彼が作品の部分的な修正をもとめたのも、それを推薦するという前提のもとである以上、私の作品のなかの、文学を文学たらしめる「何か」がいくぶんかでも彼の触角にふれた証しであることも確かなのでは……。

私にそんな意識がきざしたのは、N・Sと別れてからのことで、そのときにも私は、いぜん垂れこめる雨雲の下、住宅地の塀や垣根や、そこから枝をのばす緑の植木などのじっとりとした吐息にくるまれていた。

ところが、私のその「療養所小説」は発表にいたらなかった。私がN・Sの指摘を参考にして精いっぱい訂正につとめたことはいうまでもないが、それから三カ月ほどして、「残念ながら、編集委員諸氏の賛成が得られなかった。作品の欠陥をつつきまわされてはどうしようもない。新人のこの種のものを載せる財政的な余裕がわれわれの雑誌にないことも理解してほしい。これにめげずもう少し短い力作を書いて送ってくれたまえ」――こんな主旨の、N・Sの墨書の手紙をそえて、原稿が返送されてきたのだった。

私は彼ら、「理論闘争」を特技とする全学連幹部とその一党に、あるいは、彼らのなくもがなの貧しい書きなぐりに駆逐されたのだと考えずにはいられなかった。私の作品の分量がそれらのスペースを奪いとるのを彼らは甘受できず、それだけ追いおとしの舌鋒にも力がはいったのではなかろうか。その場合、彼らと敵対する「所感派」に近い人物たちが作中を闊歩するのにまかされているようにみえる、ということも私の作品を排除する恰好の口実を彼らにあたえたにちがいない。

私の脳裡をいくつかの顔がよぎっていった。当然のことながら見知った嫌いな顔ばかりが思い浮かび、なぜかそのいずれにも、絶縁状態のつづく椿いづみの面影が影のように寄りそっていた。それこそ確証もなく立ちあらわれた表象で、その後思い返すたびに冷や汗をかくが、私がこの作品の構想や概要を話したのは彼女が初めてなのに、ほかならぬその彼女がその過程で彼らのほうへかしいでいったらしいことが、私には裏切りのように感じられてならなかったのも事実なのだ。

＊　＊

原稿が返されてきた日、私は原口に会って、この作品の梗概と作品にまつわる経緯をはじめて物語った。一昨年あの「平和文化祭」で力を合わせた原口とは、政治運動から遠のくのに比例して、夜の巷の彷徨をともにすることが多くなっていたが、その晩も例によって安酒をあおり、パチンコをはじき、はては口なおしに言問橋の近くからさらに白鬚橋のかなたまで河岸をかえながら、濹東の赤線地帯の、見るからに場末らしいたたずまいの店にあがった。盃やグラスをかさねれば鬱屈だの屈辱だのが鎮められるわけでもなく、こんな折のつねで、むしろいっそうとげとげしく逆立つようにも感じられたにもかかわらず。

だが、その一方、淫臭のただようような畳の部屋で二、三人の娘が紅い唇をあけて馬鹿笑いしたり、とりとめもないおしゃべりをしたり、そのわりにいずれも気だるげな、さびしげな表情や声をしているのを見聞きするのは、なぜか私のいらだちにとって悪い作用をしなかった。たまに口をはさむだけで、おおむね黙々と盃を傾けていたにすぎなかったが、予約の一時間をへて外へ出、迷路のような路地のつらなる「シマ」のはずれで小橋を渡りながら、下のとぶ川の水面でゆれる近辺の店や街灯の火影と三日月の光芒を見おろしたときには、酔い心地も手伝って、胸底でうずまいていた嵐がかなりないでいるのを感じることができた。

他方、N・Sの手紙にあった「もう少し短い力作」には、その手紙が来る前にとりくみはじめ、手紙を受けとった時点ではだいたい仕上げていた。就職の件で目鼻がつくまでは、学生時代の家庭教師をつづけて小遣いと生活費の一部を捻出していたのだが、その時期に、やっと通りすぎたばかりの過去の職さがしとその周辺のあれこれの出来事を作品化することにはげんだわけで、おとずれた校長や教頭たちとのやりとり、それと拮抗するかたちの文芸サークルの仕事、その背景をなす日常に亀裂をいれる母親との言合い――そういったものがいわばその作品の構成要素となっている。そのころの母親はといえば、結核の病後と更年期のはさみ撃ちのなか、退職を迫られてもいて、ただでさえ心身の壊れやすい状況にあった。

夏が終わるころ、私はすでにこの百枚あまりの「就職小説」を書きあげていた。したがって、「療養所小説」が返送されてきたときには、折返しこの新作をとどけられる態勢にあった。しかし、あえてそうしなかったのは、ひとつにはこの新作に出来ばえいかんとは別の不満をおぼえていたからのことで、作者自身からみても、主人公をはじめとする登場人物たちの葛藤とその背景が、前作にくらべてせせこましく、不必要に角のあるものに後退しているという感じなのである。素材の違いがそのおもな要因だろうと承知しながら、「療養所小説」が駄目ならかわりにこれを、というわけにはいかないのだった。少なくとも私自身、そういう気持ちにはなれなかったのだ。

実は、その返却の時期が、例の都立高校に私がドイツ語担当教諭として就任した早々のころにあたっていて、それまでとは顔つきの異なる日々の入れかわりの下にその件が押しやられてしまったという事情もある。二十五歳の私は、その学校の教員のなかでいちばん若く、それだけ経験も素養も未熟なため、年齢差の少ない生徒たちを相手に、教室でも教室外でもかけ値なしに全力をつくさなければならなかった。もちろん、文学と夜の彷徨にさく時間や気分まで失せるということはさすがになかったものの、勤務にかまけて消費される熱量はやはり相当なもので、肺結核はほぼ危険境域を脱していたとはいえ、もともと体格も体力も人並み以下の私には、勤めにかかわるものだけでも充分すぎるぐらいこたえたのだった。あまつさえ、相手の生徒たちは、私にもまだなまなましい記憶のある傷つきやすい年ごろなのだ。彼らの現在と未来にある程度力をふるえる立場にあることを生半可に受けとめてはならなかった。女生徒たちのなかには、まれに恋人、または結婚相手にしたいような者もいて、心がうごめくことがありはしたけれど、ひょっとして傷をのこすかもしれない行為に踏みきるのはためらわれた。

「けっこう疲れるんだ」と、私は夜の酒場などで何度原口に訴えたか知れない。原口のほうは、家が商売をしていた関係で、職さがしに走りまわる必要もないまま、その時分はまだ学生身分をつづけていられたのである。

その冬には『むらぎも』の連載がはじまったが、私が所属する文芸サークルでそのN・Sを講師として招くことになり、私が手紙で頼んで、年明け早々、忙しいさなかのN・Sにそこそこの規模の集会で話をしてもらった。そして、そのあと浦和駅まで同道する途中で、私は例の「就職小説」をN・Sに託したのである。あらためて目を通し、あちらこちらに手を加えて、いまはこれしかないと自分でも納得したうえでのことにもかかわらず、いざ渡すとなると、この手であの「療養所小説」を葬るのにも似た、何か取り返しのつかない挙に出るような気がしないでもなかった。そんな私の顔色を読んだわけでもあるまいに、

「あずかって行く」と、N・Sもぶすっとした面持ちでいうと、私の新作の包みを小脇に、大股で改札のむこうの人込みと塵埃のもやのなかへまぎれこんだ。

そのN・Sの忙しさが原因なのか、あいかわらず「新民主文学」を「理論闘争」の武器とする若い論客たちの横槍が原因なのか、私には知るよしもないが、それから何の音沙汰もない約一年がたってから、ようやくその作品は掲載された。サークル誌に載せた小品をのぞけば、私の最初

の発表であったが、それほど濃いとはいえない作品への思い入れと日々の多様な起伏が合わさった結果なのだろう、心中ヤキモキしつつ待ったという記憶はない。案のじょう、サークル内ではともかく、公にはあまり反響がなかった。あっても小波がたった程度で、それも私の耳に快くひびくものではなかった。この作に手を抜いたつもりはないものの、それより私はいぜん「療養所小説」を哀惜し、印刷された百枚ものの「就職小説」を前に、いつの日にかかならず——と、ため息まじりに小さくひとりごちたものだ。

それからまもなく私たちの文芸サークルは自壊してしまった。元締めの位置を占める中年詩人の狭量にいや気がさしていたのは私ひとりではないらしく、私が手をひいたら、代わりをかって出る者がひとりもいなかったのだ。あらためて考えるまでもなく、作品発表の場としてばかりか、文学修業の場としても、そこはもはや私に何かをもたらしてくれるところではなくなっていた。

その後も「療養所小説」が日の目をみるにいたらないまま、そういう経緯も影をかざして、私の書く作業は袋小路のなかから出る機会を逸していた。N・Sの働きかけでもあったのか、一度「新民主文学」から短篇の注文があった。だが、それに応じて送った習作の域を出ない原稿はまもなく返されてきた。編集部に群がる若い論客たちをひそかにこきおろせればまだしも、返されたものの駄作かげんにわれながらあらためて嘆息をつくばかりだった。それを機に、みずから期するところあって舵をきったわけでもないが、職場を高校から大学にかえ、私生活のうえでも結婚に踏みきった。それからは、新しい環境と折りあうべくジタバタするうちに、子供が生まれ、気がついてみると、もう何年か創作といえるものから遠ざかっていたが、その代償としてまた別の収穫がなくもなかったことを斟酌すれば、みずから進んで悔いにまみれたりするにはあたるまい、そんな負け惜しみすれすれの心境でもあった。

こうして「六〇年安保」は、往時より若返った全学連を遠巻きにのぞむ大学教師の集団のなかで通りぬけたが、その翌年に築かれた「ベルリンの壁」は、異国のことにもかかわらず、私にとってより身近な存在になった。というのは、ドイツ文学およびドイツ語の若手研究者として旧西ドイツ政府機関から奨学金をもらえることになり、専門領域にいちばん役立ちそうな場所として私が選んだのが、旧西ベルリンにほかならなかったからだ。

私はそのシュプレー河畔の街に六二年から六三年にかけて一年あまり滞在したが、単身そこで暮らすうちに、孤独にもかられて、自国にいるのとは別の濃密な時間のなかで、それまでとは別の経験や見聞を積みかさねることができた。その最たるものが「壁」にまつわる人間の問題であった、といっていいだろう。それは東西のドイツ人、とりわけ東の人たちに抜きさしならぬ、重い複雑な影を投げかけ、自由経済か、計画経済か、という世界的な体制の問題にしても、かつて日本でいわば概念的に考えていたころよりも何倍も入りくんだ実質がありそうに感じとれたのである。そして、そういう問題性を秘めた現地の空気を吸い、その空気のなかにいる人びとの内面に少しでもふれえたことが、私の内部で何か合図を待っていたとみえる「文学」の覚醒につながっていった、そうもいえそうな気がする。

帰国後、なまなましい実感を踏まえ、寄せくる波に乗りつぐようにして、私はいくつかの短い作品を書いた。たまたまおなじ大学の年長の同僚として、文芸評論家Kが身近にいたのをさいわい、そのKを煩わせて文芸誌のひとつに橋を架けてもらい、その結果まずそのなかの一篇が掲載されるはこびになった。題材の目新しさも手伝って、評判もまずまずというところだったせいか、つづけて同種の「ベルリン小説」をと注文され、それに応じてもう一篇とどけたところ、それもさっそく掲載された。

「しばらく同系統のもので押してゆくのがいい」と、Kは助言してくれ、編集者もだいたい同意見のようだった。

しかし、私には、引出しの底で息をしつづけている「療養所小説」のことが忘れられなかった。そのため、チャンス到来とまで気負ってはいなかったものの、せっかくの忠告に逆らうかたちでこの旧稿にもどっていったのである。夏休みの期間を中心に、全面的に書きなおしたのはいうまでもない。それでも、筋立てや登場人物をふくめて、全体の構造が基本的にかわることはなかった。いたるところで目につく拙劣な表現を改めるのが精いっぱいで、それ以上に思考がまわらなかったのだ、といってみても充分な説明にはならないだろう。自分でも、やはりあの全体が棄てがたかったのだろうか、そう自問するしかなかった。表題もおなじままだった。

文芸誌の編集部では、作品の趣きのかわりようにとまどったにちがいない。二百枚をこえる分量に出来ばえがみあっているか、ということもとうぜん問題になったろう。しかし、若干の修正をもとめたうえで掲載してくれることになった。その雑誌における私の第一作が招いたあげ潮のおかげといえるだろう。

が、それがどうあれ、私の「療養所小説」は、初稿ができあがってから十三年後にようやく日の目をみることができた。椿いづみにこの作品の概要を話したときには二十四歳の学生だった私も、なんと三十七歳の二児の父親になっていた。その私が誌面をめくりながら、無量の感慨にひたったとしても不思議ではあるまい。作家の地位をかためるにはまだ遠いことは身にしみて心得てはいたが。

作品の大きさのわりに、反響が少なかったのである。文学界にも受け入れてくれる人がいたことはいたけれど、どうみても少数にとどまっていた。旧稿に拠りすぎていたのがまずかったのだろうか、と自分でも反省してみた。たしかにそこで私が問題にしたことは時間の経過のなかで淘汰され、療養所がつくっていた世界もとっくに滅び去っていた。けれども、私はその潰え去った世界にこそこだわっていたのである。詮なき反省だったというほかはない。

かつてともにその世界にいた仲間のだれひとり何もいってこなかった。およそ文芸誌に目を通す人などわずかしかいないだろうし、たまたまいたにしても、永い歳月が私とよりを戻すことをはばんだのでは、と考えられなくもない。案のじょう、かつては文学にも関心のあったはずの椿いづみが、この歳月の厚みをかきわけて便りをよこす、ということも起こらなかった。はじめて会った宵に照りきらめいた瞳を別にすれば、私のなかの彼女の面影からして、薄れたまま鮮やかによみがえろうとはしなかった。

かつてこの作品をいくばくか評価してくれたN・KとN・Sも、いまではつながりの絶えた遠い人だった。ただ、私たちのサークルと関係のあった、いわゆるプロレタリア文学系の作家の葬儀の席でN・Sと出会ったのは、たしかそのころのことではなかったろうか。知合いの多いN・

Sの近辺には始終だれかがつきまとっていたが、焼香をおわって戻ってくるところを捉えて挨拶すると、

「ああ、津川君？　きみの仕事はみてる」と、彼は眼鏡のおくの目をしばたたきながら、短い文言を小声でポツリと私の前において通りすぎた。

そのころには共産党の統一が成って、すさんだ党内闘争も影をひそめ、それだけ「新民主文学」の影が薄れてもいたが、還暦をすぎてなお群れることを肯んじないたちのN・Sは、コクのある文章を書きつづけるかたわら、その文章のように荒野にひとり立つ行路を歩きつづけているようだった。

＊

＊

実をいうと、この改稿に先だって、というと、三月の初め、春休みがはじまるやいなや、私は原口とともに国電と西武線で療養所と松林の村をおとずれた。親の跡をついで商店主におさまっていた原口には、昼の時間でも私につきあえる自由があった。というより、方向転換を思案しなければならないほど、スーパーに客をとられて暇をもてあましてもいたようなのである。

私の「療養所小説」は戦後四年目あたりの時代を背景としているから、いまの状態がどうであれ直接かかわりはなかったのであるが、その土地と建物がありつづける以上、いまあるものを見ておけば、過去の時代を見る視線にもおのずと奥行きなり陰影なりが伴われるはずだ——そんな

思惑で出かけていったところ、多少の覚悟はしていたものの、予想を絶する変貌ぶりに唖然とさせられてしまった。だいいち、いくつかの療養所をとりまいていた広大な松林があらかた消えうせて、建ちならぶ住宅や商店にとってかわられているのだ。すでに村が町になり、この勢いでは市に昇格する日も近いようにみえた。

以前おなじ病棟の仲間と禁制の煙草を吸ったり、行きちがいでいいあらそったりした林のなかの空き地も、見初めた看護婦との待合わせに使ったひときわ太い松の幹も、もうどこにも見あたらなかった。作品にも描かれている例の闘争末期、出口の見えない患者自治会の討議にいらだって、ひとり宵の松風にあたっていた覚えがあるが、その場所がどこかの見当もつかない。そこから見えたはずの、親しい看護婦が感染して病臥していた平屋の職員病棟の灯《ひ》も、どうやらとっくに片づけられてしまったようだ。当然、ときおり脳裡をよぎる、親しかったいくつもの顔々もいずこへか散りはてているにちがいない。

私たちがいた療養所の建物にはいってみたが、昔ベッドを並べて二十数人が横たわっていた大部屋も、カーテンで仕切られるなどして様相を一変しており、木造の安普請から近代的なものに建て替えられた建物も少なくなかった。おまけに、かつて患者活動家が盛んに往来していた廊下は閑散として、看護婦や事務職員がちらほらと見えるだけだ。かろうじて残っている患者自治会の部屋も、もはや形ばかりのものらしく、この療養所も遠からず総合病院に転進するそうだ、と居合わせた幹部のひとりが憮然とした面持ちでこぼしていた。私が作中でもにおわせるように、かつてここにあった世界はすでに滅び去ってから久しいとみて間違いなさそうなのだ。しかも、この世界の人たちが待ち望んでいた医療の進歩によってそれが成就したとすれば、因果なうえにも因果な成行きというほかはない。

いったん外へ出て街で昼食をとってから、私たちは、自治会の人に教えられた、回復患者のリハビリ施設があるというところへ出かけていった。話を聞いたときには、歩きはじめればたちどころに土地勘が戻ってくる、そうたかをくくっていたのだったが、すっかり顔つきを変えた街筋にいわば目をくらまされて、何回か角を曲がるうちに方向感覚を失ってしまった。義理で同行していたといっていい原口は、

「もう諦めようぜ。それよりトミやんの家へ行ってみよう」こういいたてたが、なんとか慰撫して目的地へ行きついた。

そこにだけ、三本ばかり背の高い松の木が残されているのが不思議だったが、それだけでは、かつてこの地にあった松籟や松脂のにおいをかもす力になりそうには思えなかった。ただ、その下には、自治会の人が素描してみせたとおり、四つ五つの個室から成るバラックが二棟ならんではいる。

私たちが行ったとき、折しも私たちと同年配とみえる、小柄で痩せっぽちの男が自転車の荷台にダンボールをくくりつけているところだったので、私は近づいて、もと患者だと自己紹介したうえで話しかけた。

「失礼ですけど、ほかの人はいないんですか？　やけに静かですけど……」

「いや、いますよ、たぶん。いつもこんなもんだから」

相手は気づまりげにうっすり笑いながら答えた。同時に、眼鏡のおくの目が気弱そうにまばたき、ひらいた口のなかに歯の抜けたあととおぼしい薄黒い隙間が見えた。

療養所の関係者や地元の有力者たちの寄付によって、退院しても身を寄せるあてのない永く病んだ患者あがりのためにつくられた施設だ、と自治会で聞かされていたが、施設ばかりか、いま目の前に立つ人も予想にたがわずわびしかった。私や原口がいた国立の療養所とは別の療養所にいたというだけあって、おたがいに見覚えがなかったが、かつてこの地には、結核患者を収容する大小いくつもの療養施設があったのである。

「ここの暮らしも、やっぱりつらいんでしょうね？」

「そりゃあもう。なにしろ、からだのあっちもこっちも、ガタガタですから。それにこんな掘立て小屋では、雨露はしのげるけど、冬は寒くてね」

「それでも、仕事はしてるんでしょう？」

「ええ、これです」こういいながら、男はダンボールの蓋をちょっとあけてみせた。手袋とか靴下とか、粗い木綿製品がはいっているようで、つまりはその製造と卸しにあたっているということなのであろう。

「だけど、われわれの力ではうまく行かなくてね。素人ばっかだから。生活保護で助けてもらわないとちょっと……」

「昔とくらべてどうです？」

「昔とくらべて？　患者だったころですか？　そりゃあ、あのころのほうがよかったよね、ずっと。なんか守られていたっていうか……」

こういうと、男が古ぼけた自転車を押して歩きだしたため、私たちもしばらくあとにつづき、「このへん、ずいぶん変わりましたねえ」と、うしろから声をかけてみたが、相手はもう何とも応じず、サドルにまたがって私たちとのあいだの距離をあけていった。その着古したジャンパーの背中には、猜疑とか拒否とかが波打つかわりに、この場を逃げきればいい、そんな消極的な意地だけが、足がペダルをこぐのに従ってゆれているようにもみえた。

そのあと私たちは、原口がいっていたトミやんの家を捜しあてたが、留守だということなので、また外で軽く夕食をとってから、あらためて訪ねて、帰宅して食事中のトミやんと十年ぶりに再会をはたすことができた。トミやんとは、富永という実名がなまった愛称だが、私たちよりほんの少し年上の共通の知人で、かつては患者運動の人望のある活動家であった。いまは都心の事業所にかよっているそうで、見たところ血色もよく、居合わせた二人の子供にたいする父親ぶりも板についていた。また、奥さんもたぶん療養所にいた患者か看護婦で、その小柄で色白の容姿には見覚えがありはしたけれども、それを問いただすのはひかえておいた。

「けっこうたくさんいるよ、なあ」と、トミやんは箸をはこびながら奥さんに水をむけた。この地に住んでいる療養所の生きのこりのことを私が尋ねたときである。

奥さんがうなずくと、二人で指折り数え、なかには彼らと同様、夫婦になっているケースもあるという。二人が挙げたなかで私が思い出せる名前はごく少数だったが、患者だった夫の死後、酒場をやっているという看護婦あがりの女性のことも、私ばかりでなく、原口も憶えていないといった。あの世界に永くいたトミやんの知人といえば、私たちの前のころからあとの時期にいたるまで、ほとんど数えきれないほどいたわけで、一年かそこらしかいなかった私たちの記憶にない人がいるのも当然だった。が、それはともかく、あの世界から離れられないまま、この地に住みついた者が少なくないことは事実のようで、それも遠景として私の「療養所小説」に奥行きをさずけてくれそうに思われた。

「トミやん、いまでも党員なのかな？」

「さあね、あの人、昔から要領よかったから」

私たちはトミやんの家を出て、トミやんがいった酒場へ行く道すがら、こんなふうに話しあった。だが、私の本心では、共産党の活動家だった患者あがりのトミやんがつましいながらも家庭をいとなんでいる、いましがたこの目で見とどけた光景の前では、ひょっとして彼が要領よく党活動に距離をおいているかもしれないことなどどうでもよかった。とにもかくにも彼は、持前の人好きのする笑顔で、かつてあの世界の自己主張の噴出をになった中核のひとりだったのである。

もとは松林だったトミやんの家のあたりに小ぶりな住宅が群がっていたように、教えられた路地の、こぢんまりとした洋風酒場の並びにも、似たような小さな飲食店が何軒かつらなっていた。これでは、あの世界の生きのこりがいかに残留しようと、所詮、膨張しつつある町に呑みこまれる「大海の一滴」にすぎないのではないか。

はたして、その酒場の女主人も二人の先客もまったく見覚えがなく、私たちは若い女店員を相手に二、三杯の水割りを飲んだだけでひきあげた。そして、駅へむかう私の耳には、松籟どころか、人や車がかきたてる街のざわめきしか聞こえなかったが、それにもかかわらず、そのときも、また改稿にとりくみながらも、来てみた甲斐の余韻がひたひたと胸底をうるおしているのを感じつづけていた。

あとから考えると、それなら、あまり間をおかずに訪問をくりかえせばよかったのである。その町の変容に心をひかれ、そのなかを這いずり生きつづけるリハビリ施設の男の背中がちらついてならなかったのに、勤めや勤めの合間にベルリン、あるいは、東京とその近辺を舞台とする作品を書く仕事に追われるまま月日をすごし、私が抑えきれずふたたびこの地を踏むまでに三年もたってしまった。あのときリハビリ施設の一角で言葉をかわした、体躯も表情もはかなげにみえた男にもう一度会おう、そう思って腰をあげたわけだが、今度はひとりだった。

駅におりたつと、私は駅前のタクシー運転手に案内を頼んでみた。相手は即座にかぶりをふり、仲間の運転手たちのあいだをひとまわりしてから、またあらためて駄目だと手をふった。やむなく私は徒歩で捜しはじめたが、かつて私がいた療養所まで行って、三本の松の木を目あてに、うっすらと記憶に残るそこからの道をいくらたどりなおしても、目的地に行きつかなかった。三年のうちにさらに開発が進み、あの生きのこった松もリハビリ施設もこの地から抹消されてしまったのだろうか。街の変貌ぶりからそのように考えられなくもない。療養所にひき返してみると、以前とは反対がわに移された正門には総合病院の標札がかかげられ、建てなおされた玄関付近の雰囲気もよそよそしくて気軽に入っていけなかった。患者自治会など、もはやおなじ抹消の憂き目に遭っていることだろう。とすれば、あのリハビリ施設の消息を確かめるよすがもないということになるが、いずれにせよ、不惑に達した中年男の足腰はもう充分すぎるぐらい疲れてもいた。

それに、身辺に弱々しい微苦笑のたなびく、あの小柄な男の像はすでに私のなかで動きはじめていた、といってよかった。いつかきっとこの人のことを――と、脳裡に明滅する背中を追いかけだしたのがいつのことか、もはやさだかではないものの、ほかの作品と格闘するあいだにも、しだいにその男の像が近づき輪郭をかためていったことだけは間違いない。こうして、再会をはたしえないまま、私は想念のなかの彼の足どりを追いつつ、一字また一字と原稿用紙のマス目をつぶしていった。

その結果、私が彼と出会った戦後二十年目という時代を作品の背景とする物語――シチュエーションや人間関係を描くのに都合がよいよう、私がいた国立療養所にいたことにされているが、その人物が、久しく拠りどころとしていた世界が滅び、もともと縁の薄かった外の世間にも見放されて、心身ともに行きくれたすえ、出来ごころからバイクの前に身を投げて轢かれ、それから彼自身が滅亡するまで、いわばいのちの瀬戸ぎわにあって、執念の化身さながら、あの町に住むあの世界の生きのこりのもとを遍歴する――この「療養所後日小説」、あるいは、主人公の名にちなんで私自身が呼びならわした「モイチ小説」が世に出たのは、例の「療養所小説」が文芸誌に掲載されてから五年あまりのちのことだ。

二百枚近い長さに加えて、「大学紛争」の怒濤が足もとをあらうなか、この地味な制作にかまけて気のきいた作品の発表がとだえていた状況では、もしも「療養所小説」を認めてくれていた先輩作家のI、その切りくちの冴えた作風ゆえに私が畏敬してもいた人が編集する、新しい異色の季刊文芸誌に載せてもらえなかったら、いつまで出番を待たされたかわからない。その発表の場といい、物語の基調といい、世評をにぎわすたぐいのものではなかったけれど、療養所の村ないし町をおとずれた日からずっと胸の底に巣くい、ときには呻き声をあげることもあった課題がこれでようやくはたされたわけである。

そういえば、おなじころ、からだの底から熱い疼きが沸きたつような別の出会いに恵まれている。療養所の町でモイチに出くわす前の年の秋のことだ。このときも原口がいっしょで、彼と飲み歩くときのつねで、いまでは昔日のはなやぎの失せた浅草界隈からはじめて、坂をおちるように川向こうへとなだれていった。大学の同僚たちとは、大学の近くの山の手の繁華街にみこしを据えて、盃なりグラスなりを傾けながら歓談したり、論争したりするのがしきたりだったが、せめて原口とすごす宵ぐらいは、趣きも質感も異なる巷の空気につつまれていないと、山の手一帯をいろどる薄っぺらな若手サラリーマン風に心の内も外も染まってしまいそうに思われたからだ。

その日は浅草でタクシーを拾って、『濹東綺譚』で知られる赤線地帯の跡まで行ってもらった。たしか「療養所小説」が返却された日の晩にも、この迷路のような跡地から成る区画のどこかでやけ酒におぼれた覚えがある。もう十年以上も前の、だいたいおなじ季節だったと思うが、その時分にはまだ「赤線地帯」がかろうじて生き永らえていた。したがって、この「シマ」も夜もすがら灯が消えることはなかったが、戦時中はご多分にもれず焦土と化したというから、荷風が足を踏み入れたころとは街筋の趣きも行きかう人びとの様相もすっかり変わっていただろう。それがいまは、その種の営業が法律で息の根をとめられてからすでに六年もたっているのだ。

　私たちはかつての区画内と思われる路地を歩いてみたが、商売替えを強いられた家々は、建て替えられたものにせよ、もとのままのものにせよ、この宵の時刻には以前とは打ってかわってあらかた雨戸をしめて静まり、それだけ以前とかわらない街灯の光芒が、どこか時代錯誤を恥じでもするように、昔ながらにしなだれる柳の枝葉のあわいにおぼろな光輪をひろげていた。いくつか表まで灯りがあふれているのは酒場とか飲食店に転身した店で、私たちもその一軒ののれんをくぐった。表通りの飲屋のように威勢のよいかけ声には迎えられなかった。

　カウンター席もあったが、そのおくのあまり明るくない畳の部屋に客らしいまばらな人影が見えたので、私たちもそこへあがって、木製の時代ものの座卓の前にすわった。そのときむかいあったのが、その後私の胸を疼かせ、その人にはもとより、さしあたり私自身にも気どられることなく、その奥処に点火した人なのである。

　ここはかつて楼主がにらみを利かせていた帳場でもあったところで、おくの日本間では客と娼婦が飲んだり、あるいは本番におよんだりもしたにちがいない。考えるともなく、ぼんやりとそんなことを考えていると、明るさ、というか薄暗さに慣れたのだろう、目の前の人影がしだいに浮きあがってきた。といって、顔の造作をはじめ、あちこちの細部までくっきりと私の網膜に焦点を結んだわけではない。

「悪いですね。せっかくのところ……」私はとりあえず遠慮がちに声をかけた。話合いの緒をさぐるつもりなど露ほどもなく。

「いやあ、いいんです、どうせ……」物静かな声の調子で、一つ二つの違いはあっても、私たちと同世代の人とみてよさそうだった。

「近所の方なんですか？」

「ええ、まあ。それでお宅は？」

「近くはないけど、このへん、前にも来たことがありましてね、まだ赤線はなやかなりしころでしたが」

「そうですか。しかし、おれの目から見ると、ここがはなやかだった時代なんてなかったんじゃないのかな」

「そういえば……」相手の口調がややくつろいできたためか、私は逆にいくぶん警戒する構えになって沈黙にとじこもった。

「おれなんか」と、そこでしばらく待ってから相手が口をひらいた。「こういうとこ、あのころだってあがったことないから」

「われわれだってせいぜいぱあっと飲んだぐらいでね」と、原口が口をはさみ、

「そんななかでも、生きるってこういうことかっていう、そんな味のある顔や声にけっこう出会えることもあって……」私がつけ加えて口ごもると、

「あんた、インテリなんだ。それでそんなものを肴に酒を飲んだんだ。そうなの？」

「いや、肴だなんて……」

「いいんだ、べつに。薄暗いのをいいことに、普通はだれにもいわないこと、ついつい話しちまうけど、おれの女房、そういうとこにいたんでね。この店じゃない、あっちの、いくつかくねくねと曲がっていったあたりだけど……」

私は目をみはった。一瞬、あたりのざわめきがやんで、しんしんと外の闇と入れかわってゆくような錯覚がきた。さりげなくゆっくりと打ちあけた相手の口吻からその人の質実さがかいま見え、それだけにその言葉が胸にしみた証しなのだろうか。だが、つぎの瞬間には私のなかからも問いが噴きあがってきた。

「失礼だけど、結婚してもう永いんですか？　われわれが結婚したの、あの売春防止法の施行と相前後するころでしてね。べつにその法律と関係はないんだけど……」

「まあ、こっちもすれすれってとこかな。ただし、関係は大ありってことさ」

「つまり、あの世界が消滅するかしないかのころで、それと関係ありというわけ？」

「まあね……」

男はいったん大きく息を吸うと、それからも持前のおだやかな調子で言葉をつなぎつなぎ、その女性との結婚にいたる経過をとつとつと物語った。サクラ、ツバキ、カエデ、ススキ、キキョウ——店の娘にそういった植物の名（もちろん平仮名だった）をつけていた別の大きなシマ、つまり、吉原の最初の店がいちばんつらかった、といっていたという。しかも、のちに妻となる人はツバキと名のらされた——このくだりで、私はゾクッと鳥肌がたって、思わず唇をかんだ。目鼻だちこそすでに気遠いかなたへ去ってはいたけれども、椿いづみの名と初対面の晩の彼女の目の薄紅色のきらめきは忘れていなかったのである。あの全学連系の論客のだれかに寄りそったかもしれない椿いづみと、廓《くるわ》の締めつけの冷気のなかでかじかんでいたにちがいない若き日のツバキと、年恰好以外におよそ重なりあうところはない。にもかかわらず、のちにこのツバキを主軸のひとつにして作品をものしたとき、私はひそかにそれを「ツバキ小説」と呼ぶことにした。本名にせよ、源氏名にせよ、作中のヒロインにその名をあたえたというわけではないにしても——。

　いや、私は先まわりしすぎた感がある。その名前も知らない初対面の男の話から私が小説を構想するのはまだしばらく先のことで、その時点では、泣き上戸とはいえないまでも、その男の声がきれぎれにうるんでゆくのをいささか扱いかねていた。

「だけど、二人の仲はいいんだよな。それが何より肝心なところじゃないの」

　こう原口がもてあましぎみに声をかけると、

「あっちこっちとバテてきてね。借金しょって、ああいうとこを転々として生きてきた八年間が、五、六年もたったいまごろ膿みたいに出てくるのよ」

　私も原口にならってそっと男の肩をたたき、こちらは遠いからと、彼を残して店の外へ出た。男が洟をすすりあげたのは、疑いもなく涙のしわざだ、ひそかにそう推断しながら。

　外も薄暗く、ところどころ街灯が異物のように薄ぼんやりとかつてのシマの区画の路地を照らしていた。どぶ川もまだあるのだろうか、場末の街の異臭が吹いてきて、顔にあたる大気の肌ざわりは、食べものやアルコール飲料のにおいがたちこめていた酒場のなかとあまりかわらなかった。

＊　＊

男の話では、宮城県の農家の次男に生まれた彼は、旧制商業学校を卒業すると同時に上京して、いまも勤めている、業界では中堅の印刷会社で事務職員となり、アパート住まいをしながら夜間の簿記学校にもかよっていたが、そのうち県人会の読書サークルで『濹東綺譚』をはじめとする「廓もの」にふれるにつれて、若い正義感に多少の好奇心もかさなって、近くの赤線地帯に巣くう男女に関心をもちはじめ、仲間とともにそのシマの女性たちの更生を支援する活動に手を染めるようになった。といっても、休日の昼間に、区画から出てくるところを待ちかまえて声をかけ、話に乗ってきそうならしばらく随行する、といった程度のことで、言葉をかわしたという手ごたえを感じたことなどめったになかった。そういうところにいる怖いお兄さんを警戒しなければならないうえ、話しかける彼自身、性的な欲情をもてあます、内心じくじたるところのある独身者なのだ。こうして、そんな自慰的な奉仕活動に飽きてきたころ、売春防止法が制定されて、シマの人たちが浮き足だってきたあおりで、おなじ宮城出身のツバキ（そのころは別の名で客をとっていた）と出会うことになる。上京してから十年後、二十九歳のときだ。

他方、ツバキは十八のとき吉原へ売られ、そこでツバキという娼婦になる。男が上京した二年後のことで、稼いでも減るどころか、反対にふくらんでゆく負債を背おっていくつかの店を転々とするうち、濹東のこの地にあったシマに身を沈めることになるが、法律制定のあおりで、仲間の女性たちが落ちつき先を捜すのに遅れをとって途方にくれていたところで男と遭遇する。すでにその世界に暮らすこと八年、ようやく借金も残り少なくなっていたという。

彼女は出身地がおなじ県だということで彼に親近感をおぼえていたらしく、ある日たまたま駅に近い往来ですれちがったとき、珍しく彼女のほうから声をかけ、それでしめし合わせて都心の公園へ行って話しあった。話題の中心はむろんツバキの今後のことで、思いつめたような青ざめた面差しで「ほかに行くあてがない」という彼女と、初夏のかおりにつつまれつつ園内を行ったり来たりしていると、彼のほうでも本心から迎え入れる以外の生き方が考えられなくなってきた。彼にいわせると、「泥水のよごれに染まることの少なそうにみえた」同郷の人を見守る気持ちがかねがねあったから、ということにもなる。

はじめは彼のいたアパートでいっしょに暮らしたが、ひとりだけでぎりぎりだと思われていた給料でも、女手が加わるとかえってゆとりが感じられるという側面もあり、二、三度転居してから、区画内のもと娼家が貸間に転じたと聞いたのを機に、抵抗はあったものの、広いわりに安いという取り柄のあるその貸間に移り、いまもそこにいるという。六年のあいだに一度だけ子供をさずかったが、やがて吹き出物におおわれ、三歳になるやならずでさっさと逝ってしまった……。

私がこの話をもとに、作品化できないだろうかと思いたったのは、例の「療養所小説」の発表にこぎつけたあとのことで、男と出会ってから一年以上たったころである。「ベルリン小説」その他の短篇の執筆にたずさわりながら、何かしら物足りない思いを、「療養所小説」と対抗しうるもので埋められる時機をうかがっていた、そんな脈絡もあったように思われる。

木枯しの吹く季節だった。私は授業のあとひとりで濹東へ渡り、かつて男がひとりで飲んでいたシマの飲屋をおとずれた。迷路のような路地のぐあいでわかりにくかったが、柳の木との位置関係で見当をつけたところ、内部の薄暗い広がりに見覚えがあって、あがってみると、間違いないことが一段と裏づけられた。だが、ちらほら見える人影のなかにあの男とおぼしい影は見あたらず、それからもあらわれなかった。もともと偶然の出会いに期待をかけていただけで、実現する確率など限りなくゼロに近いのだ。それに、ひとりではいくばくもなく銚子がからになって、待ち受けるにも限度があるし、名前を聞きそびれてしまったからには、だれかに消息を尋ねようもない。

仕方なく腰をあげたが、かといって、このまま退散する気にもなれず、タクシーで引き返して大川と言問橋に近い向島のシマの跡へおもむいた。かつて何度か原口と飲み歩き、ひやかし歩いたところでもある。大通りで車をおりて商店街にはいると、あの世界が消えてから何年もたつというのに、いぜんそのシマの名が商店街の名称として生きのこっていた。なんと奇妙なながめであろう。そのせいか、私は足を進めてさして迷うことなくかつての赤線地帯をさぐりあてた。

ツバキが最後にいたシマとちがって、そのシマが戦災に遭ったのちにそこの住人たちが拓いたといわれるこの区間は、細い路地がだいたい碁盤割りに通っているが、その跡地につらなる家々が、タイルの外壁に色ガラスという往時のすがたのまま寝静まっているので、薄暗くてもたちどころにそれとわかるのだった。貸間とか事業所とかに変身したもと娼家もあるのだろうが、宵のこの時間では確かめようがない。この世界の消滅が私の結婚とかさなっていたこともあって、久しく足を踏み入れていなかったわけであるが、それだけに、私自身の足音だけがする、この路地から路地へとつづく静けさが無気味だった。外観だけは往時をひきずりながら、かつてここに入り乱れていた色とりどりの火影も黄色い人声もきれいに掃きのけられてしまっているのだ。その世界が消滅してから久しい点ではかわりないとしても、ここは療養所の跡より何倍も遺跡然としていないだろうか。

灯のもれる飲屋かバーが二、三軒あって、私はそのひとつにはいった。中年の女がひとり無聊をもてあますふうにカウンターのむこうにすわっていた。どこかの地酒だという、合成酒かと疑いたくなるようなまずい酒を供され、それを飲むうちに、案のじょうこの店もかつては娼家で、女将がいわゆる「お母さん」、かかえる妓たちに湯タンポの湯まで買わせた楼主のかたわれだったこともわかってきた。さっそく私が質問をくり出したのはいうまでもないが、だからといって、矢つぎばやにたたみかけるほど野暮でもなかった。つけ加えれば、おのれの知名度を心得た人間として、「作家の取材」を気どるほどおこがましくもなかった。

結局、週に一度ぐらいのわりで四、五回はかよったろうか。そのつど遺跡の路地をへめぐりもして、私はいつか、作中ではあの二人の住居をこの遺跡のなかへ移そうと決めていた。ツバキ自身、転々の途次、このシマのどこかで働いていた時期がある、そう聞いた覚えもある。それにしても、奇怪なことに、この冬のあいだ、偶然なのかどうか、例の飲屋への私以外の客の出入りは一度しか見かけたことがない。女将の足もとにあるらしいヒーターをのぞけば、客がいる空間にストーブひとつないのもそのせいなのか、酒で温まるからいいようなものの、さもなければ寒くて耐えられなかったであろう。

私がカウンターにすわると、女将はそのたびに中学生の娘を呼んで、「ほら、お客さんがジュースをあげるって」そう勝手にいってジュースの瓶を娘に手渡し、娘は黙って無表情に飲みほすと奥へひっこんだ。

以前はその奥の、いまは物音ひとつしない部屋々々で、男と女の交わりが音やにおいをかもしつつ営業としてくりひろげられていたはずである。この家をまるごと親の代からひきついだと女将はいっていたから、それが事実なら、その業態が栄えていたころの蓄えがあるのだろうが、こうさびれていいてはいつまで食いつなげることか。いるはずの夫が何をしているのか、ついぞ声を聞いたことも、姿を見たこともない。ひょっとして、身についた事業感覚でひとり娘の将来をあてにしたりするところがあるのだろうか。

それでも、この店へかようことで、シマの日常やしきたりや隠語について、あるいは、女将の知るかつての妓たちの横顔や、シマが潰えたのちの転進について、怪しげなものもふくめて多種多様の情報を仕入れることはできた。ただ、

「けっこう玉の輿に乗ったのもいてさァ、いまでも盆暮れの挨拶にくるのよ」というのが口ぐせだったところをみると、女将の人物描写には、近隣のもと同業者から伝えられた風聞に彼女好みの粉飾をほどこしたものも少なくなかったにちがいない。

私が原稿をほぼ書きおえて再訪の機会をえた翌年の秋には、しかしもう店はしまっていた。いまやこの区画内では、商売替えをしたり、持主がかわったり、代がわりしたり、空き家になって

しまったりしたもと娼家が何十軒もある、とは女将自身が教えてくれた話なのだ。いろいろ話を聞かせてもらった以上、時がたてばまずい酒にも怨みはなく、私の「ツバキ小説」のなかにもこの店の影はちょっぴりちらつかせてある。

私はなお何冊かの資料を読んでから執筆にとりかかり、下書きから推敲をへて浄書にたどりつくのに、夏休みからつぎの夏休みにかけての一年では足りずに、その年の秋の半ばまでかかってしまった。なにしろ、三百枚にまでふくらんだ、私にとっては初めての分量のもので、授業や会議、授業の調べや紀要に載せる論文の執筆の合間をぬうようにして書きすすめていったのである。そのあいだ、勤めにかかわる表の世界と、埋もれ去った裏街の闇をまさぐる作品世界とのあいだの行き来に慣れることは結局できなかった。ペンのはこびが遅くなったゆえんでもある。

作中の男性主人公は、作者たる私自身にひきよせて、全学連の運動と前衛党の分裂に傷ついたうえ結核にもおかされるという前歴の持主とされ、ツバキと出会うころには、自立すべく濹東・向島のシマのほど近くでささやかな書道教室をいとなんでいる。私自身には、政治運動にそれほど身を入れた経験はないとはいえ、そんなふうに狭間でのたうつケースの少なくなかった世代のひとりとしてまるで追体験できない現実というわけではなかった。いや、すぐそこにある現実と感じられるところもあったほどだ。そして、二人が出会ったのがその書道教室の場で、シマの世界がこの世から消える寸前におなじ部屋で暮らすようになる。

それにひきかえ、ツバキの経歴はいくぶんモデルに近いだろうか。もちろん、ツバキなどと名のらせてはいない。本名からいくつかの源氏名をへて、例の碁盤割りにはしる路地からひと跨ぎで彼の下宿に移ったところで、ふたたび本名にもどる。その外見としては、「泥水のよごれに染まることの少なそうにみえた」という男の述懐から私なりにイメージをふくらませることにした。モデルの二人に半分だけならって、虚構の二人もその後はもと「赤線地帯」、といっても、実在の彼らがいるところとは別の、あの女将のいたシマの遺跡に住んでいるが、それでもわずかながらおだやかな陽ざしを感じえた月日がある。けれども、子供が幼くして死んだころから、過去の八年間の実体がまるで「朧のように」傷口をみつけては噴き出るようになってゆく。人びとの頭上に傲然と高速道路がうねったり、「消費は美徳」のかけ声のもと街がはなやいだり――そんな世相の変容に逆らうような、とっくに滅び去った世界を重たくひきずるような日々のぬかるみが深まってゆくわけで、そのあげくのはてに、リハビリ小屋のモイチがくたばるのとほぼおなじころ、ツバキは男をおいてひとり自死を選びとる。あたかもそうするのが、あの八年間とその後の七年とのそれ以外にない帰結でもあるかのように――。

　はたしてそういう二人が、親族とか、知人、友人とかいった周囲の人たちとどのような関係に立っていたのか――そのへんのところが気になって、何度またあの男を問いつめようと思ったことだろう。しかし、書きすすめるにつれて、人物たちが彼ら自身の意思をもってひとり歩きするという事態に乗じて、なんとかその問題もひとこまずつ解決に導いていった。こうなると、ツバキその人への親近の念にかられるまま、彼よりもむしろ実物の彼女のほうに会いたい気持ちがざわめきたってきた。しかしながら、私に近い主人公とののっぴきならない仲になるばかりか、大詰めでは作者たる私が、彼をふりきって死を受け入れる方向へ追いこんでしまう彼女に、いったいどの面さげてまみえられるであろう。

ともあれ、少なくとも、いつの日にかかならず、と心に誓ったとおり、彼らの生の軌跡が私のかなり長い作品に結実したことはしたのである。ペンをおいてからも、何日かぼうっと天をあおぎ、地を見つめては何物かの物音に耳をすましつづけていたように思うが、その時期がすぎると、仕上がった三百枚の原稿をどこに発表するかが最大の関心事になってくる。できれば文芸誌がいいだろう。文芸誌なら三百枚一挙掲載という、作者にとってこの上なくありがたい措置をとってくれることも考えられるのだ。ところが、私の見るかぎり、昨今の文学シーンには、こういう作品の主題や作風を歓迎する気風がありそうには思えなかった。そこでは、家庭の崩壊、性の解放、若い世代の造反と相呼応する社会構造の変動——それらアップ・トゥー・デートな問題をとりそろえ、それらをほぐして新規の装いのもとに織りあげたものが、当然のことながら主流をなしているのだった。

そんなわけで、私の「ベルリン小説」を掲載してくれたことのある、文学作品にも重きをおく総合誌に話をしてみたところ、わりあい手ごたえがあり、雑誌の性格上、一挙掲載はできないが、という前提のもとに原稿をひきとって、編集部で検討のうえ、採用する旨の返事をよこした。約百枚ずつ、三号にわたって掲載されることになるという。

私自身は、この「赤線後日小説」ないし「ツバキ小説」を、「療養所小説」の対となるべきものとして捉えていたが、そういう作者の思い入れにそって読んでくれる人は少なかったにちがいない。それでも、「療養所小説」が発表されてから三年あまりのちに、とにもかくにも世に出る機会に恵まれたことは幸いといっていい。「療養所後日小説」ないし「モイチ小説」が公表されるのはさらに二年後のことである。

すでに四十の坂にさしかかっていた私をふくむ、私たち旧世代にたいする、より若い世代の異議申したての声が、とりわけ私の職場では「大学紛争」ないし「大学闘争」の名のもと、地ひびきをたてて私の身辺にも近づきつつあるころであった。自分では、その地ひびきあればこそ、それに耳をすましつつペンを動かしていたつもりだったが、作業をおえて発表にこぎつけてみると、その地ひびきといい、時代のうねりといい、呻吟のすえに出来あがったものになど目もくれることなく通りすぎてゆく――底暗い疼きとともにそんな気がしてならなかった。

*　*

時はくだって、九〇年代の半ば、というと、私が六十五歳で定年を迎えた翌年、六十七歳になる年のことだが、春先と春たけなわのころと、私はたてつづけに二度入院して頭の手術を受けた。

そのあとのほうの手術から二、三日して、手術後の疼痛もかなり薄らいだころ、たまたま妻が何か用たしに外へ出たのだろう、遠方から見舞いにきた大学助教授の息子が私の枕もとにひとりですわっていた。親子のあいだではあまり話がはずまない習慣がこのときも割りこんで、私たちは出版されたばかりの息子の論文集をめぐって、ふたことみこと言葉をかわしたりとぎれたりし

ていたが、そのうち、

「おやじの小説、本にまとめてみたらどうなの」と、息子が藪から棒にいいだした。「その出版社の社長、社長といったって社員はひとりだけで、あとは臨時のアルバイトなんだけど、なかなか意欲的な人でね、文芸書も出したいといってるんで、ちょっと話してみたんだ。けっこう気乗りしてるみたいだったけど」

「………」私は一瞬、唾をのんだ。頭の傷痕にひびいたが、遠いかなたのものが思いがけず目の前にあらわれためくるめくような感覚のほうが強く、「いやあ、何といったらいいか……」とりあえず口ごもるしかなかった。

「まあ、考えといてよ。読んでみたいんだ、こっちも……」

私は過去に一冊しか作品集を出していなかった。「ベルリン小説」を五篇ばかりまとめたもので、それ以降は、私の創作の勢いがおち、例の「大学紛争」にもまれたり、その事後処理に手をやいたり、加えて研究者としての業績もあげたかったりで、「ツバキ小説」「モイチ小説」のあとは短篇をいくつか発表するにとどまっていたため、「ベルリン小説集」につぐ出版の話がどこからも来なかったのである。勢いをもりかえせば出版の道もひらけるだろう、そんな腹づもりもあって、あえてこちらから話をもちこむのも控えているうちに、そのまま勢いをもりかえすにいたらず、結果として、新しい出版にもこぎつけなければ、成人した息子の目にふれる機会もなく今日にいたってしまったわけなのだ。

「いまやってる翻訳を出したいんだ」と、私は間を埋めるために口をひらいた。やりかけの翻訳が私の脳内で大きなスペースを占めていたことに偽りはない。だが、その一方、池に投げられた石が波紋をひろげるように、息子の提案がその脳内いっぱいに波をけたてはじめているのも確かだった。

「また連絡するよ」

こう息子がいって、そのときはそれでこの話題に終止符が打たれた。しかし、その後も波紋は消えやらず、それどころか、しだいに荒く音高く打ちかえし、どよめきかえすかと思われることもあって、ベッドのなかで天井をにらみながら、私はその物音を聴き、くりかえしそれと対話をかわさないわけにはいかなかった。

意外といおうか、望外といおうか。実現して過去の作品が本のかたちでよみがえれば、締めくくりの記念になりそうでもあれば、何かがはじまるきっかけにもなりそうだ。いまの体調では前者の可能性が濃いが、ひょっとして後者のほうが這いあがってくる見込みもゼロとは限らないだろう……。

退院すると、翻訳をつづけるかたわら、古い雑誌を取り出して古い作品の読みなおしにとりかかった。体力の衰えで根をつめるわけにいかず、どちらのはかどりももどかしかったが、定年をすぎた身に時間が足りないということはなく、短いものから長いものへと、しだいに読む対象を移していった。いくつかの短篇、中篇から、「療養所小説」、「療養所後日小説」たる「モイチ小説」、そして「赤線後日小説」たる「ツバキ小説」へ、というぐあいにである。そうして読みかえすうちに、過去の作品の世界が、とりわけこの三篇の世界がふたたび私のほうへぐいぐい近づいてきた。あるいは、ある種の面映ゆさと時間の堆積をくだいて私のほうからにじり寄っていった、といいかえてもいい。

あらためて見直してみると、それらはまた、それ自体とくに光り輝いているわけではないにしても、概して灰黒色だった私の生の航跡のなかでは、かろうじてチロチロと光りまばたいているものといいえなくはなかった。

小説に登場する患者仲間や看護婦たちの映像も、その原型の面影とかさなりダブりながら私のなかで息づきはじめ、息づきながらこちらをうかがっているようだった。主として飲屋の女将が話してくれたシマの女たちの日々のならわしや口ぐせ、また彼女たちの気性や行動パターンの移りゆき——「ツバキ小説」の背景や彩りとなったそれらの景物も、あらためて息をはずませつつ私を見返していた。少しばかり年上の人も年下の人もいたが、描かれている人物の多くは私とおなじ時代の空気を吸っていた者ばかりだった、といまさらながらしみじみと思い返された。わけても前景に配置されているのは、自覚のあるなしにかかわらず、その消えてゆく世界に囚われるあまり、移りかわる時代の色合いと折りあえず、ついには駆逐されるほかないような人びとであった。

「モイチ小説」の主人公をはじめ、彼をとりまく人物たちも、おもな顔ぶれはみんなそうで、あれ以来会っていないトミやんも、そういう人物として、家族ぐるみ、断末魔の主人公が他者に乗りうつる重要な場面のひとつでひと役かってくれている。それでいて、その一方、私自身がかつて選抜した言葉のつながりの次元では多少とも近づけても、現実にはその人物たちのいずれも、彼らが生きていた時代そのもののように、私がいまいる地平からはいっそ光年で計りたいほど遠かった。

　私は息子に電話して、出してくれるなら、この三篇にこだわりたい旨を告げた。合計して原稿用紙七百枚をこえる本ともなれば、小出版社にとっては大きな負担になるだろうことは承知していたが、私としてはどうしてもそこに帰着してしまうのだった。それらの人物と彼らの時代をたとえ数歩でもわが身の近くに感じたかった、そういえばいくぶんかでも実相に迫れるだろうか。

　さいわい頭から断わられることはなく、推敲の手を加えて、古い雑誌からとった作品のコピーを送ったところ、夏のおわりごろ社長という人から連絡があって、事務所にほど近い神田の喫茶店で会うことになった。そして、その面談の場で、四十前とみえる長身の相手は、作品は読んだ、かなり窮屈な字並びになるが、それでもよければ希望どおりのかたちで出させてもらう、といってくれた。そのさいたゆとうてきた侠気のようなものに、私はただ深々と頭をさげた。なにしろ、他の二篇が生まれるはずみとなった「療養所小説」にいたっては、文芸誌に掲載されてからだけでもすでに三十年目にあたるのである。最初の稿ができたときから数えれば四十五年近くもたってしまったことになる。

　こうしてその年の秋から本の製作が進行し、つぎの年明け早々に四百ページ近い重厚な本ができてきた。

「あとがき」で私は、「もはや戦後は終わった」といわれた昭和三十年ごろを境に滅び去った結核療養所といわゆる「赤線地帯」、これら消えていった世界にたいする私なりの挽歌を具象化しようとした、というふうに三篇の創作モチヴェーションを概括しているが、息子が出版の件を切りだしたときに感じたように、この出版がなんと私という存在の挽歌になりそうな気がしないでもなかった。さしあたっての実感として、何かがはじまるきっかけになろうとはとても考えられなかった。

それでも、いそいそと寄贈者のリストをつくった。できるだけ買いとってほしい、そういう社長の意向にも副うためで、その過程でいまさらのように思い知らされたのであるが、作品集の頭におかれた「療養所小説」の初稿を最初にいくばくかでも評価してくれた、あのN・KもN・Sもとっくに他界してしまっている。ばかりか、「ツバキ小説」を載せてくれた総合誌の、私よりいくつか年下の編集長も、「モイチ小説」に日の目をみせてくれた、いくつか年長の作家Iも、もはやこの世に存在していなかった。

そういえば、この作品集とかぼそい糸でつながる椿いづみはもとより、私が作中で殺してしまうモイチとツバキも、あれ以来ずっと縁がきれたままである。ツバキの夫の消息もその残像もろとも闇にとざされている。

狐火

一

古希をすぎたころから、彼は自分のことを、本名をもじって信翁《しんのう》と呼ぶことにしている。もちろん、人が沙翁とか、蕉翁とかいう場合とちがって、みずからへりくだってのことだ。辞書にもそういう用法が出ている。

親からもらった信彦という名が、かねて俗っぽいうえに青っぽくもみえだしてきたのが何よりの要因であるが、もともと論外なことだけに、久しく音読みの名前にあこがれていたことも無関係ではない。といっても、世間にむかって高らかにそう名のっているわけでも、沙翁や蕉翁のように尊称として世間からあたえられたわけでもなく、心中ひそかに自称しているにすぎなかった。だいいち、定年退職して何年もたつ浪々の身には、世間とのつながりなどないに等しいのだ。それに、彼がいまはやりの生きのいい老人だったら、こんなひねこびた自称の殻にとじこもったりはしないだろう。

彼は年よりも老けてみえる、そう自分でも思っている。からだのあちらこちら、とりわけ頭部に生じた損傷のしわざと考えてよさそうで、事実、定年から二年のあいだに二度もメスで頭に穴をあけられたのだった。しかも、その前には頭にかぎらず痛みの跳梁に悩まされる歳月があったし、そのあともけっして収まっているとはいえなかった。いうなれば、常態化した痛みの余波と馴れあって日々をやりすごしている、そんな状態なわけで、沙翁や、蕉翁よりだてに二十年も生きながらえているわけではなかったのだ。

六十五歳で職を退くまで、準大手の食品メーカーの営業部門につとめること三十三年、それから販売専門の関連会社に移って八年——というのが信翁の経歴であるが、なだれを打って体調がくずれだしたのは、ご多分にもれずサラリーマン生活をしめくくる最後の二、三年のことで、おかげでその間にはいやというほど冷や飯を食わされた。

いまは妻の恵との二人暮らしである。子供たち、息子と娘が彼らのもとを去って別世帯をもつようになってから優に十年はたっている。四つ年下の恵も古希に近づきつつあるが、こちらは年よりも若くみえた。そう人にいわれることもある。病気知らずというわけではなく、むしろ多少ヒポコンデリーの気味がなくもなかった。要するに、肉親の多くが長命なところから考えて、いまはやりの言葉でいえば、その点でたまたまたちのよい遺伝子に恵まれたまでのこと、と彼は勝手に解釈している。

そんな信翁の目に、このところ狐火がちらつくようになった。こういうと、そろそろボケの症状があらわれたのでは、と身を乗り出す向きもあろうけれど、実は、住居とするマンションの窓から望む坂町の夜景に点々と灯《あか》りがちりばめられているだけの話なのだ。そのいささかのわびしさにも狐火をほうふつさせるところがある、とひとまずいっておこう。ただ、「このところ」というのには確かないわれがあって、彼は一年あまり前にここへ越してきたのである。それも、ほぼこんなふうにして——。

「年をとってから、住みなれたところから知らない土地へひっこすと、ボケることが多いっていうわね」

「うん、そういう話だ。ボケるのはいやだよな」

夫妻のあいだでこのようにいいかわされたのは、かれこれ三年ほど前に転居ばなしが起こったときにさかのぼるが、それからあとも何回となくくりかえされた。

数えてみると、両親の庇護下にあった幼児期から、信翁はもう六十年以上この浦和の住宅地に住みついてきた。恵と結婚してからでも約四十年。むろんその間には、近辺を転々としたことがなくはないものの、それもだいたい短い半径のなかを移動したにすぎず、二十五年前に五人用の家屋を新築してからはそこに定住しつづけてきた。それどころか、そこがついの住みかになるものと、漠然とながら思い定めていたような気がする。

それなのに、ここへ来て転居の件が脳裡に点滅しはじめたのは、案に相違して、古希がすぐそこまで迫ってきてみると、なおいつまでこの傷もののからだをひきずって生きるものやら、以前とくらべてむしろ見通しがつきにくくなったことに戸惑いのようなものがきざしてきたから、というしかなさそうだ。体質からいって、もともとこんなに生きることになろうとは予想していなかったのである。若いころには、なんとか生きのびても、四十前に逝った父親より二十年も長持ちすれば上々だろう、という程度にしか考えていなかった。

加えて、十年あまり二人だけでおなじ家に暮らしていると、当初は考えに考えて造って、その後しっかり使いこんできた家なのに、一から十まで間が抜けているように思われてならなかった。彼の母親と二人の子供たち——すでにいなくなった三人用のスペースが半ばを占めていたといっていい家屋では、その部分が年々物置の様相を濃くしてゆくだけではなく、とくに冬場など、二人で使う二つ三つの部屋をいくら暖房しても、ふすまごしにしみ通ってくる空き部屋の寒さ、暗さを遮断しようがなかったのである。娘夫婦が子供づれで泊まりにきて、家じゅう狭しとさわぎまわることがあるとはいえ、それとてほんのときたまのことにすぎない。毎朝毎晩、無用の長物と化した部屋々々の雨戸をあけたてするのもうっとうしければ、ちょっと出かけるさいの戸じまりもひと仕事なのだ。

それなら、いっそ家を始末して、多少とも住み心地のよい住居に移ろうか、という話がもちあがったわけであるが、自然の成行きとして、せっかく移るのなら、相互にそう離れていない、息子の昇と娘の美緒が住まう二つの町の中間あたりへ、というふうに話が進んでいった。ボケうんぬんがしゃしゃりでたのもその間のことにほかならず、そのつど信翁は、その語彙がもつなまなましさの前で恬然としてはいられなかった。

頭に病気が巣くいやすい体質という点だけでも、老いにつきたがるボケは時とともににじり寄りつつあるように感じられたうえ、テレビなどで勧められるボケの予防策といえば、ひとりでくよくよせず、趣味の世界を開拓し、友人知人の環のなかで大いに歓談するのがいい――と、あらかたこんなふうに要約されるようだが、このごろの信翁の暮らしぶりたるや、文字どおりその対角線上にある、そういってもあながち間違いではなかった。たとえば、六十年住んだ土地ともなれば、見慣れた家や標札はいまなお少なくなかったにもかかわらず、四十年にわたる会社がよいの置きみやげなのだろう、日々の散歩の折にだれかと挨拶や言葉をかわすことなど皆無に近かったのだ。といって、彼自身としては、無愛想な、浮世離れした生き方を頑なに志向していたつもりはなく、たんに群れることをいとう性分にそって、はぐれ者よろしく趣味の会などいっさい無関係にその日その日をすごしていたにすぎなかったのである。結果として、社交上手な老人を褒めあげるテレビ・ドクターや、彼らの思惑どおりに元気をひけらかす老人たちを好きにはなれなかったけれど。

ともあれ、こうして子供たちの住む町そのものではなくても、おなじ首都圏でも彼らのいるいくらか南の地域に手ごろな住居を捜してみよう、ということになった。その場合、住居といえば、いつかマンションが二人の念頭に浮かぶようになったのも、自然の成行きのひとつといえよう。生まれてこのかた一戸建てにばかり暮らして、アパートだのマンションだの、およそ自分たちと結びつけて考えたことのない彼らだったが、マンション住まいの昇や美緒の家をおとずれるうちに、住み替えるとすれば、今度はそれに決めるしかなさそうだ――そんな好奇心もまじえた予測とも諦めともつかぬものにいつしかなじんでいた。

しかし、いざ腰をあげ、電車に乗ってどこかのモデルルームを検分に出かけるまでにはかなり時間がかかった。いま住む家への並々ならぬ愛着が一枚も二枚もかんでいることは否めないが、かといって、それが両手をひろげて立ちはだかるほどのものとも考えられず、結局、いまさら住み替えるということに、何かしらくっきりとした現実感がなかなか伴わない、といえばいいだろうか。起床し、一日の時間をすごして就寝する――こういう日常は、ここにいても、なんら支障なく反復されてゆくのだった。いきおい信翁自身、新聞広告、子供たちが気まぐれに送ってくる、彼らの地域の住宅情報たる折込みチラシ、住宅会社から郵送されてくるパンフレットのたぐいを吟味しつつ、容易に半信半疑の境涯から脱け出ることができなかった。それでも、ときには義務感のようなものに駆られて、

「こいつ、よさそうだから行ってみるか」と、恵に声をかけることはあった。

だが、恵はそのつど、今日は洗濯をする、スーパーの特売がある、とか並べたてては腰をあげようとしなかった。もともと彼女には、なぜか「実家《さと》」が発するシグナルにだけ素早く反応するような習性があって、それがときとして信翁の機嫌をそこねることもあったが、父親が欠けて、その牽引力が薄まっているはずのいまでも、彼女の行動の基本様式にさして変化は生じていないようにみえる。この地の知人、友人と離れがたい以上に、いまの家からあまり遠くない実家と距離があく方向へ踏み出すのは、さしずめ「生皮をはがされる」の譬えにも似ているのだろうか――。

「いったいいつになったら腰をあげるんだ」と、信翁はつい声を荒らげてしまう。自分もいぜん出撃態勢から遠いところに寝そべっていながら。

一方、そういう彼の不機嫌だが、それも遠い昔、見合いから結婚にいたる過程で、スカートをひるがえしつつしゃがんだ恵の細身のうしろ姿に目をこらして、結婚すればこれを自分のものにすることができる、そうわれとわが胸にささやきかけた若い日のひとりごとを思い返せば、たいていは鎮まってくれた。というより、この四十年、まじないのように思い返しては鎮めているうち、そうするのがいわば癖になってしまっていた。

けれども、何かのはずみで、こんな言合いのはて、二人そろって南行きの電車に乗ってしまう、ということもなくはなかった。といっても、それで例の半信半疑が払拭される、というわけにはいかず、新しい便利な素材を駆使したモデルルームの細部にまで目をくばりながら、その場では惜しまず感嘆を口にしても、一歩外へ出るや、なんだか息苦しい、とか、住むよりも見せるために造られている、とかいってうなずきあった。

もっとも、この程度のことでも、何度もくりかえすことは体力が許さなかった。都内をつきぬけたあげく、乗り換えまでして現地にたどりつくだけで、二時間近くもかかってしまうのが普通とあっては、いちど出かけると、どうしても二週間は出かける気になれないというていたらくなのだ。是が非でも新しい住みかをみつけなければ、という切迫感や意気ごみがあれば、疲労を感じる度合いにも違いがでたであろう。しかも、住みかを替えるには、ひっこしという重労働のうえ、このところあまり縁のなかった種々の手つづきの壁また壁を克服しなければならない、ということも彼らの脳裡に去来していた。信翁としては、公的年金のほか若干の個人年金もあって、二人だけならなんとか暮らしていけるにしても、いつ終わるか知れない「老後」のためには、マンション購入に使いはたすだろう蓄えにかわるものを、いまの家を売りはらうことで獲得しなければならず、それに必要な売買の交渉など、考えるだけでも眩暈《めまい》にさらわれてしまいそうになる。

こういった見学をかさねた二度目の日には、駅からモデルルームまでのわかりにくい道すがら、折あしく真夏の陽がじりじりと照りつけるのにひどく往生した。信翁など、腰痛が悪化したばかりか、日射病なのだろう、その晩のうちに体温が三十八度線をこえていったほどで、暑いさなか、おさまるまで三日も横臥をよぎなくされた。進まぬ気持ちを見せつけるように遅れがちに歩いていた恵のほうは、それだけ重たい重石を信翁の足腰にまといつかせた――と彼には思われた――にもかかわらず、「だるい、だるい」とこぼしながらも、外出で汗まみれになった衣類の洗濯にとりくんでいた。

が、その数日後、あらたに届いた住宅会社のパンフレットを前に、「もうやめにしようよ」と、二人がため息まじりの台詞《せりふ》を投げあったのは、ほとんど同時といってよかった。

それ以来、信翁はチラシにもパンフレットにも目を通さなかった。恵もおなじであろうことは、家屋の白アリ駆除の広告をかかげて、うちもそろそろやっておかなくては、と信翁の気をそのほうへひっぱったりしたことでも明らかだ。そのときは、それもそうだ、と信翁が応じたので、実際に業者の作業員が床下をはいまわり、その結果、多額の支払いと何日にもわたる臭気をしょいこまされる羽目になった。

そして、そんな夏も去って秋もいささか深まったころ、信翁が散歩から帰ると、

「これ、どうかしら」と、恵が新聞広告をひろげてみせた。

このところ信翁が無縁とみなしてきたマンションの広告であった。紙面の四分の一ぐらいの、とくべつ目立つものではなかったところをみると、恵はこの間にもこの種のものに目を注ぎつづけていたのかもしれない。場所は横浜の住宅地で、私鉄の駅が近いうえ、交通の便もかなりよいらしいことは、首都圏の交通網のデータがいわば「入力」されている、もと勤め人の信翁には即座に見当がついた。そのうえ、昇のところにも美緒のところにも、三十分かそれ以内で行きつける――。

彼はじっと恵の目を見た。実に久しぶりのような気がする。といって、見た結果とくべつの収穫があったようには思えなかった。ふうん、と投げやりにうなったきり、あらぬ方へ目をそらしたのが何よりの証拠である。それでいて、モデルルームが公開されるつぎの土曜日には行くことになるのでは、と漠とした予感にくるまれていた。

確認しあわないまま、その土曜日、二人は早めに家を出て、一時間半ののちには、広告にあったマンション建設の現場に立った。モデルルームより現地を検分するほうを優先すべしと思ったからで、その全体を見渡せるよう、スーパーの裏口とおぼしい外階段を数段のぼった位置をえらんだ。ところが、そこで視野にはいったのは、まばらな林を背負うだだっぴろい空き地にすぎなかった。昨夜の雨の名残りらしいいくつかの水たまりさえあって、その表面でそっけなくさざ波がゆらめいている。マンションを予告するものといえば、その完成予想図や概要をしるした大きな看板と、工事用と思われるプレハブの仮小屋と、ぴくっとも動かないシャベルカーだけだ。完成は一年以上さきと謳ってはいるものの、自分たちの現実の住みかを思いえがくにはわびしすぎる景観であった。

「帰りましょうか、これじゃあなんだか……」恵がつぶやき、

「へえ、これが恵ご推奨の物件というわけか」と、信翁も舌をはじいた。

と、その大きいとはいえない話し声が誘いでもしたのか、

「マンションをごらんにいらしたんですか？」と、若い女の声が彼の耳もとでした。

見ると、制服らしいピンクのスーツを着た娘の目もとが吸いこむように笑っている。近ごろはとんとご無沙汰つづきの感触である。

「図面をごらんになればおわかりのように、こちら、贅沢なぐらい敷地が広いんです。ですから、建物の前に二十メートル以上もお庭がとれて、駅の近くで便利なわりに、とっても静かなんですよ」

「会社の方ですか？」

「はい、ちょうど通りかかったんです。モデルルームに帰るところですから、ごいっしょにいらっしゃいませんか。朝からもうたくさんのお客様がおいでなんですよ」

信翁は、そういってふりかえりふりかえり歩きだした娘のあとにつづいた。なんだか磁石か何かにひきずられてゆく図だな——と、まるで冗談を地で行くような自分に半ばあきれながら。ふりむくと、恵がこれみよがしの遅い足どりでついてきた。

これまでにも、やわらかな微笑のようなものに誘われるままついていったことがある。たいていははしご酒の途上のことで、そのあげくには、見知らぬ街筋をタクシーでひきまわされたり、電車が動くまで終夜営業の飲食店にすわりつくしたり、といったろくでもない幕ぎれに重たい頭をかかえるのが落ちであった。一度など、それがもとで飛ばされ、何年間か永い通勤時間に呻吟させられたこともある。

いまこのうしろ姿をつつむ、けぶるような灯《ひ》の風情もそんなかどわかしの一種だろうか。信翁は歩きながら目をこらしたが、巷で飲み歩けなくなってから十年近くもたつ彼には、さしあたって久しぶりに射てくる灯の感触にかろうじて胸奥で照りかえる以上の余力はなかった。

だが、モデルルームに着いてみると、先導してきた娘は見学者の雑沓のおくへ消え、かわって顔面の脂ぎった中年男が夫婦の相手になった。名刺には「営業部販売促進第二課課長補佐」と長たらしい肩書きが刷りこまれている。彼はまずモデルルームの各部屋を案内したが、肩書きにみあって、説明もくどくどと長たらしかった。そのため、信翁がいささか辟易ぎみに距離をあけようとしたのにひきかえ、道みち乗り気でなさそうだった恵のほうは、反対にときどき質問をくり出しては課長補佐にぴったりとはりついていた。信翁が面くらうほど、その目に未知の灯りがともるのを見たような気もした。

モデルルームを収容するプレハブの建造物では、一戸分のモデルルームが面積の大半を占めている関係で、ロビーや事務所のスペースは極度にきりつめられているうえ、どこも売り手、買い手の関係者でごったがえしていたが、信翁はロビーのパイプの椅子にすわってからも、目をきょろきょろさせて、あの女子従業員の隠れがにちがいない、ほんの数歩先の仕切り扉を見はりつづけた。それでも、ひょっとして恵と課長補佐に気どられたら、というノーマルな感覚も目ざめていて、二人のあいだをボールのように行き来する言葉のやりとりのほうへもおさおさ注意を怠らなかった。

「なかなかいいみたいじゃない」と、外へ出ると恵がいった。

「まあね、ひとまず資料を研究してみるとするか」

とりあえず図面や仕様や諸費用などの資料をもういちど検討して――と信翁が応じたのは、いつわらぬ本心の声で、その時点では、モデルルームのうわべの出来ぐらいしか印象に残っていなかった。恵と課長補佐との言葉の行きかいも、耳たぶをかすめた、雑音より少しは耳よりな音響としてしか残っていない。ただ、その問答に気をとられていた恵の勘が、それ以上にひろがらなかったのだけは救いだった。かどわかし――そんな不吉な成行きにはならず、むしろ、めぐりあい――そんな穏やかなニュアンスの言葉のあてはまる成行きになることもありうるのでは、と彼は帰途ひそかに自分にいいふくめていた。住みよい新たな住みかへの希求が退行していなかった証しともいえる。

帰宅後、何回となく資料をめくったり、新たにえた細部の情報を夫婦のあいだで交換しあったりしたことはいうまでもないが、例の脂ぎった課長補佐が二度目にやってきたときには、さきのマンションの七階、南むきの三ＬＤＫを購入する契約が結ばれるところまで行きついた。価格が高めなのは難点だったが、資料からわかる物件の質と、何分の一かはすでに足で確かめたといえる地の利が決め手になって、信翁も恵も判をおす気になったのである。もっとも、課長補佐の長たらしい説明を切りつめさせたいばかりに、二人のほうでせっせと話を先へ早おくりしたようなふしもなくはなかった。モデルルームでは寄りそうばかりの恵だったが、その相手がひきあげると、

「あの人の体臭がこもっちゃって、なんだかくさい。奥さんに逃げられるはずよ」といって、気前よく窓をあけさえした。販売に熱中するあまり女房に逃げられてしまいました、とは課長補佐が要談の合間に自分で打ちあけたことだ。

「稀有なめぐりあいというか、めぐりあわせというか……」信翁はその室内で苦笑をかみ殺すかたわら、天井の上のはるかな空《くう》へ目をやった。二度と姿を見せず、それゆえ実像すらぼやけてしまった美しい従業員の、せめて仮象ぐらいは――そういう拘泥がなおも息づきつづけていたということだろうか。

契約の直後に一割の手付け金をはらったのは、もう年の暮れもだいぶ押しつまったころだが、マンションそのものの引渡しはまだ一年以上さきの春になってからという。現場に建造物の影も形もないのを実見におよんだ以上、買い手の彼らとしても、すべて納得ずくのうえのことだ。なにしろ彼らには、ポスト・バブルの不景気な時期にいま住む家屋を少しでも有利に譲渡するのに、また、永年かけて積もりに積もった雑多な物品を始末するのに、時間はいくらあっても足りないだろうと思われたのである。

が、そうはいっても、冬のあいだはとりあえず逼塞しているしかなかった。家を売るにしても、

あまり早くから動きだせば足もとを見透かされる怖れがあったし、雑物を始末するにしても、がらんとして寒々しい家のなかで作業にかかるのは億劫のきわみだったからだ。雑物の大半は、いなくなった母親や子供たちの部屋につめこまれているが、それらの部屋では、夫妻の使用する部屋へ移されるとか、こわれて捨てられるとかして、あるべき暖房器具まで追放されてしまっているのだ。それに、信翁としては、何をおいても、新しい住居ができあがって、そこへひっこせるようになるまで、自分がひっこせるだけの身体的な状態を維持していられるかどうかが問題だったのである。

そして、待望の暖かい季節を、さいわい二人ともあまり変わらない体調で迎えることができた。いよいよ活動開始のときである。大きな家具のうち不要なものは後日ひっこし屋に任せるほかないだろうが、細ごました雑物は、みずから取り出して廃棄か保存かを見きわめ、それに対応する措置をとらなければならなかった。その場合、新しいマンションでは面積が半分近くになり、物入れのスペースもそれだけ狭くなることを勘案すれば、廃棄すべきもののほうが圧倒的に多数派なのはいうまでもなく、そのなかには、家を出るとき子供たちが残していったものも少なくなかった。

「いまの子供は、あたしたちの時代とちがって、こんなとき手伝いにも来ないいんだから。それも自分たちのものを片づけるっていうのに」

恵が声だかに訴えた。毎日少しずつとはいえ、いつ終わるか知れない苦役が減退した体力にこたえるのは信翁もおなじだったが、細かい世帯道具のたぐいには、主婦でないと手のつけられな

いものがやはり多いのだ。それも勘定に入れて、

「手伝いに来いって電話すればいいだろう」と、信翁もおなじ口調でいってのけた。

「まあ、美緒は一日きてくれたから。それでなくても、みんなそれぞれ用があるし。美緒なんかも、子供の受験だの何だので手いっぱいみたいで……」

「それなら文句をいわなきゃいいんだ」

「いったっていいじゃないの。こんなにたいへんなんだから」

恵がいくぶん声をとがらせ、信翁が黙りこむのがこんなときの常道だった。いいかえしても何も解決しないどころか、それで心身の虚脱感がかさばる結果になるのが関の山なのは先刻承知のことだからだ。彼はふと、自分のまわりにも「家庭の団らん」なるものが実在していた過去の一時期に思いをはせた。子供たちの明るい声がはねまわっていた食卓、山や海にむかって歌声をあわせた休暇旅行のひとこまひとこま、それから彼らの受験勉強の日々、合否の知らせを待つときの刻々と高まる鼓動の音。いや、もっと昔、信彦が半年ばかり研修がてら北海道へ配転になった折には、まだ家に電話もなく、週末に飛んで帰れる時代でもないとあって、休日になると寮の窓からわが家のほうを望みつつ、三歳と一歳という昇と美緒のために、「鯉のぼり」と「赤い靴」を何時間もくちずさんでいたものだった……。

これら、生活のきびしさをもたっぷり味わわせてくれた「古きよき時代」の思い出のどれも、どうかすると、いまの自分とは縁もゆかりもない事象のように思われることがある。してみると、このごろよく聞かされる「家庭の崩壊」なる現象も、どうやらわが身に即して実際に起こってか

ら久しいということになるのかもしれない。

　こうして信翁が頭痛、腰痛、気管支炎など、恵が胃潰瘍の後遺症、腱鞘炎などに悩まされるうちに年がかわって、とうとう春もさかりの転居の日にたどりついた。いっそ営々とその日をたぐりよせた、といったほうが彼らの実感にそっている。もちろん、その前には、業者を介して、満足とはいかないまでも、まずまずの線で古い家の譲渡契約をすませ、内覧の日になると、マンションの内部ばかりか、モデルルーム見学の日とおなじく、スーパーの裏階段の途中に立って、かつては何もなかった敷地に鎮座する、淡い褐色のタイルで化粧された八階建てのマンションの偉容も網膜におさめた。さらに、引渡しの日にも、鍵をもらうだけにあまんぜず、カーテンや照明器具やエアコンをつけるための計測をして、それぞれの業者に転居以前に来てくれるよう連絡し、そのうえで約束の日にまた二人で立ちあうべく足をはこぶというように、そのたびにすりへりながらも、いく重もの準備段階を踏みこえてきたのだった。

　当日は、この季節にしては珍しい晴天であった。古い家のほうでは、ひっこし屋の作業員にまじって美緒が手伝い、新居では昇の連れあいのかおりが待ちかまえる、という手はずになっていた。一年あまり廃棄と整理にはげんできただけあって、三時間もすると大型トラック二台に荷物がつめこまれ、廃棄する家具などを満載したトラックの用意もできた。先日たまたま近くの駅で会った折ひっこしの予定を聞いたもので、と元同僚の初老の婦人が来てくれたが、もはやたいしてすることはなかった。何もない荒涼とした八畳間で腹ごしらえをすますと、思い出の多い家に別れを惜しむ間もなく、信翁と恵と美緒の三人で浦和から横浜へとタクシーを走らせた。二時間ぐらいの行程なのに、うんざりするほど永い時間に感じられた。気持ちの昂ぶりの裏で、疲労物質の増殖が加速されているのが自分でもわかった。

新居では、作業員とかおりとで整理がようやくはじまったところらしく、三人が着いてからも、各部屋にダンボールが所せましと積みあげられていった。キッチンとダイニングへの出入りができ、六畳の日本間に布団が敷けるようになっていれば、ひと晩ぐらいはすごせるだろうと、そこへ若い人たちの力を結集してもらい、窓の外がたそがれるころにそこまでこぎつけると、明日また来てもらうことにして、身内の四人は近所のファミレスで夕飯をとった。

筋肉痛のドリンク剤、それから常備薬の鎮痛剤を服用してから、信翁は新しい和室にどっと身を横たえたが、頭蓋の内がわには、血流の鼓動にまじって昂奮の余波がうねり、ざわめいていて、こんなときのつねとしてなかなか寝つけなかった。家じゅう山積みにされているダンボールがかもす圧力もあずかっていたのはいうまでもない。

彼はさらに浦和の医師にもらっておいた睡眠剤を喉に流しこむと、リビングの窓べの椅子に腰をおろして、細めに新調のカーテンをあけた。坂町だけあって、七階から望むにしては意表をついて斜めにせりあがってゆく夜のとばりに、飲食店やクリーニング店のそっけないネオンもまじえて、住宅地の――こちらが南むきとすれば、たぶん北がわの裏窓だろう――窓の灯や街灯が点々とはりついているのが見えた。左手遠方、マンションらしい建物にともる電灯の並びがいくぶん賑やかなのをのぞけば、広いながめのわりに、数えられる数だけの点在のようにみえることもかえって意表をつく。じっとすわりつくして見ていると、まれに遠く近く通りすぎる自動車のヘッドライトのしわざだろうか、微妙にゆらめきのある夜景のように感じられる瞬間もあった。

総じて見惚れるほどの見ものでもなく、信翁もこの夜は思いのほかあっさり腰をあげはしたけれど、これでも、これが彼と狐火たちとの、まぎれもない最初の対面なのであった。

二

つぎの日も、女性作業員が二人のほか、美緒とかおりが片づけの手伝いに来た。あらかじめ荷物を大幅に減らしてあったおかげで、大半のものがその日のうちに収まるべきところに収まった。信翁もトランクルームに収納すべきものをより分け、何度かエレベーターで七階と一階とのあいだを往復することにはげんで、二、三日はかかると踏んでいた作業を一日で仕上げることができた。もっとも、その代償ともいうべき、何ものかに食いちぎられでもするような、筋肉痛とも神経痛ともつかぬものを鎮めるべく、またもドリンク剤などに頼る羽目になりはしたけれど。

むろん、そのつぎの日も信翁と恵は整理や住み心地をよくする工夫にほとんどかかりきりだったが、そのつぎの日には、残っている雑用をあとまわしにして、区役所、銀行などの手つづきに歩きまわった。いのちの綱の年金がとどく道をつけておく必要があったほか、不動産登記のための書類もととのえておかなければならなかったからだ。

案のじょう、足をひきずって帰ってみると、信翁はよろめくように畳の上に倒れてしまった。

やがて鼻風邪の症状があらわれたところをみると、数日間の緊張と疲労が持病の一種をひきだしたにすぎないと考えられ、いつもの伝でパブロンと横臥でなだめようとしてみたが、翌々日には、これも持病の一種といえるヘルペスが唇を腫れあがらせた。地盤の弱みをうかがうマグマのようなものが、免疫力の低下をねらっていたことは明らかである。痛みを伴うだけでなく、全身に脱力感がまとわりつきもするため、やはり医師に薬剤を処方してもらわなければならなかった。さいわい、皮膚科をかねた泌尿器科の医院がすぐ近くにみつかり、行ってみると、清潔な印象のうえ、医師も有能のように見受けられて、十年来の持病、前立腺肥大症の治療のほうもまかせる気になった。ちなみに、内科のほうは、マンションの土地のオーナーだった資産家の医師が棟つづきにいとなむ診療所へ行けばいい、と以前から決めてあった。

四、五日すると、信翁も少しずつ働けるようになり、キッチンや洗面所の整理をする恵を手伝ったり、自分用の書棚や衣装だんすやクローゼットなどの整理のおくれを取りもどしたりした。いくつか額をかけたり、新居に似合う家具の調達に出歩いたりしたのもそのころで、それだけのゆとりができた証しではあるが、どうにか住居らしい落着きが感じられるようになったのは、なお十日ほどたってからのことだ。ひっこし当初の四月下旬にはまだうすら寒い日もあったのに、いつかゴールデン・ウィークもすぎ、初夏を思わせる陽気があたりをみたすような日も珍しくなかった。

寝つけない夜など、信翁がリビングの窓べに腰をおろして外をながめるようになったのも、そんな落着きと無関係ではないだろう。転居は心身に大きな負担だったが、永いあいだおなじ土地の一戸建ての家に住みつづけてきた身には、風のよく吹き通る立地といい、鉄筋建築特有の凹凸にとんだ壁面といい、日に何度となく利用するエレベーターの昇り降りといい、新しい住居にはいわば物珍しさが充満していて、たやすくひとりの物思いにたてこもる境地にまで行きつかなかったからだ。といって、何十年も住んだ土地で世間とほとんど没交渉だった信翁に、住む土地がかわったとたんにその世間がひらけるはずなどありえなかった。散歩の道すがら、こんにちわァ、元気？」と、背後から声をかけられることがあっても、ふりむくと、ケータイを耳にあてがって闊歩する無縁の衆生ときまっている。そういえば、IT革命とやらの波がうねりまくる新奇な世間のほうも遠のく一方である。

それだけに、なだらかにせりあがる坂町の夜に点々と散る地味な灯《あか》りだけは、いまなおお見棄てない世間の身代わりのようにうつるのだ、とは彼自身の正直な感慨にほかならない。平地に建つこれまでの家にはなかったながめ故ということもあろう。じっと見ていると、かつて彼と縁があって、いまは亡き人がそう多くないそれらの灯《ひ》のひとつひとつになっているように感じられるときがある。たとえば、同期に入学したり、入社したりした友人、同僚のなかにはすでに幽明境を異にした者もいて、彼らこそそこでけぶる光芒となってまばたくにふさわしく、現にまばたいているにちがいなかった。彼自身とおなじくうだつのあがらなかった同期入社のひとりはとくに忘れがたく、職場ばかりか、夜の酒場でもよく同席するようなつきあいをつづけるうちに胃ガンにさらわれてしまった。彼などさしずめ点々のどれかと特定できそうだが、だいだい色のと淡黄色のとが見分けられるものの、それ以上は、青い照明の看板がひとつだけという、これといって特徴のない狐火たちの群れからひとつを選びだすなど、できそうでいてできなかった。なぜともなく彼自身がそうすることを忌避したことも否めないが。

むろん昼間は昼間なりに、七階のバルコニーの前にひろがるこの傾斜地の風景になじんでいったが、信翁にとってやはりそこは夜の世界で、そのなかにひたっていると、それら点在する灯がいつとはなく、どこへともなく深みへいざなう狐火に変容してゆくように思われた。恋人と呼んでいいかどうか、すれちがう以上の間柄だった遠い日の異性の面影がそんな感じでほうふつと揺曳することもある。初恋のときめきともいうべき情動をそそられた少女には、感傷的な詩をやりとりしたのち陽ざしがもろに照りつける焼け跡で会ったが、彼女にすでに婚約者がいたためもあって、いくら逢瀬をかさねても、信彦のなかには満ち足りぬ思いが苦く渋く積みかさなるばかりだった。また、湖畔のキャンプ場で知りあった相手もいる。湖の深い青、キャンプファイアーの燃えたつ赤の化身のようにさえみえた人だが、秋に遠出をして、海辺の松林をともに歩いてみると、その青も赤もしらけはてるような手ごたえしか感じさせてくれなかった。いずれも半世紀も昔の、生死すらわからない人たちにもかかわらず、ひとたびよみがえると、うっすらと光芒を放つ灯の群れのどこかにまぎれて狐火になろうとするわけで、先日モデルルームへおびきよせた、あの一度かぎりの見ものだったピンクの女子社員も、いまやほぞを固めて、かなたで明滅する灯りのひとつに化してほしいものだ。

それにしても、信翁のなかで、目の前のだいだい色と淡黄色の点々が狐火と結びつくには、まぎれもなく死んだ母サワが大きくからんでいる。彼はもう最初の晩、「早く寝なさい、狐の嫁入り行列がさらいに来ますよ」という、若い母親だったサワの声が、時間のひだをかき分けるようにして、窓べに立つ彼の鼓膜を打ったように思ったからである。サワは狐火とはいわなかったけれども、いまの信翁にとって、狐の嫁入り行列と狐火とのあいだに本質的な相違はなかった。

その子供のころ住んでいたのは高台の家で、崖下の雑草の生いしげる道にはときおり提灯の列がゆっくりと通りすぎるのが見られた。地区の集まりやもらい湯に行く人たちだったにちがいない。サワはそれをたぶん子供のころに聞かされた狐の嫁入り行列になぞらえては、その時分から寝つきの悪かった信彦を寝かしつけようとしたのだった。すると、彼の幼い神経がピクピクと顫え、かえって目が冴えたこともあったのを彼は憶えている。

そのサワ自身、いまは目の前にちらばる灯りのひとつになっているはずだが、はたしてそう思っていいかどうか、信翁はときにいたたまれなくなる。そもそもあの勝ち気な母親が、彼女の見も知らぬこんな土地で、闇につつまれた傾斜地にはりつく狐火などに唯々諾々となりはててくれているだろうか——。

信翁は全身に鳥肌がたつのをおぼえた。三年ほど前から聞こえるようになった、左後頭部の搏動音がいきりたつように脈打ちはじめるのもこんなときだ。なにか病気の自己主張にちがいないが、いまはそれを措いて、何がどうあれ、サワとともにすごした敗戦前後の苦しかった日々に立ち返らないわけにはいかなかった。

空襲はまぬかれたものの、敗戦がもたらした荒廃にサワは女手ひとつで対抗しなければならず、一家の飢餓を少しでもやわらげるため、勤めのほかに仕立ての夜なべまですることをよぎなくされた。それで信彦と二つちがいの弟をふくめて三人の家族に充分な食糧が入手できたわけではない。信彦も、仕立てなおしの衣類をもって農家の庭先で頭をさげる母親のうしろに何度つきしたがったかわからないが、その結果は、邪険に追いはらわれるか、衣類や金銭とひきかえに、わずかな農作物を恵まれてすごすごと野良道をひきあげるかのどちらかだった。

荒廃は食糧の不足ばかりではなかった。昨日までの金科玉条が地に落ち、いたるところで腐臭をはなっていた。十七歳の信彦は、あたりにたちこめる変節と浮薄な活力の気配をにらみつつ、「世界の仮面をひっぺがしてやる」と、ひとり唇に力をこめたものだ。その彼の鼻先を、焼け跡の草いきれだの、闇市の猥雑な喧噪や臭気だの、浮浪児やパンパンの喚き声だののがかすめすぎていった……。

考えてみると、それ以後の彼の足どりは、少年の日のひそかな抱負をみずからも裏切ることに終始したのではなかろうか。ひとかどの者になって、切りたつばかりの母の形相にもとの滑らかさ、優しさを取りもどすこと——そんな誓いもいつか泡のようにひとつまたひとつと消えて、いまはもうその名残りすらない。あまつさえ、あげくのはてに彼女のなじみつくした土地まで棄ててしまった。あそこには、早世した彼の父親である夫と住みついて以来のサワの人生が刻みこまれていたというのに——。

信翁は金縛りに遭ったようにすわりつくしていた。つかの間は後頭部の搏動音も聞こえなかった。いや、大学を出て、就職難の時代になんとか名の知れた食品メーカーにはいり、国の立ちなおりの波に乗って会社が肥大してゆくなか、当然のことながら、まず「ひとかどの者」と「仮面をひっぺがす」こととの矛盾にさいなまれ、結果として幹部コースははずれながらも、否応なくいくばくかはその肥大化の一翼を担い、おかげで人並みの収入もえて、つつがなく勤めを終えたにとどまらず、さらに八年間、関連会社で冷遇にあまんじさえした、けっしてみずから企んで楽な道をとったつもりはなく――こうひとりごちてみたが、文脈としてひとりだちしうる前に、それも窓の外の夜空へちりぢりに散っていった。かりにこの人生を二分できるとすれば、サワとわりあい濃密につながっていた前半と、相棒を恵にとりかえて歩いた大きいほうの後半とは、奇しくも一種せめぎあいの関係に立ってしまっていたということなのか。

しかし、これが貧しく終わろうとするおのれの人生の実態とあれば、いかに深く痛く悔いが残ろうとも、いまさらユダのように否定できるはずはなく、身じろぎもせぬ狐火たちを前に、彼はしばし瞑目してようやく呼吸をととのえた。

サワは十三年前、膵臓ガンのため八十二歳で世を去った。そのうちほぼ五十年は未亡人であった。夫より倍以上も生きながらえた勘定になるが、これでも当時の日本女性の平均寿命に達したかどうかの境目である。

最後の一年は入退院をくりかえし、そのまた最後の三カ月のあいだにも、二度ばかり自宅、つまり信翁たちの家への帰宅を許されはしたが、二度とも容体に急変がおきて、あわただしく病院のベッドへひきあげる羽目になった。深夜、そのサワを病室に残して恵とともに帰るとき、信翁は心中、吹きわたる木枯しが胸のなかまで貫くような、冷えびえとしたものを噛みしめていた。

それから何十日かして母親が息をひきとったのは、予想どおりのはこびといえなくはなかったけれど、あたりにだれもいないと、彼は文字どおり手放しで泣くような日々をおくった。まもなく還暦という年ではじめてこんな自分に出会おうとは、迂闊にも彼自身知らなかった。大人になってからは性格的に対極にある母と息子であることを痛感させられていただけに、それにしてはと、思い返すたびにいまなお怪訝の感をぬぐえない。

一方、サワがその最期を予感していたかどうか。病名を告げていなかったこともあって、病床での言動をみる限り、骨と皮だけになりはてながらも、間近に死が迫っているという自覚はなかったように思われる。それに、もともと彼とは対照的に陽性のほうで、自分と死とをかさねて考えることは少なかったというのが信翁の観察である。職を退いたのち茶道に生きがいをみつけ、弟子をはじめとする人づきあいも広く盛んで、自他ともにいわゆる元気じるしの老女として通っていた。ということは、息子とは別の顔つきで世間とむかいあっていたわけであるが、肩をすぼめた勤め人でありつづけた息子とは方向こそ違え、所詮、あの廃墟の時代の残滓をふりはらいつつ生きてきたということでは変わりなかった、といえなくもない。

五年前の秋、定年後の身軽さから、信翁はサワの生まれ故郷である中国山脈の奥地へ旅してみた。いちおう恵を誘いはしたが、彼女が用事を楯にことわるのを内心では期待していた。うっとうしい存在でありつづけた姑の故地に恵が興味をおぼえるはずがあるだろうか。はたして、信翁はひとりで二泊三日の旅に出た。といっても、そのなんら取り柄のなさそうな田舎町に泊まったわけではなく、そこは二、三時間だけの滞在で通りすぎて、宿泊したのは、やはりサワがよく話していた近在の景勝地だった。

その町へは子供のころにも行った記憶があるが、その記憶をしのぐほど山地の奥深くへバスはうねくねと進んでいった。夜分なら、いまでも狐火や狐の花嫁行列が出没しかねまいという、住人には迷惑しごくな想像が早くも彼のなかで頭をもたげていた。いまにして思えば、サワが子供のころからその種のイメージに親しんでも不思議ではない風土だったことだけは確かであるが。

着いたところは、町を名のってはいるものの、町とは名のみの、過疎の進む静まりかえった小さな集落にすぎなかった。バス停のある表通りにいくつか食堂の看板が認められても、きいてみるといずれも休みで、そのうちの一軒で聞いたとおりに、しばらく先へ行くと一軒やっている店があった。その途中で、サワが育った家とおぼしい、こぢんまりとした商家に行きあたった。それとわかったのは、うろ憶えに憶えていた屋号のためで、いまは遠縁の者がひきついでいると聞かされた覚えがある。その往来の小川のような側溝には真鯉、緋鯉が泳いでいたが、子供のときには見た記憶がないところから、昔は細い溝が流れていた程度だったのでは、と信翁は歩き歩き推測にふけったりもした。

いったん食堂で腹ごしらえをしてから、彼はあらためて例の屋号をかかげる古びた店の前に立った。何分間かはいたつもりだが、そのあいだ出入りする者はひとりもなく、なんだか拍子抜けするような、それでいて、胸の鼓動の音だけが高鳴るような妙な情感につつまれていた。それから昔とおなじ位置に建つという小学校や、昔は洗濯や水遊びの場だったという川辺をおとずれてみた。木かげなどからそっと窺っていると、鼓動が悪びれたふうに声をひそめて鳴っているのが感じられさえした。
結局、この探訪では、狐火の本家本元はおろか、サワの足跡とみなしうるものも何ひとつ見とどけるにいたらなかった。むしろ、彼の知るサワの故郷は、彼もともに生きた首都圏の一角にほかならないことを再確認することに終わった、といったほうがいい。旅に出た当時は、近々その地をひきはらうことになろうとは予感だにしていなかったのだから、まだしもとして、ひきはらってしまったいま思い返すと、慙愧というか、悔恨というか、くらべようもなく胸をしぼられるのは因果のきわみで、

「ま、そういうことなんだ」と、信翁は唇をまげてひとりごちた。そこここにひかえる狐火たちが反応してくれたという手ごたえもないまま。

たしかに、すでに人手に渡ったあの家では嫁姑の確執もあって、信彦をふくめて三者三様、それぞれに被害者意識の苦みをなめさせられた。「かすがい」の子供たちがいたおかげでどれほど救われたことか。いまなお恵は信翁を前に折にふれて苦衷の一端を口にすることがあるが、そうせずには収まらない波紋の名残りを胸底に宿しているにちがいない。もっとも、死人に口なしという常套句を恃みに、信翁も自戒して、いまさら波風をあおることはしないようにしている。

そのかわり、彼はそのつどサワがひたすら働く母親であった時代に潜行してゆく。だが、その時代はといえば、それ自体、彼が棄て去った土地の上にあったものにほかならず、そこには彼の人生の前半ばかりではなく、前半から後半にいたる紆余曲折や低迷の軌跡もうがたれているのだ。

しかも、なんとその地からは、やがてサワの骨壷のある墓まで消えてしまうことになりそうな

雲行きでもあった。市営墓地にあるものだが、浦和市の道路拡張計画によって、近いうちに移転させられる話がもちあがっていたのである。

「市が用意してくれる新しい墓地に移転すればいいのよ、それなら費用も手間もそんなにかからないし」

「だけど、いまよりずっと遠くなってしまうんだ。いまでも遠いっていうのに、このさきますます老衰してゆく身で……」

墓をめぐるこんな会話も、ひっこし後にはかわされるようになっていたが、彼にはまだどうするのがいいかわかっていなかった。それでも、坂町の夜にはりつく灯りの点々がいずれ答えを出してくれそうな気がしないでもなく、ここにこうしてすわっている意味もありそうに思われるのだ。ただ、こうしている故なのかどうか、後頭部で刻まれる搏動音におびき出されて、いつか頭蓋の内がわに痛みがわだかまっている。いつもながらそれはおいそれと慰撫されようとしない。彼は寝床にもどるのに先だって、薬剤のはいっている戸棚の引出しのほうへよたよたと歩いていった。

新しい住居のバルコニーでは、恵の丹精の甲斐あって、ペチュニア、ゼラニウムなどの花々がプランターのなかで咲ききそうようになった。気候が適しているのか、前の家の庭よりも草花の育ちがいい、といって彼女は喜んだ。海が遠くないため風の勢いが強いのも植物には恵みなのかもしれない。季節もいつか夏にかわっていった。

ある暑い日、恵がまだ健在の母親を見舞いに実家へ出かけていった。彼らの以前の住居よりも、駅でいうと三つばかり先になるので、二回の乗り換えをふくむ往復だけでうんざりさせられる行程であるが、母親が生きている限りは、ときたま日帰り訪問を辞さないつもりのようだ。それに、相手が九十すぎとあっては、せっかく行っても耳が遠くて話がほとんど通じないという。

そんな恵にあやかるでもなく、昇や美緒は親もとにあまり寄りつかなかった。美緒はあれから二度ばかり下の娘を連れて立ち寄り、恵を相手に上の子供たちの受験勉強に追われる日ごろの忙しさをまくしたてていたが、かなり住む町が近づいたにもかかわらず、昇のほうはさっぱりである。その息子もすでに不惑に達したとすれば、いわゆる「親子の断絶」が問題となる時期はとっくに脱したはずであるのに、仕事の関係もあってか、自分の都合第一という彼の気質は一向にやわらぐ様子がないのだった。

「少しは母親を見習え。いや、それより子供たちの教育がもう少しなんとかならなかったのか」と、子供たちから恵へ、鋒先を移しながら信翁はつぶやいた。もっとも、例によってあえて唇の外へ押し出すことはしなかった。昇が顔を見せたとて、彼自身の内部が急にこうこうと輝くわけでもないことがわかっていたからである。

しかし、恵が狭くて薄暗い玄関を出てまもなく、彼はそんな日常の気分からにわかに引き離された。つれづれなるままにテレビをつけたところ、さる高名な文芸評論家の死去が報じられただけでなく、しだいに自殺であることが明らかになっていったからだ。何篇か文章を読んだ覚えがあるだけの、いわばまったく別世界の人で、これまで身近に感じたことなどなかったにもかかわらず、最初の数秒、なぜか胸をえぐられるようなショックを受けた。してやられたな、それもいくつか年下の男に——言葉にすればそういう思いも確実にまぎれていたような気がする。

このところ信翁は、自分と自死を結びつけて考えたことはないに等しかった。いつまでたってもトンネルを出られない低迷を打破すべく、その種の解決に恃むような視線を注いだのは遠い青春時代のことで、近くは、肉体的苦痛に打ちひしがれたさいの脱出路としてつかの間その誘惑にとらえられたことはある。たとえば、もう八、九年前のこと、歯痛が頭痛や口腔の激痛につながり、やがて頭の手術を受ける羽目になる過程でも、痛みの波状攻撃に耐えかねたあげく、発作の合間に何度か向こう岸へ行ってしまおうと思いつめたものだ。そのころは、心身の衰弱を物語るように見た目にもやつれはてていた。だが、手術を受けて、いくばくか痛みがひき、あるいは、それと馴れあうすべを会得してしまうと、自分が主役だった悲劇のひと幕も人ごとのように遠のいてゆき、転居が舞台にのせられてからは、まずはそれをはたしてからと、すべてをあとまわしにするならわしに侵蝕されつくしていったのであった。

評論家の自死がそこへひびを入れたことは間違いなさそうだ。報道によると、夫人が脳の病いで亡くなったところへ、彼自身も脳の病気を宣告されて二進《にっち》も三進《さっち》もいかなくなったことがひきがねになったようで、そうと知って、自分ならそんな真似はしない、そう気負いこむだけの力が、少なくともいまの信翁の場合、沸きたとうとしなかった。さざ波のような共感にあらわれるのを感じたともいっていい。

正午近く、ひとり分の弁当を買いに外へ出た。コンビニは彼のマンションの隣だが、少し散歩するつもりで駅前通りのほうへ歩きだした。とたんに、「ひやあ、どうしてるかと心配しちゃってたけど、そう、マジよ……。ま、元気でいいじゃん」と、若い女の声が背中にあびせられた。どうせケータイだろうと、このごろはふりむきもしなくなった。はたして、背が高いうえに厚底靴まではいた女性が茶髪をなびかせつつ追いぬいていった。在職中も、とりわけ退職まぎわになると、コンピューターといった機器に弱い信翁など、こんな異人種さながらの娘たちによく迷惑げに見おろされたものである。

暑さにもはねつけられて早々にひきあげたが、昼のニュースでふたたび例の自死の一件が報道されたことも手伝って、催促でもされたように彼はその評論家の作品を思い出してみた。ほんの数点しか読んでいないわりに、それもだいぶ古い記憶なのに、思いのほか鮮明によみがえってきたのは、テレビ局に感想をもとめられた別の評論家の言葉を借りれば、「鋭い洞察力と的確な表現力」のたまものなのであろう。その「的確な表現力」の証し、ないし反証として、信翁の胸になおなまなましく刻まれている言葉がある。若くして文壇に登場した評論家の自伝的な作品のなかにあったもので、あまり見慣れない語彙のため、門外漢の彼も「へえ、そうか」と心にとめてしまったのだ。

それは「適者」といい、たしか、自分のように負の因子を負わされすぎたアブノーマルな人間は、「適者」として並みの勤め人の世界にはいるわけにいかず、あるいは、そういう「適者」たちの世界におびえ、このように文学の道を志すしかなかった――おおよそこんな文脈のもとに使われていた。並みの勤め人、それも矛盾の狭間で行きくれる冴えない勤め人にすぎなかった信彦は、そのとき何かねばっとした不快なものにからみつかれて、とても最後まで読みとおす気になれなかった。それだけに記憶の底にとどまりつづけたとも考えられる。

いま思いなおしても、ひとくちで括れるほど単純な話ではないのは確かだとして、要するに、あそこで「適者」と想定され、指さされていた並みの者たちよりも、著者のように文壇でひとかどの地歩を築ける者のほうが、結果としてよほど「適者」の名にふさわしい——少なくともこれだけは間違いないのではあるまいか。その後かの評論家は名実ともに文壇の重鎮となり、政界、実業界の大物たちとも昵懇の間柄にあったといわれている。自死そのものは孤独のいとなみにほかならないが、それとて世間の値踏みに準じた波紋をひろげつつある。それにくらべたら、この自分など、どこでも「適者」たりえず、いまなお何倍も希薄な老残を索然と生きている——。

こうして、恵が帰ってくる夕刻まで、信翁はリビングの一隅に無為にすわりつくしていた。

「ああ疲れた、遠いうえに暑くって」と、外の空気と雑音の名残りごと、当の恵も彼のまむかいのソファにすわり、「ねえ、そんなよその人みたいな顔してないで、エアコンぐらいつけてくれてもいいんじゃない」

「帰るなり騒々しくするなよ」

信翁は不機嫌にいいかえすと、エアコンのリモコンを操作するかたわら、立ちあがって窓や境の扉をしめた。不機嫌を慰撫する古なじみの勘をとりもどしつつ。

「だって暑いんだもの。そういう自分こそ騒々しく帰ってきたことあるじゃないの」

「嘘つけ、この生来温良の誉れたかい……」

「とんでもない夜ふけ、門の外でにぎやかな声がするから出てみたら、おくってもらったんでしょう、バーだか飲屋だかの女の人とワイワイやってて、そのくせあたしの顔を見たら、急にぶすっとして、こそこそ這って、寝床へ逃げこんじゃって」

「もう二十年も三十年も前のことだろう。それもせいぜい二回か三回……」

「何年前だって、あったことはあったのよ。朝はきれいだったワイシャツがよれよれに薄よごれちゃってさ、そんなの着たまま寝てるのを見てたら、いったいこの人、あたしの何だろうなんて考えちゃって……」

「わかった。もういいよ」

信翁は憮然として書斎にひきこもった。「不適者」にはアルコール飲料で薄めるしかない憤懣も怨みつらみもある、例によって声には出さず、喉のおくでこう毒づきながら。逃げたのは、エアコンから吹きだす風が苦手なためもある。そして、その書斎の椅子にすわると、そこが書斎とは名ばかりの、半ば物置といった裏部屋のせいか、威風あたりをはらうばかりと思われる「適者」の書斎をつい想像してしまった。そういえば、彼の自死にしても、先刻のような低次元の言合いにすりへったあげくのことでなかったのは確かである。こんなときのつねで、後頭部の搏動音がいつにもまして傍若無人にさわぎだすのもうっとうしかった。

それからも何日ものあいだ、文芸評論家の一件は彼の胸裡にわだかまりつづけた。何かの折にふと、この世界に居すわりつづける意味をみずから問うようなことがあると、そのつど、あの男、つまりはこの自分がまだ居すわってやがるのでね——そう釈明とも考察ともつかぬものとむかいあってしまうような日々でもあった。といっても、日常の明け暮れに偏倚が生じたりしたわけではない。すなわち、自室の掃除、屋内での軽い体操、二十分かそこらの散歩、日用品の買いもの、あれこれの持病のための医院がよい――退職以来のこういういとなみの反復、交替がそのためにとぎれるということはなかった。

眠れない夜中、薬を服用してからのひととき、リビングの窓のカーテンをあけ、黒ずんだ視界にちらばる灯りの点々にむかって自問自答をくりかえしたこともある。さいわいそれらの点々たるや、なじんだ証しでもあろう、いつごろからか、見る者を隠微にかどわかすものから、彼の心情とけなげにひびきあうものに変質してくれている。寝つきのよい恵がこのながめとの共鳴をともにすることはなかった。せりあがってゆく坂町の頂点にあたるところ、二つの小さな森がつくる黒いかたまりのあいだで、この十数年来あちこちで見られるようになったのっぽビルの雄、「みなとみらい」のランドマークタワーの尖端の灯がまばたいているのが見える。手にとれそうなくらい近いものにも、星空の一部さながら遠いものにも感じられる。そして、それが率いる、数えられそうでいて数えられない濃淡の狐火の群れのなかに、いまは亡き評論家の生のようすがのほんの端末でも鎮座ましますだろうか。こういう自問がふとこぼれ出たのも、一度や二度にとどまらない。だが、寂として応えはなく、それらしい返事が聞こえてきそうな気配もなかった。いっそあの名士となった「適者」ににべもなく拒否してもらったほうがいい、そんな気がしないでもなかった。いや、気がしてならなかった、といいかえてもいい。

信翁の口もとで苦笑がひきつれた。それを惹起した、ささくれた神経が慰撫されることを希求している合図なのかもしれなかった。

三

後頭部の雑音が音量を増してゆくにつれ、いや、そうはいっても、計測できない以上、本人にも確信があったわけではないが、ともかく定評のある病院で診てもらう必要がある——という判断が夫妻のあいだで徐々に形をなしていった。

しかし、ひょっとして三度目の頭の手術になるのでは、という危惧と、浦和の病院ではさして重大視されるような症状ではなかった、という見くびりとがないあわさり、そこへ夏の暑さも加勢して、懸案の実行は日一日と先へくりのべられていった。マンションの裏手の小さな林で鳴きしきる蝉の声も、そのくりのべを一生懸命あおっている感じだった。そのくせ、いくらかしのぎやすい初秋になればなるで、初夏のころに打ちきったままになっている、新しい「わが街」の見るべきものを見ておく仕事も再開したかった。事実、病院行きはさしおいたまま、二人で何日かおきに出かけるほうを優先することにした。疲れはするが、以前の住みなれた、というより、住みすぎた土地では味わえない愉しみであることは確かなので。

だが、そんな途次、手ごろな墓地をさがしに寄り道をする、という気にはまだならなかった。ときおり新聞に墓地や霊園の折込み広告がはいる季節にはなっていたものの、信翁はちらっと目をはしらせるだけで、あえて話題にはしなかった。思考の切り替えがずれるのがつねの夫婦間で、せっつくことでかえって恵の反対姿勢を固めてしまうのは得策ではない、そんな読みもありはしたけれど、ともかく彼自身の踏んぎりがついていないことが大きかった。あるいは、墓まで移す切迫感が、といいかえたほうがいいかもしれない。

広告といえば、このところ住宅、とりわけマンションの広告が種々のかたちで目立ってきた。信翁は、もはや無用の長物とばかり、そんなものなどさっさと脇へおしやるが、恵のほうは、いちいち点検しては、いままで待てば安くて設備のよいものが買えたのに、と切歯扼腕することに倦まなかった。政府の景気対策のひとつが功を奏して、住宅の売行きが上向きに転じていたのは事実である。が、それがどうあれ、彼らが所有しつづけていたら、古い土地と家屋の譲渡価格もだいたいおなじ比率で下がってしまうはずだ——とつぶやいて、どちらからともなくこの話にけりをつけるのも、こういう折の新しいしきたりになっていた。

ところが、ある日、デパートのトイレから出てきた恵が、青ざめた表情をゆがめて、「出血」と小声で告げるという事件が起こった。欲ばって街歩きに買いものを重ねたのがたたったのであろう。胃腸に弱点をかかえる彼女は、以前にもこんな症状がでて、あれこれ検査にひきまわされたすえ寝こんでしまったことがある。さっそく家へひきあげ、なるべく安静にしながら、やはりまた検査を受けるしかないだろうと話しあった。ただし、安静とはいっても、家庭科を習わなかった世代の信翁にからきし素養がないため、彼がいわれたとおりに近くのスーパーで買い集めたものを恵が従来どおり調理することは避けられなかった。

「あたしが入院したら、どうするの？　卵焼きとか簡単なものぐらいは自分でつくれなくちゃあだめよね」と、食事中、恵は改まった神妙な口調でいった。

にわかに病人のようなやつれが息づかいにすらにじみ出るようで、いきおい信翁は、入院からもう一歩先へ進んだら、と想像をめぐらしてしまう。そうしたら、妻に死なれて一命を絶った評論家のひそみにならうしか……。

「やるさ、そりゃあ」と、彼はつい何かふりはらうような手つきになった。「だけど、ここなら弁当だって、いろんなおかずだって、簡単に買ってこられる」

「美緒や昇のとこでも食べさせてもらえるわよね」

「この家と子供たちのとこと、お前の病院とを電車に乗ってまわるのはつらいよ。だいいち、あいつらの家で飲ませてくれるものは冷たすぎるし、食わせてくれるものは固すぎるだろう」

「じゃあ、ずいぶん近くまで来たと思ったのに意味がなかったたってわけ？」

「さあ……。いわゆる孤独死なんかしたとき、いくらか早めにみつけてもらえるってことはあるかもね」

「やめてよ、縁起でもない」

恵は眉をひそめたが、とにかく彼女の件をさきに発進させるしかないのは明らかで、さっそく隣駅から歩いていける大病院へ診てもらいに行った。すると、案のじょう胃カメラから、大腸にバリウムを入れたりカメラを入れたりと、検査につぐ検査で痩せ細り、青ざめ、そんな状態で一カ月以上たっても、あいまいな診断しか下されなかった。そのため、出血もとまっている現状では、家事を中心とする無理のない生活をしつつ様子をみよう——と、それ以上の検査を断わってしまったが、さしあたりそれで差支えはなさそうにみえた。それどころか、検査の負担がないぶんだけ体調がよくなったふうで、当初は何かにつけてこわごわと首をかしげていた恵も、「わけのわからないことがあるものね」と、得心のしるしだろう、だれにともなくうなずいてみせるようになった。

これでようやく信翁の番がきたわけだが、その前に、毎年秋に催される会社のOB会に出席する予定があった。以前の同僚と旧交をあたためるのがことさら楽しかったわけではなく、それしか世間とのつながりがないような彼としては、せめてもの償いに、勤めの延長というつもりで出ることにしていたのだった。マンションでは近隣とのつきあいが面倒なのでは、という転居前の一抹の懸念も、実際に来てみると杞憂とわかり、ほぼ五十世帯の住人が二つあるエレベーターのひとつに乗り合わすごくまれな機会に、たまたま顔見知りと乗り合わせたら挨拶をかわす程度ですんだのである。世間とのつながりは、機会があればやはり補うに如くはなさそうなのだ。

いつものことながら、その会合から信翁は疲労と不機嫌をあらわにして帰ってきた。現役のころひそかな嫌悪の対象だった者もいれば、すでに彼より十歳も若いメンバーもいるとあっては、やむをえない仕儀といえなくもないが、同年配、あるいは年長者のなかにも、元気を売りものにしているようなのが少なからずいて、そういう連中に得々とゴルフのスコアをめぐる話を聞かされるだけで、違和感が鉛のように内臓のあちらこちらに沈殿してゆくのが感じられるのだ。少なくとも信翁の場合、他人《ひと》の元気に触発されて身内に元気がふくらむことはなさそうだった。

が、それはそれとして、元気のあるなしにかかわらず、老年はもともと死神と親密な関係にある。その証拠に、この日にも例年どおり、この一年にみまかった数人の氏名が幹事によって読みあげられた。さいわい、信翁がおぼろに思い出せる程度の人がいただけで、近しい間柄の者は含まれていなかった。

黙祷がすむと、まずは死亡者の最期をめぐって情報を交換しあうグループが形成されるが、やがてそれもくずれ、

「生きてたのか。会えてうれしいよ」と、冷笑ぎみに信翁の外貌を値踏みしながら握手して行きすぎるのもいれば、

「ちょっと見違えてしまいました」と、愛想笑いを浮かべながら軽口をたたく後輩がいる一方、こちらではわかるのに、むこうが彼だと再認せずに通りすぎてしまう者までいた。自分の見てくれの変化をこれでもかとばかり突きつけられる瞬間であった。

百人あまりが集まる会費制の立食パーティーなので、混雑に乗じて苦手な相手をやりすごすことができる反面、わりあい気心の知れた相手をいつまでも引きとめておくこともできなかった。それでも、なるべく後者の、幹部コースに乗りそびれた「不適者」たちと、壁ぎわに用意された椅子にすわって小声で言葉をかわすように努め、しだいにそれもむつかしい相談ではなくなっていった。こういった会合でも時とともに「類をもって集まる」のが自然の成行きであるらしいからだ。

いつか死者などそっちのけで、ときには夫婦関係について深刻な愚痴を聞かされることもあっ

たが、こんな折の年寄りの話題といえば、過去の思い出話でなければ、からだの不調か、趣味を中心とする近況報告のいずれかに収斂してゆく。その場合、ゴルフとカラオケが王座を譲っていないのは予想どおりとして、ヨガ、社交ダンス、絵画、俳句、ガーデニング、ウォーキングなどの同好会に新たに加入した者も少なくないようで、なかには、現役時代のすがたからは想像できないケースすらあった。ボケずに健康な老後をすごす——という目的意識の点ではまず例外がなく、嬉々としてインターネットにはげんでいる者がいるのも予想したとおりだった。

信翁にも、本や雑誌を読んだり、ビデオやＣＤで音楽を聴いたりという趣味がなくはなかったが、

「そういう受け身のものが脳を活性化するかねえ」と、このところ飽和ぎみの台詞を投げつけられても、心機一転、何かの会にはいることなど考えてみる気にはなれなかった。

「いまさら定期的な集まりに出むいたり、そこで何かの係をわりあてられたり、そんなの真っ平だよ」と、二、三日して、パーティー会場にうずまいていた笑い声、話し声が遠のき、昂ぶっていた気分もこわばっていたふしぶしももとに戻ったころ、彼は恵を相手にかつての仲間たちの現状報告をこうしめくくった。世間にあえて背をむけるのが本意ではない、という点は自分自身にだけ念をおして。

その時分にはまた、新たに発表された死亡者についても、「おなじ釜の飯」をくった仲間が死んだ、という事実の影だけが胸に残って、その人たちの名前も面影も会場の余韻もろとも遠くへ行ってしまった。

ただ、今年のパーティーには、リストラだの業界再編だの、そういった会社が当面する難問が、いたるところで緊急のこととしてささやかれるという新しい傾向がみられた。信翁が言葉をかわした連中が描いてみせた図柄はまちまちで、実相の何分の一もいいあてていそうにみえなかったけれども、かつて彼が永らく奉仕し、その代償として彼自身と家族を扶養してくれた会社が、いまや経済界全体の大荒れの影響をこうむって悶えていることだけは事実であるらしかった。その意味では、この年に一度の集会も彼にとって、このごろはもっぱら新聞やテレビを通してかろうじて接している「社会」を少しばかり身近に感じるよすがにはなったわけである。

こうして左後頭部の検査にたどりついたのは、秋もだいぶ深くなってからのことで、恵の経験から図体だけはやたらと大きい例の病院は避けて、マンションから徒歩で四、五分の、こぢんまりとした総合病院へ行ってみることにした。むろん、散歩がてら下検分をして、設備や従業員の働きぶりなど、いちおう合格とみなしてよさそうに思われていたのだった。

問題は脳外科の医師であるが、その中年の医師にも信翁は好感をもった。彼の数えきれないくらいの医師遍歴のなかには、いわゆる豪放磊落な応対で患者の人気をえていた歯科医がいて、彼の革スリッパの荒々しい音が治療台に近づいてくるたびに、信翁は背筋に冷気がはしるような気がしてならなかったものだが、はたしてその医師のぞんざいな歯根の治療が二度にわたる頭の手術の呼び水になってしまった。少なくとも彼はそう信じている。もう十年近く前のことだが、それを機に体調がガタガタとくずれだしたことも荷担して、この男の印象が彼の医師評価のおおかな基準となり、今回も知らず知らずそれに依拠していた形跡がある。

ＭＲＩ撮影の結果、見当はつくけれども、病気の正体をつきとめるには、一泊入院を要する脳の血管の造影撮影が不可欠である、とその医師はいった。後頭部の雑音が消えれば、しぶとい頭痛もやわらぐかもしれず、事実そういう期待がきざしたことはいうまでもないが、それよりむしろ、三年あまり騒々しく脈打っていたものの正体を知ることができたら――その一心に促されて信翁が検査入院に応じる気になったことも否みがたい。

腿のつけ根から頭部までとどくカテーテルを入れ、それに造影剤を注入して脳の血管を撮影する検査は、じっと横たわって、頭の局部に温水がしみわたるような異様な感じとあらがっているうち、ほぼ一時間で終わったものの、穴をあけたのが動脈のため止血に時間がかかるらしく、それから六時間、カテーテルの入口となった腿のつけ根に砂袋の重石を載せたまま、病室のベッドで絶対安静をつづけなければならなかった。夕食は、その間に恵が口のなかに入れてくれたが、ほとんど食べる気になれなかったし、かつて手術したさいとおなじく、寝たまま排尿することができずに、何回かむなしく試みてから、若い看護婦に管をペニスに挿入して出してもらうことになった。そんな折にもしなびたままという、わが身の老残を思い知らされる数分間でもあった。

医師がフィルムを見せながら検査結果の説明にあたったのは、翌日の午後のことで、予想したとおり、問題の部位で静脈があるべからざる枝をひろげ、動脈ともからまりあって正常な血流をはばんでいる、つまり、硬膜動静脈瘻という病気に間違いなく、やはり手術を勧めたいという。信翁はすぐには返事ができなかった。過去二回の手術が、一度目は頬だの口腔だのを走りすぎる気まぐれな激痛から解放されたい、二度目は頭痛に加えて、からだのバランスを失って転倒する異状をたださなければ——そういった実際的な必要にかられて否応なく受け入れたものとすれば、今回はそれほど苦痛がなく、正体がわかっただけで充分、あとはなんとか対処の方策もみつかるだろうと考えられなくはなかった。そこでその旨いってみると、しかし薬による治療法はない、また、放っておけば近いうちに脳内出血や脳梗塞のひきがねにならないとも限らない、と医師に告げられ、追いつめられた狩りの獲物よろしく、彼はあらぬ方を見てため息をつくしかなかった。が、そのままなお耳を傾けていると、前回のように メスで頭に穴をあけるのではなく、検査のさいと同様のカテーテルを入れて、そこから患部に細かい白金コイルを埋めてゆく手術であるから、そのあいだ痛かったり、術後の回復に日数を要したりはしない、手術そのものもせいぜい五時間というところだろう、ということがわかった。

「肉体的負担が少ないといったって、これからは体力が衰えてゆくばかりなんだから、できるときにやってもらったら」と、恵にも背中をおされて、信翁は五日後には医師に承諾の返事をし、その十日後に入院する手つづきをとった。病気の進行をくいとめたい気持ちもさることながら、一週間ばかり、いつもと異質の空間でいつもと異質の時間をすごす——その形も色合いも不定な近未来が、浪々の身には手招きする女神のすがたで見えることもあったのは確かである。

当日は美緒が来たので、三人でカバンをもって病院まで歩いていった。もっとも、手術は翌日に予定され、その日は簡単な検査と準備だけで終わり、二人がひきあげると、彼はぼんやりと個室の窓の外へ目をやった。遠くのほうには彼の住居の前とさしてかわらぬ傾斜地の景色がひろがっているが、近くでは、かさなりあう桜の枝で赤茶けた葉が風にゆらめいたり、ときにはひらひら舞いとんでいったりしていた。

「いくら枝にしがみついていたって結局はとばされてゆく」つぶやくともなくつぶやき、その呟きが索然とひからびているのが見えるような気もした。

そして、翌日には十一時に先日とおなじ検査室にはいった。恵がついてきたが、信翁のストレッチャーが室内にはいるのと入れ違いに、重い鉄の扉がしまった。消毒液のにおいがうっすらとただよう内部ではすでに数人の白衣の人が立ち働いていて、彼らの手で彼のからだがあおむけに手術台に載せられ、尿道に挿入するカテーテルとか種々の計器に接続する部品がつけられたうえ、何本かのベルトで全身をきつく固定された。額を縛られて首を動かせないのがいちばんつらく、これから数時間の、刻一刻つのるにちがいない苦痛が思いやられた。

昨日のうちに毛を剃られた腿のつけ根が消毒され、そこに麻酔剤が打たれると、それからは、検査のときとおなじく、カテーテルが挿入されてもあらかた感触がなかった。違うのは、動脈と静脈の両方に挿入するためだろう、左右両方の腿のつけ根に処置がほどこされたことである。ところが、そのあとてきぱきと手術が進行するというはこびにはならず、しばらく主治医をはじめとするスタッフが、信翁の脳の画像を前にして――と彼は推測したにすぎない――何か小声で話しあっていた。固定されたまま置きざりにされた彼がそれでいらだちかけたころ、

「動脈にも処置をします」と、主治医が彼の耳もとでいった。

それを機に、白衣の人たちが部署について仕事をはじめる気配が伝わってきたが、壁の掛け時

計とか、天井にへばりついた機械の胴体らしい単調なパーツとかしか視野にはいらない信翁には、自分の頭に加えられつつある処置の実態は見えも、聞こえもしなかった。廊下にいた恵が聞かされた説明によると、動脈の流れが予想以上に強いため、静脈に手をつけるに先だって、まずそちらの流れが堰を破らないよう一種の障壁をつくってやる必要がある、ということのようだったが、こういった医師の話しぶりには、なにか土木工事のようなものを連想させるところがある。脳の静脈にコイル状の金属を入れて、ある部分はふさぎ、ある部分は通りをよくする、という先日の説明のさいにも、信翁はそんな印象を受け、自分の頭蓋の内部がひろがって河川や運河の工事現場に化してゆくイメージにふわふわ酩酊でもするような気分を味わったものだ。彼が手術を承諾する気になるのにはこのイメージがひと役かっていたことも確かだった。ともあれ、のちに目にしたいくつかの情報によると、動脈の血流を抑制するこの最初の措置はひょっとして生死にさえかかわることかもしれなかった。

本来の工事が進行しはじめたのはそのあとのことで、それまでに二時間以上たってしまっていた。五時間だけ我慢すれば――と、信翁は初めのうちそれを恃みに壁の掛け時計をにらんでいたのだが、この時分には、そうはいかないようだと察知したあおりで、はりつめていた弦がプツッと切れて全身がくずれそうになるのを感じたほどだ。といっても、縛られていては実際にくずれるわけにもいかず、緊張をゆるめる注射の作用なのか、ときおり気遠く五感がぼやけてゆくなか、「八センチ」「今度は二十五」などと、必要な器材の寸法を指示する現場監督さながらに、医師が助手にあたえる注文の声にただ耳をあずけていた。腿のつけ根からカテーテルをくぐって脳の静脈に達すべき白金コイルの大きさを指定するものだ。もっとも、どこか身近なところでカサカサとかすかな物音がしたように感じられただけで、何かの物体が血管づたいにからだのなかを通過してゆく感覚は、本人にもないも同然だった。そのためというか、工事のおこなわれる現場が見られないもどかしさからというか、こうした監督の声だけを聴いているうちに、つかの間うとうとしてしまったこともある。

その合間合間に彼の視線が壁の掛け時計にむけられたのはいうまでもない。ほかに見るべきものがないためもあるが、その顔には、いつになく、また柄にもなく何か祈願するような形相がはりついていったにちがいない。いつの間にか、医師に告げられていた予定時間もとっくにすぎているのだ。つまり、もう夕方の五時二十分、手術がはじまってから六時間以上――それなのに、外光によらず人工的な照明にだけ依存する室内の明るさに何の変化もないのが無性にうらめしかった。

「五時間は縛られていてもいいと、覚悟していたけれど、それ以上は我慢できないよ」そう喚きちらしたいところだが、かといって、彼の血流の修復工事に余念のない人たちに文句をいえる分際だろうか。そのうえ、身じろぎもせず横たわっているだけで、何という体力の消耗が骨身にこたえることか。こんなことなら、いっそ以前の手術のさいのように全身麻酔の措置をとってくれればよかったのに……。

そうこうするうち、信翁は土木工事が進行中の堤防とおぼしい草むらに膝を抱えてすわっていた。実際の時刻にみあう薄暗がりがあたりにたゆとうているところをみると、いつ捕縛を脱した

かはともかく、首尾よく脱出をはたしたことだけは確かなようだ——。と、

赤いんだねえ、と耳もとで声がした。疑いもなく聞き覚えのある声だ。だれにも気どられないように行動したつもりだけに、当然ギクッとしたことはしたけれど、とにかく流れてるのは血だからね、と喉から出かかった言葉を生唾とともに呑みこむぐらいの才覚はあった。声で、いつかサワが隣に来ていることがわかったのである。血流をただす工事をしている——うっかりそういう真相を知られたら、サワは何をいいだすかわからない。少なくとも、なんでそんな危険な工事をするのか、とか、費用も高いんだろう、とか質問の矢を放ってくることは間違いない。子供のころは母子のあいだで何でも無造作にいいあったものであるが、信彦が長じ、その隣席を恵が占めるようになってからは、何かのきっかけで家のなかの空気が険悪に波だつのを怖れて、なるべく当たりさわりのないことしか口にしないよう警戒してきた。恵にたいしてもおなじである。だが、それにしても、サワの声はなつかしく、おまけに何年も、何十年も前の、狐の嫁入り行列の話をしたころのように若く聞こえる。断末魔のころの、喘ぐようなしわがれ声が耳につきすぎていた反動といえるかもしれない。考えてみれば、その断末魔の時期は別として、晩年になると、サワもしだいに自足の境地で安らぐようにはなっていた。

ああ、そうか、うまくすると、おれはすでにお袋のいる向こう岸にいて、そこでゆっくり血の道の工事を見学させてもらっているのかもしれない。ということは、あの世界のもろもろの苦しみとは縁がきれた、ということでもある。こう思うと、信翁はひそかにため息をつきたいような、それでいて同時に、恵をおきざりにするという途方もない罪過をおかしてしまったような、錯雑

たる感慨に呪縛されて身のおきどころもなかった。恵とは、まがりなりにも四十年以上にわたって人生をともにしてきたのである。出来ごころにせよ、何にせよ、それを裏切るような真似でもしたら……。

「××さん」と、呼びもどす声がした。

恵だ、と信翁は一気に工事中の川を渡ってこちらがわに来た。よほどあわてていたとみえ、恵が苗字で呼ぶはずがないと思いなおすゆとりもなかった。

どうやら失神しかけた彼の様子に気づいた医師が、注射と点滴の注入速度をあげることで、彼の意識を手術台にひきもどしたところらしい。信翁は、深呼吸をくりかえしながら、おそるおそる固定されつづけていたわが身の惨憺たるさまに心の目をおくった。もはや苦痛という語句をいくつ列ねても列ね足りることはなさそうだ。吐きけもする。時計を見ると、なんと七時半、つまり、もう八時間以上も手術台に縛られていた計算になる。

「疲れたでしょう。やっと終わりました」と、このとき主治医の声が降ってきた。このあいだずっと難工事をとりしきっていた人の声である。

それからも両腿のつけ根の穴をふさぐのに二十分ほど要したので、ストレッチャーに載せられて鉄扉の外へ出たのはほとんど八時だった。廊下には、恵と嫁のかおりが、これまたくたびれはてた顔をして待っていた。

「大丈夫だ。ただ、首と肩がめちゃめちゃ痛い」

信翁はどうにか声をしぼり出し、そのまま看護婦に押されて集中治療室へ連れていかれた。そこのベッドに寝かされたところへ、主治医ともうひとりの担当医が容体を見にきたが、彼にはもう何かいう余力はなかった。さらに六時間、ふさいだ腿の穴の上に砂袋を載せての絶対安静も、ただもう黙って耐えるのが精いっぱいだった。手術室からひきずってきた嘔吐感が、実際に形をなして外へ噴き出したのもその間のことで、軽い朝食しかとっていないためか、こみあげる不快な圧力のわりに、駆けつけた看護婦が頬にあてがった容器には粘液のようなものがちょっぴり滴ったにすぎなかった。

鎮静剤の注射のおかげで多少うつらうつらすることはできたものの、なんとか人心地がついたのは、明け方になってやっと砂袋をはずしてもらい、肢体を動かせるようになってからのことだ。といっても、九時間にもおよぶ緊張で固ばってしまった首筋、背筋、肩の筋肉の凝りの痛みまで退散してくれたわけではない。朝食は、もとの個室に戻されて、恵の介添えでとることになったが、吐きけに妨げられて、胃袋までたどりついたものはほんのわずかだった。

「でも、大丈夫よ、点滴で栄養をとってるし、そのうち食欲もでるでしょうし」

こう恵はいったが、信翁自身、前回の手術のときとくらべると、この時分にはかなりゆとりを感じていた。そのくせ、恵にきかれてはじめて、左後頭部の搏動音がとだえていることに気がついた。あれほどさわがしかったのがコソとも音をたてないのだ。どこか肉体の一部が欠落してしまったような気がしないでもない。それをキャッチしえなかったとは、やはり昨日からの内外のどさくさに五感が相当くらまされていたものとみえる。

「いやあ、ありがたいような、からだのどこかを盗られたような……」口もとに笑いがゆれるのが自分でもわかった。雑音とともに頭から疼痛も去ってくれたらどんなによかったろう。鎮痛剤とはまだとても縁がきれそうになく、現にその後も薬の服用はつづけた。ただ、起きあがって歩けるようになるのは、さいわい前回、あるいは前々回よりはるかに早かった。いちおう車椅子が用意されはしたけれども、その日の午後にはだいたい歩いてMRIの検査をしてこられたぐらいなのだ。

午後おそく主治医がきて、手術時に撮影した画像では、静脈、動脈ともほぼスムーズに流れるようになったはずだが、挿入した金属と組織とが融和するには少し時間がかかるうえ、一部、うまくコイルを送りこめなかった懸念の残る部位もある、そこで一カ月以内にまた血管造影撮影の検査を受けてほしい、と、門外漢に説明するときの習慣らしく、噛みくだくふうにして解説と指示をした。MRIではほかに異状がないことはわかるものの、血管のデテールになると、あの一泊しての検査でしか判定しえないのだという。それから、医師はついでのように、信翁の患部に埋められた白金コイルを話題にして、あれは「りっぱな新車一台分」に匹敵するものだ、という意味のことをつけ加えた。

「そんなに重たく感じませんけど」

「いや、価格ですよ。器材そのものというより、大半がその工賃だと思いますがね」

「………」信翁は、医師が去ってからもしばらく呆然としていた。どういう表情をつくろったらいいのか、まるで見当がつかないのだった。工賃というと、土木工事より多少モダンな精密機械を連想させるひびきがある、とりあえずそんなふうに頭の片すみでうそぶいてみても、顔面の形が落ちついてくれそうな兆候はなく、というより、ただもういたたまれなかった。異物がはいっただけでも落ちつかないのに、その異物がそんなにも高価なものとは……。老人健保の保険料もけっこうばかにならない一方、その恩恵で本人の負担はそれほど高額にならないからといって、それではあんまり……。だいいち、そんな値のはる器材や工賃に値する頭脳だろうか。いっそサワのいた向こう岸から戻ってこなければ……。そうはいっても、それでは新車一台がむざむざあちらがわに遺棄されてしまうことになる——。

身の置きどころに困惑しながらも、入れかわる日常茶飯事となれあって時間をすごすほかなく、事実そのようにして彼の一週間の入院生活はおわった。その間に見舞いに来たのは、昇とかおり夫妻と美緒の一家だけで、あとは毎日午前と午後にくる恵と、平素とかわらず飽きるほど語りあった話題をポツリポツリとつむぎかえしていたにすぎない。自分が知らされる立場だったらと考えると、彼の性分では、前もって知合いのだれかに病気だ、手術だと吹聴する気になどなれるはずもなかったのである。

退院の日には恵と二人で歩いて帰ったが、恵が折にふれて要らなくなった衣類などをもち帰っていたので、みちみち信翁がカバンを重たく感じることはなかった。そしてその晩、眠れないまリビングのカーテンをあけたとき、広い視界にちらばる狐火たちとの再会をはたした。心待ちにしていたつもりなどなかったにもかかわらず、とっさに、「ただいまァ」と、声にならない挨拶がこぼれ出てしまった。留守のうちに心なしか目の前の夜のながめ全体が寒々しくなったような気もするが、そのなかに彼は真っ先にサワを捜した。といって、これまでだれがどれと特定した覚えがない以上、いずれかの光芒に狙いを定められたわけでもなかった。あまつさえ、サワが彼らについてこの地へ越してきてくれたかどうかさえ判然としないのだ。にもかかわらず、手術中に工事現場の薄暗がりで出会ったことも忘れられず、それが故にこそつい捜してもみたわけで、「またこちら岸へ帰ってきちゃったよ、お袋」と、彼は口のなかでつぶやいた。「なにしろ新車一台分だから……。といったって、心苦しいけど、とっくに老人健保が適用される老いの身なんだ、おれは……」

　医師の勧めもあって、肩と首の凝りをほぐすべく、つぎの日からは一日おきぐらいに近所のマッサージ師のもとへかよった。頭全体におおいかぶさるような目下の鈍痛は凝りによるところが大きい、というのが医師の所見なのである。実際、病院でもらった筋弛緩剤と相まって、徐々にではあるが、マッサージの効き目があらわれてくるように思われた。

　しかし、頭痛が根絶されるにはいたらず、そのうえ洗髪のさいばかりではなく、もともと少ない髪の毛がいつとはなくやたらと抜けることに気がついた。恵によれば、残り少ない黒いほうの毛が先をあらそって抜けてゆくようだという。後頭部の生えぎわなど、手でその個所をなぞってみると、指先がスルリと滑るほどにすがれはてている。しかも、それが日に日に進行して、なぜか右がわ、つまり、調整工事をしたのと反対がわのほうでは、こめかみから裾野にいたるまで、何ものかに遠慮会釈もなく伐採されたかの観があった。

　マッサージ師は何も指摘しなかったが、さぞ気持ちがわるいだろう、と思いやると同時に、信翁自身のほうでも、薄気味わるいやら、人の指先にあらぬ疑いがきざすやらで、かようのを中止してしまった。それでなくても、木枯しが吹きわたる季節になると、目と鼻の先とはいえ、寒風に足もとを冷やされながら予約の時間を守りつづけるのはつらかった。それに、飲み薬と湿布だけでも何とかなりそうなところまで来ていたし、三度目の入院をして、ふたたび血管の検査をする日も近づいていた。

手術をしてから約一カ月目、彼はまた恵といっしょに荷物をもって徒歩で四、五分の病院へ行った。検査のあと動脈の止血のために長時間の絶対安静を強いられるのはかなわなかったものの、検査やそれに伴う雑事には慣れていたうえ、顔なじみの看護婦も少なくなかったため、それなりにリラックスして一泊二日をすごすことができた。手術後の数日、吐きけのせいで、喉を通るのさえいやだった病院食が今度は案外スルスルと通ってゆくのを、人ごとのように感心するゆとりもあった。

さいわい検査結果に問題はなかった。医師の診断では、手術当日には金属をうまくかかえこんでいないように見えた静脈が、この間に周囲の組織と協力して、以前の出来そこないの流れを一新する「いい形におさまった」、したがって、場合によっては予想された開頭手術の必要はない、ということだった。見せられた画像を医師のように解読する能力のない信翁としては、ふかぶかと頭をさげるしかなかった。そうしながら、その一方で、いま自分の顔面を占拠しているのが、工事「合格」をいいわたされた者の晴れがましさだったら、と連想をはたらかせたりもした。なお、彼の質問にたいして、髪の毛が抜けるのはエックス線の浴びすぎの結果だ、と立て板に水の返答があったのはいいとして、それが明快なあまり、なぜ患部の反対がわなのか、という疑問のほうは口に出しそびれてしまった。

こうして、ざわめきが消え、高度の医術というか、具体的には高価な器材と工賃がおさまる後頭部に否応なく馴れさせられて、信翁はその年の年の瀬をこえた。

「今年はいろんなことがあったわね」と、大晦日の晩に恵が珍しくしんみりとした口調でいうと、彼も港からとどく低いドラの音に耳をすましながら、何かしらしみじみとうなずいた。

「こんなに遠くまで来るとは思わなかったよな」

遠くとは、むろん空間的な意味合いばかりか、比喩的なそれをもはらんでいる、七十二年も人生を歩きつづけたうえ、まだまだ先があるらしい、といったふうな——。もとより、この年になれば、「夕べには白骨」の譬えがいつ現実のものとなるか知れないにしても——。

正月には、昇夫婦と美緒の一家がきて、いつもは静かな狭い空間に珍しく賑わいがたちこめたが、そのうち幼稚園にかよう下の孫娘がまじまじと信翁の頭を見つめ、

「こういうの、ツルッパゲっていうんだよね。そうでしょ？」

こう無邪気に問いを発すると、きかれた有名私立中学校受験生の姉のほうが、さすがに気づまりげに答えと笑いを噛みころしていたのも、年の暮れの感慨と釣りあっているように彼にはうつったものである。

四

二家族七人がひきあげたあとは、いつもながら拍子抜けするほどの静けさが返ってくる。そんな夜にかぎって、恵が寝つきのよいほうへ、信翁のそれが悪いほうへと、例によって二人の隔りが一層ひらいてゆくのだったが、現実界に残された信翁のほうは、薬剤に手をだす前のひととき、現実界のあれこれについてとりとめもなく思いをはせるほかなかった。ガウンをはおって狐火たちとむかいあうのも、そんなときの習慣ではあるが、冬はやはり永く寝床の外にとどまることはできなかった。傾斜地の闇にへばりつく光芒まで冷えびえと刺してくるように思われるのだ。

上の孫娘もやがて娘らしくなって、恋だの別れだのを経験することになろうが、自分がそれらのどの段階まで立ちあえることか、それより、その実質が老いたる祖父の推量しうるものかどうか。そして、真中の男の子がどんなコースをたどり、どのような「ひとかどの者」になるやら。ましてや、下の女の子の場合、いったいいつまでこの目で見とどけられるだろう。いずれにせよ、彼自身の少年時代を埋めていた戦争、ひょっとしてそれが再来でもしたら、もはやひとたまりもあるまい。なにしろ、あのころとは比較を絶する破壊力をそなえた兵器が出現しているのだから……。

そんなふうに孫たちの行く末に物思いの糸をくり出しては、いつかうつつの世界の外へさまよい出してしまうこともある。そうすると、きまって自分のこれからの行く先、哀しいかな、要するに墓が、彼をまた現実界にひきもどしてくれるはこびになる。

信翁の両親の遺骨がおさまる浦和市営墓地の強制移転が二年さきに迫っていて、それにどう対処するかを決めなければならないのだが、それがまだ彼のなかで決着をみていなかった。わかっているのは、浦和市がひどく辺鄙な地域にいくらか広い代替地を用意してくれるということ、その新しい市営墓地に移転する権利を行使するのがいちばん得策だという恵の考えが変わっていないこと、この二点だけで、彼自身の内部では、そちらへ引きずられることにあらがうものが泡だちつづけているという段階なのである。

墓といえば、何年か前、浦和の旧制中学校の小規模の同窓会に参加したさい、その話題がしばらく出席者のあいだをとびかったことがある。この種のクラス会には常連の出席者というのがいて、彼らは会がないときでも何かとつきあいが絶えないとみえ、仲間うちで盛りあがる話のいとぐちに不自由しないようだったが、信翁のような気まぐれじみた出席者は、かつて親しかった者と隣りあっても、歳月の壁に妨げられてなかなか共通の話題がみつからず、そのためしだいにすわり心地が悪くなってゆく。その日はそういう雰囲気に風穴をあけようと、信翁の近くにいただれかが墓の話題をもち出し、それでけっこう座がにぎわったわけで、こうしてみると、同窓会にも、寄る年波相応の関心を鏡のように反映するところがあるようだ。

やはり近くにいたひとり、いまは都内の高級住宅地に住んでいるもと官僚——その時分は何とかいう公団に天下りしていた——は、某寺院にある先祖代々の墓に自分もはいることをいささかも疑っていなかった。ほかにもその同類は少なからずいたが、対照的に、墓なんか高くて買えない、どこか、エーゲ海にでも骨をまいてほしいね、とはしゃぎぎみにいう者もいた。声がうわずっているのは切迫感のとぼしい証拠であろうか。はたして、脱サラしてコンビニ経営に転じたものの、立地条件に恵まれていないとこぼしていたその男は、そのほうが墓をつくるよりよっぽど費用と手間がかかる、と二、三人からたちまち嘲罵の矢をくらった。なんでお前がよりにもよってエーゲ海なんだよ、ととどめを刺した者もいる。もっとも、笑われた当人は悪びれたふうもなく周囲の笑いに和していたが。

帰ってその話を聞かせると、

「エーゲ海とはいわないけど、死んだら、あたしもどこかにまいてもらいたいわね。骨なんてどうせ残骸だもの」と、恵の声がはねかえってきた。なんだか見慣れない色のボールでもとんできたように感じられたのは、そのとき信翁が受けた「想定外」の印象のしわざといえよう。

それから数年たっているが、信翁の両親と死後も同居するのは忌避したいのか――と、やおら恵の胸中を忖度しなおしたこともまだ忘れていない。いや、その点はいまも変わっていないと彼は思う。だが、時とともに死後の居場所がさしせまった現実問題となるにおよんで、このひとこまの思い出をひとり反芻していると、彼には少しずつ見えてくるものがあった。煎じつめると、あのとき友人たちが口にしなかったことだが、彼にとっては、たとえたんなる残骸にしても、墓はその残ったわが身を隠すところにほかならない、ということだ。大昔、生きながらに岩屋にとじこもった女神がいるが――彼らの世代はこの一件を神話というより正史として教わった――彼の場合は死後の隠れがと墓とがかさなっている、そのことを彼は悟ったのである。ひょっとしたら、あの友人たちのなかにも、いや、おれも同類さ、と名のりをあげる者もいるかもしれない。世にいう裏街道の住人ではなかったにせよ、世間から喝采のひとつも博することなく、少年の日の抱負をいわば裏返すことに汲々としてきたような者は、死んでからも、世間の目のとどかない暗い穴の底にひっそりひそんでいるのがふさわしいのではないか。葬儀などにしても、自分の好きな音楽演奏の場にしてほしい、関係者にいろいろ思い出を語ってもらいたい——そんな希望を喧伝している著名人もいるようだが、信翁がその点でも黙々とひとえに目立たぬことを願っているのは、罰を下さなかったかわりに、ほほえんでもくれなかった世間へのせめてもの自己主張のあらわれなのである。

　むろん、とじこもる空間をひとり占めしようとは思わない。早く逝った父と永く未亡人だった母が来てくれてもいいし、恵がくるのも歓迎したい。いずれ子供たちがくるならそれも悪くない。墓ひとつ簡単に建てられるご時世ではないとすれば、願ったり叶ったりといえそうに思う。

　それにしても、この地へ越してきてから、片道二時間かかるわが家の墓所を一度もおとずれていないのは、どうしたことか。やはり体力の衰えのたまものというほかなく、その墓地がさらに遠いところへ移されれば、それはただこの世にあるだけのものになりはてて、あることを実感できるものではなくなってしまう。とすれば、必然的に、もっと近い場所にそれを新設するに如《し》くはないということになるのではないのか。強制移転にたいする市の補償も助けになるだろう。

　ここまで来て、信翁はあらためて恵の同調が必要条件である旨われとわが胸にいい聞かせた。

入院中の日々を思い返しても、結局のところ恃みは彼女ひとりにほかならない。しかし、彼自身の心が固まったからには、無理やりひっぱりこもうとするより、折にふれてこちらの心中をかいま見させながら間接的に説得するほうが捷径であることは、すでに永年の経験によって裏づけられている。

眠れない夜の時間をかさねるうちに、信翁はここまでたどりつくことができた。一挙に、まっすぐに来たわけではない。とつおいつ、右だ左だと曲がってみたり、行きくれてひきかえしてみたり、途中でわけのわからない迷路にはまりこんだり、そんな経路をへたあげくのはてといっていい。なんとか結論らしいかたちにまとめられた夜は、そのあといつになく滑らかに夢路へ移行していったように思われる。

それからの日々も、彼はこうした夜の物思いに沿うともなく沿って、早くもいわば生きながらにとじこもって暮らした。ほんの少し近所をぶらつく折にさえ、もう久しくマスクなしでは出かけられない身には、打ちつける風はもとより、埃まじりの冷たい大気だけでも手ごわい敵なのである。といっても、自分では敵視のかけらも秘めているつもりはなかった。くしゃみの反復ではじまるアレルギー性の鼻炎や呼吸を妨げる気管支炎のひきがねになっているのは、それだけに限らず、屋内外のいたるところに巣くう、目に見えない微小な生きものや埃、これというにおいの感じられぬ異臭など、正体をつきとめえない微粒子たちでもあったからだ。いうまでもなく、それとて彼の敵意の対象ではなかった。正体がわかろうとわかるまいと、何かを戦いの対象とする気などとっくに手放していたといえるのだ。

「最近さわがれているシックハウス症候群てやつかな」

こうつぶやいたことがあるが、床暖房などの便利な設備がそれらの微粒子をのさばらせている嫌疑はあるものの、だからといって戦う相手でないことに変わりはなかった。それらを撲滅すべく、へたに大病院をおとずれて、秋に恵がこうむったような検査の罠にとりこまれたくなければ、かかりつけの開業医でもらう薬剤や市販薬をたよりに折りあう道をさぐるのが賢明というものだ。それでなんとか切りぬけられそうなら、ざわめきが消えたぶんだけ、格別のことさえなければ頭部の疼きのほうも鎮静にむかってくれそうな気がする。

ただ、ときどき口腔に痛みが走ってはっとさせられるのは何とも気がかりだ。体調のくずれ一切の震源がそこにある、そう信翁はかねがね信じてきたが、その一方、限界をこえるまで歯科医の門はたたくまいという覚悟も、それに比例して、それと張りあえるくらいに根をはっていた。どうせろくでもない結果にしかならないだろう、むしろその日その日を事なくすごせればいい——そういう心境なのであった。

恵のほうは、家が近くなった学校時代の友だちや新しい知合いとたまに行き来したり、何やかやと忙しげな美緒の日程を縫うようにして、冬のあいだも二度、三度、三十分たらずで行ける娘一家のマンションへ出かけたりした。暖かい昼間をえらんでだが、片道二時間もかけて実家へ老母のご機嫌うかがいに行った日もある。秋の日々さんざん彼女を手古ずらせた胃腸障害がまたぞろ表に出てきたら、当然こうはいかなかったろう。

信翁はしかし、そんなわけで、知人友人のだれかを誘いもしなければ、だれかに誘われもしなかった。何かの会合に出るということもなかった。たとえからだに異状がなくても、元来わずかだった白髪が脱落して、右がわにいたっては、こめかみからして「ツルッパゲ」の地肌がむきだしというていたらくでは、人前に出せるようなご面相でもないだろう。ちなみに、そのうち芽が出ますよ、と医師が請けあってくれたにもかかわらず、何カ月かたったいまも、部分的にすらそれらしい兆候はない。

それでも、衣料品などの買いもののほか、夫婦そろって一度ずつオーケストラとオペラの鑑賞には出むいていった。音楽会場、それも初めてのホールに足を踏み入れるときには新鮮な非日常性のときめきに胸をそそられるが、その質感が若いころからあまり変わっていないように思われるのだけは、信翁にとってまんざらでもなく誇らしかった。計測できるたぐいのものではないかぎら、ほんとうに変わっていないのかどうか、改まってきかれれば返答に窮するにちがいない。だが、転居の余禄として、新しい土地、横浜のかずかずの会堂と新たに知りあえるのはもっけの幸いだった。

その一方、帰りの夜道、乗物の窓から盛り場とおぼしいはでではでしい街並みを望むとき、きまってときめきならぬうそうそとした奇異の感にとらわれるのは因果な成行きである。かつては残業のあとに限らず、しばしば真夜中すぎまであああいう照明の渦のなかをうろついていた。そのなれのはてがいまや老妻と並んでバスにゆられている、それも財政難のため近いうちに打ちきられると噂されているシルバー・パスをもって——そう思うと、気はずかしさについ腰が浮きあがってしまうが、その反動として、わが家のバルコニーの前にひかえる、あの濃淡の灯りが点在するだけのつつましい景観のもとへ帰りさえすれば——と、目をとじて祈るような面持ちにもなるのだった。

美緒の長女の合格祝いが中華街の一角でおこなわれた日には、日ごろ忘れられたも同然の笑いがもどってきたが、同時に、子供たちの賑わいとともに春の近づいてくる足音も聞こえるような気がした。まだマスクをはずせない信翁にも、ネオンの下に群がる人びとの服装や笑い声に、またそのあいだを吹きすぎる宵の微風にそこはかとなく春の気配がひそんでいるのが感じられたのである。

冬のあいだもとだえなかった新築マンションの広告が増えてゆくなか、ときおり新しい墓苑のチラシもまじるようになった。こういうメディアに乗ると、向こう岸からの使者も何喰わぬふうに顔を出せるものだ。信翁はそれらに目を通しては、これはと思うものをリビングのテーブルの上によりわけておいた。案のじょう、以前ほどではないが、あいかわらず日課のようにマンション広告を点検する恵の目にもふれたとみえ、

「お寺の墓地はだめよ、何かと面倒で経費もかかるから」と、何日目のことか、彼女のほうから信翁に声をかけてきた。

たしかに、親から伝わる宗派があるとはいえ、おもてむき仏教徒というだけで、首ったけの宗教などもったこともない彼らが、いまさら墓地を介して寺院とつながるのは愚の骨頂というべきだろう。それを承知しながら、そういう寺院墓地のチラシもあえて除外しなかった信翁には、恵

の反応はまさしくわが意をえたりといったところで、調子に乗って、過去の宗派は問わない、というキャッチ・フレーズをかかげる寺院に電話をかけてみたこともある。

そうこうするうち、寺と無縁の霊園の広告も二、三はいってくると、どれがいいかと二人で話しあった。恵もいくぶんその気になってきた証拠である。そのうえ、よさそうなほうへ、ということは、その霊園と関係のある石材店のひとつへだが、彼女が自分で電話してパンフレットを取り寄せさえした。電車だけで三十分、乗り換えと歩く時間を勘定にいれると五十分はかかりそうだが、もよりの駅から七、八分という行程は悪くない。やがて届いたパンフレットを見ても、とくにマイナスと思われる要素はなく、イのいちばんに彼らの視野に舞いこんできたのも何かの因縁なのでは、と彼は苦笑まじりにそっとひとりごちた。

この年の桜は例年よりも早く咲いた。前々から近くに桜の街路樹があることは気づいていたが、それらがいっせいに咲きだすと、予想を上まわる盛観をバルコニーからも部分的に眺望できた。信翁と恵はもうじっとしていられず、なだらかな坂道を登り降りしては、年をへた重厚な樹々がひろげる華麗な花の天井をふりあおいだ。天気がよければ華麗さはいっそうひきたつが、しとしと雨に濡れるたたずまいにも勝るとも劣らない風情がある。花見のスポットとして知られる市内の公園にも足をのばしはしたけれど、強いてそうする必要もないぐらいだった。

「秋にはススキがたくさんきれいに穂をだすし、春にはこんなにも桜が咲くし……」恵が花の下で上機嫌にくちばしった。

そういえば、このあたりでは、一戸建てなら玄関先や生け垣に、マンションならバルコニーにと、以前いた住宅地とはくらべようもないほど豊かに花々が栽培されている。どうやら彼女は、自分が育てるプランターの花が年をこえて春をむかえたことにも気をよくして、新たに彼女をつつむことになった土地柄を総合して述懐する気分にまで高まっていたらしい。もっとも、マンション敷地内の遊歩道に彼女が挿し木したアジサイは根がつかなかったようであるが。

桜の花が散るころ、二人はくだんの霊園の下見に行った。寒さに弱い信翁でも、帽子はともかくコートはおらずに外出できる季節になっていたうえ、ようやく新しい墓、いいかえれば近未来のおのれの、ないしその残骸の居場所を確保できそうな形勢とあって、足はこびが普段よりいくらか軽やかなことに、複雑な心境ながら彼はあえて逆らわなかった。

おまけに、電車に乗ると、ときたまのことだけに、車中で目にはいる風俗もけっこうおもしろい。ひと目かまわず化粧に専念している若い女性のほか、何が愉しいのか、一心にケータイをにらみつつ指先で操作している若者や中年も何人かいれば、扉に寄りかかるばかりにして抱きあい、じゃれあっている高校生ぐらいの男女もいる。どちらもきゃしゃなからだつきながら、どちらかといえば一様に男のほうが頼りなく貧相にみえる。破れたガラス窓から寒風が吹きこむ車内に、大きな買出しの包みを背おい、ボロをまとった人たちが詰めこまれていた往時とくらべると、文字どおり有為転変の感が深いが、そこまではさかのぼらずに、せいぜいこの十年ほどにくぎっても、ウォークマンからケータイへの移り替わりが象徴するように、人びとの顔つきや話しぶり、服装やその彩りから一挙一動にいたるまで、日々刻々ゆっくりと変貌をとげてきたように思う。女性の下半分にしても、いまのようなジーパンとミニとロングの共存にこぎつけるまでには、紆余曲折の歴史があったような漠とした記憶がある。

　少年たちの狂暴な事件があいついだせいもあって、恵ときたら、往来でその年ごろの子とすれちがうのもこわい、といっているが、信翁自身は、何やら得体の知れないものは感じこそすれ、彼らに迫力を感じてあとじさりしかけた覚えはない。だいいち、この身が戦えるわけでもなければ、戦って守るに値するほどのものをもっているわけでもないだろう。いずれにせよ、通勤していたころよりのんびりと観察にふけっていられるのは、年金生活者ならではの贅沢なひとときだとはいえそうな気がする。

　一度乗りかえてから目的地の駅でおりたものの、二人の劣化した視力では、老眼鏡を使ってもパンフレットの地図が小さすぎて、めざす霊園に行きつく道をなかなか探りあてられなかった。畑や空き地もまじる閑静な地域のため、行きあう人とてなく、それらしい坂道を登りかけたが、その途中でやっと道をきける通行人に出くわした。

「このへんでお墓の造成があったことはあったんですけど、ひとつだけではないもので」と、その中年の女性は困惑の色を封じるふうにひと呼吸おくと、霊園の名を確かめてから、ひとりで小走りに坂をおり、小川の橋を渡ったところで、電柱に縛ってあるタテ看をしらべて、こっちだというふうに手招きをしてくれた。老夫婦に無駄足を踏ませまいとの気遣いがありありと浮き出ている。信翁は気持ちだけにせよとっとと追いついて、

「どうもありがとうございます」と、頭をさげたが、はたして、いささか風雨にさらされたタテ看には彼らのめざす霊園の名が記されている。マンション購入のきっかけとなった美しい娘の姿

がぼやっとよみがえるまま、お墓のときは中年のご婦人か、と信翁はなにか強いて納得でもするようにうなずいた。実際それからは、空き地と果樹園のあいだの牧歌的な一本道を何分か歩くうちに目的地に達したのだった。

「あら、花が咲いてる」と、ヨーロッパの宮殿の門を模したものらしい鉄製の正門の前で恵は歓声をあげた。

事実、正門の周囲のタイルで仕切られた花壇では、幼いツツジとパンジーがいまを盛りと咲きそっていたし、その先の敷石ばりの通路の両がわにも各種の花やその苗が植わっていた。客寄せを兼ねる、それらの花の世話係とおぼしい作業員の姿も見られる。さらに足を踏み入れてみると、パンフレットで見たとおりの、ひな段式にかさなる広い墓苑を見渡すことができた。すでに墓石が建ち石の囲いができている区画もあったが、全体としてはまだまばらという状態のため、こざっぱりしている、という最初の印象がそれだけ強められた。

管理人の案内で、二人は階段を昇ったり降りたりしながら見てまわった。吹きさらしのせいだろう、上のほうは風が強く、信翁は思わずマスクで鼻と口をおおった。永代使用料や墓の建設費などは、石材店がよこした資料でだいたい見当がついていたが、実際の大きさや出来ぐあいとなると、こうして歩いてみないとよくはわからなかったろう。今日はまわり道をしたうえ、霊園内をあちこち歩きまわったので、疲労の目盛りもずいぶんあがってしまっているが、このぶんなら、あるいは、彼の足腰がいまより多少は衰えても、年に二、三回おとずれることはできそうだ。このうえ見学の回数をかさねてすりへるよりは、このあたりで決めたほうが——と、彼は半ば腹をかためていた。そのさいにはこのぐらいのものがよかろう、というところまで含めて。

管理人とのやりとりを聞く限り、恵もわりと乗り気のようだった。高いところからは、果樹園のむこうで松の枝々がゆれ、その手前の斜面をおおうツツジの植込みがあざやかな色彩の文様を織りなしているのが見える。信翁の隠れがとしてはもとより、父と母との新しい住みか、その気があれば恵のついの住みかとしても、こんなところで可としなければ——。恵が行きついた地点もほぼおなじではなかろうか、と信翁はマスクのかげでひそかに推しはかった。

霊園には、彼らのほか夫婦らしいもうひと組の見学者しかいなかったが、外の田舎道へ出ても、そこはいぜん墓地のなわばりででもあるかのように、駅前通りに入るまであらかた人影を見かけなかった。彼らの行く道を示してくれた気だてのよい中年婦人に再会できるはずもなかった。昼食をとってから出てきたのにまだ陽が高いところをみると、それほど時間がたっていないのかもしれない。それにしては、頭頂から足の先まで、とりわけ背面に鉛のような疲労物質がびっしりとまとわりついている。しばしば坐骨神経痛だの肋間神経痛だのに成りあがってゆく身許不詳のやからどもだ。それと連動して、搏動音の消えた頭蓋の内がわにも痛みとなる物質のかけらが微量ながら這いまわっている。知らず知らず彼はぶすっと口もとをとがらせて、

「あらかじめ連絡して、セールスの人に来てもらっていたら、今日一日ですべて片づいたんだがな」

「だめよ、一回見ただけじゃあ。それに昇たちの意見もきいておかなくては。一度見にくるようにいっとくわ」

「ふうん……」

「だって、あとをひきつぐのはあの人たちでしょ」

「まあ、そういうことだろう。だけど、おやじたち、あいかわらず古くさいアナログ頭なんだな、なんてほざくのが関の山じゃないのか。デジタル方式のパソコン墓地なんてのもあるらしいご時世だから」

「いつか広告で見たことあるみたい。それ、どういうのかしら」

「さあ、おれが知るわけないだろう。それよりも、とにかく、いつまでも待てる話じゃないんだ、これは……」

「そりゃあね」

小川の橋を渡ればまもなく駅前通りになるが、二人とも唇をまげて、思うように前へ出ない足をなだめすかすことにかまけていた。


恵は予定どおり、昇あてに霊園のパンフレットを同封した手紙を出した。ところが、折返しかおりがかけてきた電話では、そんなに急ぐことはないでしょう、といった片言隻句しか聞かれなかったという。

「昇はどうしたのときいても、風邪で寝てるっていうし、見に行ってくれたの、とか、早く見てくるようにとか、とても話すどころじゃなくって」と、恵は電話を切ってからもしばらく息づかいが荒かった。

「………」信翁は自分まで鼓動がいくぶん速まるのを感じた。昇とかおりのどちらか、あるいは両方が、逆に急げといったらもっと奇妙だろうが、かといって、親がその親と自分たちの居場所をつくるのを急ぐ要なし、といいきる資格が彼らにあるだろうか。その親たるや、古い墓の移転を迫られ、老いの坂をころげおちながらも、できるうちにと自分を励ましているのだ。

「風邪をひいたなんて、仕事がたいへんなのかしらね」

「どうだか……」彼も妻にならって呼吸を鎮め、しかしこれで恵の決心がつけば、「けがの功名」を地で行くことになる、と心のなかで忍ぶような微苦笑に移行していった。

そして、実際にもそういうはこびになり、石材店の担当者と打ちあわせて、下見から一週間後の平日、二人でまたおなじ霊園におもむいた。

そこでは、先日見られた花だけではなく、新たに植えられた何種類もの花が咲きだしていた。

「墓地が完売したら花もおしまいなんてことはないでしょうね」と、挨拶もそこそこに恵が尋ね、

「そんなことはありません。月々管理費をいただくんですから」と、石屋の担当者がいかにもマニュアルどおりといった返事をしてから、正門わきの墓域をかわきりに、三人そろって広い園内の巡回をはじめた。

先日信翁が狙いさだめておいた区域では、とくに念入りに検分したが、そのうち恵が、ここでは墓石が傾いてみえる、と文句をいいだし、地面がやや傾斜しているためそう見えるだけだ、と石屋がしきりに弁解しても、彼女は納得しようとしなかった。事実は石屋のいうとおりで、眺望もよく、あえて難をいえば、間近に迫る裏手の薮が多少あらっぽい感じをあたえるという程度な

のだが、浦和にある墓の半分ほどの広さのものでしかないのに費用がかかりすぎる、というのが恵の異議の中心をなしていることは、信翁にはたちどころに察しがついた。彼亡きあと年金が半分以下に切りさげられるとすれば、いまある蓄えをできる限り温存しておくべきだ、ましてやこのゼロ金利時代には——というのが頑として彼女のゆるがない信念、というより、彼女のあらゆる行動を左右する本能のようなものにほかならないのだ。

そのため、一区画がさらに小さい墓域へ上がってゆくことになった。「地獄の沙汰も……」の諺そのままに、安いものほど苦労して階段をのぼる仕組みになっているわけで、実をいうと、前回はその二番目に高いところまで足をはこんでいなかったのである。

行ってみると、さすがに風が強く、墓石が建造ずみ、ないし契約ずみの区画がいちばん多かった。これでも、ウォールモニュメントと称する壁面埋めこみ式のものよりはましなように思われるが、一区画が一平方メートルにも充たないため、いくつかの墓石が肩をすぼめるようにして建ちならんでいる個所から類推すると、全部そろって風雨をあびつづけたあかつきには、古びた小商店だの小住宅だのがぎっしり肩をよせあう路地のような、何かしらわびしい見てくれの一画になるにちがいない。ただ、風通しがよいぶんだけ、前方に広びろとひらける景色がそれを埋め合わせてくれる、とだけはいえそうだったが。

「花壇にコスモスの芽が出てるし、あたしの好きなリラの苗木もまわりに植わっているし、どうかしらね」

恵の口ぶりが何を語っているかは、信翁にはひと目で見てとれる。

「そうだなあ……」とっさに口ごもり、少したじろぎはしたものの、それきり異論をとなえなかったのは、コスモスやリラは別として、なんとか将来の隠れがといえるものにありつければ、というのが彼のそもそもの起点だったからだ。考えてみれば、小さいこと自体も、世間から孤絶してひそむための恰好の要件といえるのではあるまいか。

「歩くのがつらくなってタクシーで来るようになっても、すぐそこに駐車場があるから、今日みたいに階段をのぼらなくてもいいわけよね」

「ええ、そういうわけです」と、石屋が恵のひとりごとじみた話しかけに応じた。「面積を小さくして、そのぶん墓石を上質のものになさる方もたくさんおいでですね」

「石屋さんとしてはむしろそのほうがいいんでしょうね」と、信翁も薄く笑いながら口をはさんだ。笑ってももう口もとがひきつれなかった。むろん、石屋のいうとおり上等な石を注文しようと思ったわけでもない。

　この墓域にまずまずの区画があいていたので、それに決めて、管理事務所の応接間で契約をかわすことになった。下見のときは、道を間違えたせいもあって、主として歩きすぎで疲れたとすれば、今度は一時間以上もつづく事務的な話合いにうんざりしてしまった。値段の高い石を使うよう、石屋がとくにしつこく勧めたわけではないものの、各種のサンプルを見せようと、いちいち別棟のプレハブ倉庫まで取りに行くことで時間をやたらと浪費する、そういう要領のわるさが最大の原因なのだ。しかも、石屋が弁じたてるほど質の違いが素人にわかるはずもなく、結局、中程度か、それ以下の値段のもので折合いをつけた。だが、それで終わりにはならず、そのつぎには、計算と支払い方法を記載した書類をつくるのにまたも手間どった。永代使用料と管理費は霊園事務局に納めるのにたいして、墓の建造費と古い墓の取り壊し費用は石材店に支払うというように、窓口が二つに分かれることもそれに拍車をかけたようだ。支払うがわとしても、それだけ手つづきが面倒になるが、前者は全額、後者は二割の前払い金を連休あけをめどに振り込むことで諒解しあった。

石屋の話では、墓が完成するまでに約三カ月かかるという。そうすると、その完成時が折あしく夏の盛りになりそうだったが、暑い陽ざしのもとで新旧の墓地での改葬工事に立ちあうのはこたえるにきまっている。そこで、そのほうは九月まで延ばしてもらいたい旨、信翁は申し入れた。そのぐらいの融通はつきます、ただし、建造がすみしだい残金を払っていただければ、というふうに相手が答え、それでようやく管理事務所の外へ出て、その外の空気を吸うことができた。もっとも、外とはいえ、果樹園から霊園へ、霊園から雑木林へと、新緑や草花のかおりをも集めつつ、既設のまばらな墓石のあわいを吹きぬける風の圏内ではあった。

その圏から少しずつ脱しながら、ここは自分より、とりあえず両親の遺骨にさきにはいってもらう、と信翁はあらためて自分にいい聞かせた。こんな見ず知らずの場所にサワがおさまってくれるかどうか、それも以前のものの四分の一しかないスペースの穴ぐらに——という問いは、しかし疲労を口実に頭から追いはらった。その頭がいまは音もなく疼いている。とにかくこうなるしかなかったのだ、と自分もともに納得するより仕方がない。少なくとも、サワもいた以前の土地と家を処分したこととの後始末の最大のものは、形になるのはこれからにせよ、これでいちおうはたすことははたしたといっていいのではないか――。

「ずいぶんかかるわねえ、ひっこしって」と、このとき恵がさえぎるように口をひらいた。どうやら信翁とは別の次元に彼女の思考はひっかかっていたらしい。大量の物品を廃棄したかわりに、家電製品や家具など、新しい住居に似合ったものを買いそろえなければならなかったのは事実で、そこへ転居にともなう新たな出費が加わったのである。

「………」信翁は言葉を返すかわりに目を細めた。返したら、それもこれも仕方がない、そんな文言にでもなったろうか。細めた視線のかなたで、どんな実のなるのかわからぬ果樹園の新緑がゆれ、その上に灰色の空がかぶさっていた。ふりむくと、あの花々がかおり、歯のかけた櫛のように石柱のならぶ圏は、雑木林や畑が折りかさなる周囲の風物にまぎれて、もはや截然と視界の一角を占めようとしない。そのかわり、悲哀とか悔いとか恥とかいった、年に似ずなまなましい感情の絵すがたが目蓋の裏をよぎるのが見えるような気がした。ふっと肩の力が抜けるのがわかって、彼はまた正面にむきなおり、

「そういえば、あさってがひっこしの一周年じゃないのかな」と、だれにともなく自問自答の呟きをもらした。

「そうよね。あたしもそれを考えてた」

前回とおなじく駅前通りに近い小橋にさしかかっていたが、二人ともいぜんゆっくりとしか前へ進まなかった。

五

ひっこし記念日をさきへ延ばす相談は、その日寝床に入ってからかわした。今日の疲れをひきずったまま明後日また出かけるわけにはいかないからだが、そのあとはゴールデン・ウィークになだれこんでしまうので、十日さきぐらいの、連休あけに二人だけで港と海に近いあたりへ行ってみようという話になった。退職してからは、人出の多い期間に外出することは避けるようにしていたのである。

総じて誕生日などは、美緒とかおりが花束や嗜好品などをとどけてくれるから他力本願で切りぬけられるが、そういう当てのない転居の日を記憶にとどめていられたとは、まだ老いもそれほど深くはないらしい、そんなまんざらでもない心境になって、

「おれの脳みそもまだ干からびていないようだ」こう信翁はつぶやいてはみたものの、疲れや昂ぶりに見舞われた日のつねで寝つけそうになく、あの花々と墓石から成る灰色の圏を通りぬけていた風で、いつまでも神経繊維がそよぎつづけているような気もした。

「ボケないでよね」恵のいつものいいぐさが返ってきたが、彼女自身が返事を待たずに寝入ってしまったことは、聞き慣れたかすかな寝息でそれとわかった。

記念日を延ばすのは支障がないのにひきかえ、墓地移転の補償にかんする交渉のほうはさっそ

くはじめなければならなかった。浦和市役所の当該係には信翁が電話をかけた。だいぶ前、まだ浦和の家に住んでいたころに催された説明会に出席してみて、いちおうの予備知識をもっているつもりの彼には、補償の原則、つまり、囲いの部分だけは新設するとしても、墓石などの中心部はそのまま市が新たに造成する墓苑に移す、この二つの工事費を基礎にして、それに市が定める祭祀料などが加算される、ということはわかっていたが、念のためきいてみると、市の代替地以外のどこかほかのところへ墓を移す場合にも、そのためにいくらかかるかに関係なく、おなじ原則が適用されるということであった。信翁としては、黙ってそれを受け入れるほかなく、とにかく別の地へ移すつもりなので早急に補償費を算定してほしい、と申し入れた。移設工事費の見積りは専門業者に委託するので多少日数がかかる、連休もあるため、補償金額を知らせられるのはだいたい四週間後になろう、という返事だった。

それで金額が折りあえば契約成立という段どりになる、と電話口の役人がいったのにたいして、おおよその見当でそれはどれぐらいになるか、と信翁はたたみかけてみた。しばらく書類をくっている音が聞こえてきたあと、お宅の広さのものでは×××万から×××万までのあいだではないか、という声が鼓膜を打った。受話器をおいてからも、鼓膜を打つ音がとだえるどころか、かえってさわがしくなってゆくように感じられたのは、ひとえに、その高いほうをとったところで、先日石材店とかわした契約の額にはとても及ばない、という認識の反響なのであろう。

ゴールデン・ウィークのあいだは近くの開業医も休みになるが、あらかじめ薬だけもらっておけば、それで支障はなさそうである。というより、あまり個々の故障に深入りせず、いうなれば付かず離れずでやりすごす無策の策のようなものを会得するにいたっていて、当分はそれで間に合いそうな見込みなのだ。たとえば、例のシックハウス症候群らしい症状にしても、いちじ専門の耳鼻科にかよったが埒があかず、内科の薬でうわべを糊塗するうちに、窓をあけて屋内の風通しをよくしうる季節を迎えたおかげもあって、全体としてよい方向へむかいつつあるように思われた。また、血の道を修復ないし一新する充填工事で音のしなくなった頭のほうも、何かというと疼きだしはするけれど、以前の猛々しいのから柔和なものに変質してくれただけましだと考えれば、薬剤をたよりにその日その日をやりすごしていけそうであった。

ただ、右上のいちばん奥の歯にときおり鈍痛が這いあがってくるのだけは、信翁にとってそれこそ憂うつの種だった。歯根にからまりながら、虎視たんたんと炸裂の時機をうかがっている膿の袋が犯人である。実をいうと、その隣の六番と、そのまたひとつおいて隣の四番の歯にも膿の袋がへばりついていたが、それぞれ九年前、七年前に抜かれてしまい、いまは失われた六番のかわりの義歯を、問題の奥歯が健康な五番とともに支える役をはたしている。いわゆるブリッジという装置で、その支柱としては脆弱すぎるにもかかわらず、それはもう九年間もお役ご免にならないばかりか、三叉神経痛の名残りの消えやらぬ左奥歯にかわって、咀しゃくの主役の座に縛られつづけてもいる。思い返すと、その左がわの治療のため大学病院の口腔外科へかよっていたころ、右奥の腫れがひどいからと、歯ぐきに穴をあけて膿を出してもらったときと、その後べつの病院付属の歯科医が、その部位がおかしいという信翁の訴えをもとに、すでにその歯のつけ根から膿が漏出しているのを確認したときと、少なくとも二回は決潰したことが判明しているが、あとのほうの医師によれば、その前後にもおなじ現象がおきている可能性があるという。いまも間欠的におそってくる疼痛がその合図ということかもしれなかった。

ちなみに、すでにないその六番の治療が晩年の心身の衰えのはじまりで、医師のミスとしかいいようのない処置のため、ときには暴風が吹き荒れるような痛みにさいなまれる日々がつづき、いくつかの診療所を転々としたすえ、ようやく抜歯とブリッジ建設にたどりつくことができた。このときの痛みの連続が反対がわ、左がわ口腔内をうねる激痛の発作と最初の頭の手術につながっていったのだ、というのが信翁のゆるがぬ推定である。関連会社で役員の末端につらなっていた時期のことだが、おかげで会社からも、平への降格と給与の半減という処遇でむくわれてしまった。

三度目の頭の手術、いいかえれば、血流をただす土木工事にもなぞらえられる手術のような近代的な医療が、この奥歯にもとどいてくれてもよさそうなものだが、と信翁はときおり切実に考える。そのためにはもはや腐乱しすぎているのだろうか。なにもその歯を生きかえらせろ、などと高望みしているわけではない。抜いてくれても差支えないが、その場合には、末梢神経の乱れによるものだろう、いまだに痛みの這う左がわが咀しゃくを引き受けられるようにしてもらわなければならないのだ。

散歩の道すがら、歯科医の看板を見るたびに、彼は背筋に鳥肌がたつのをおぼえる一方、すがるような眼差しになることもある。治癒を期待できようと、できまいと、いずれはいずれかの門をたたかないわけにはいかないだろう。そのいずれかの日がよい日になりそうもないだけに、やわらかな食べものと噛みかげんで患部をなだめつつ、一日延ばしに新しい明日をたぐりよせている、というのが目下の状態といえるのだった。このように噛みたくても噛めない人間がいることを、噛まないとボケる、と神託よろしくいってのけるテレビの先生がたはご存じなのか。

ともあれ、遠出をしなければ、普通の日とかわらず読書とかテレビとかで連休をすごすしかない。ところが、リビングでそのテレビを見ていても、このごろは即座に理解できない領域が日一日とひろがってゆくように感じられてならなかった。タレント同士でわいわいしゃべりあう番組も、音声、内容ともに半分ぐらいしかわからないが、何といっても、日進月歩の感のある電子・電脳関係産業のコマーシャルがその最たるものだ。恵にきいたところで、気のきいた応答がえられるはずもなく、「いまのは何だ?」といいかわすこともいつか少なくなってしまった。会社にいたころも、その種の機器の操作にかけては若い連中に及びもつかなかったものだが、信翁としては、舌打ちしつつも遠くからまぶしげに観望するしか対応の仕方がなかった。

テレビといえば、介護保険の制度がスタートしたことも誘因となって、寝たきり老人の介護の現場などがよく映し出され、彼はつい目をそらしてしまう。やはり身につまされる故というほかはない。他方、このところ画面にしゃしゃりでる元気じるしの老人たちの姿にも彼は共感しなかった。自分をそのひとりに数えられない僻みもあずかっていたにちがいない。いっそ当今の若い人たちの珍奇ないでたちを見たり、かんだかく絞り出すような歌声を聴いたりするほうが好ましいぐらいだが、それらも親近感をもってなじむにはほど遠かった。それでいて、信翁にとって、テレビが新聞とともに世間への第一の窓であることに変わりはない。そこでなら、実物ならぬ映像にせよ、ときには新旧のチャーミングな異性たちに見入ることもできる。

結局、身の丈に合うというのか、ヨーロッパの伝統的な音楽、いわゆるクラシック音楽にひたるのが彼にはいちばんしっくりしている。この初夏のうちにもコンサート会場に臨む予定はあるが、おおかたは自宅で手にはいるものに耳を傾ける。マンションに越してからは衛星放送が聴けるようになったので、それだけレパートリーが増えた勘定になる。といっても、たいていは深夜にオンエアされるそれらの演奏は録画予約しておくのがならわしで、この十年来、早く床につく習慣をくずしたことは皆無に近い。断わるまでもなく、だからといって、恵のようにさっさと眠りの世界に入っていったら信翁が信翁ではなくなってしまう。

そんなときしばしば睡眠剤に手を出す彼の悪習はいぜん引退していなかった。それにはしかし、カーテンをあけて、ひとり静かに狐火たちとむかいあえるという余得もある。そのさい寄りそってくる気安さは、彼らこそ遠からず向こう岸へと案内してくれるはずのもの——そういう思いともいえない思いの影だろうか。そうして息をひそめていると、ふと、そこにはいないはずの、彼自身の取り返しのつかぬ生の対極の化身ともいうべき、功なり名とげてみずから向こう岸へ渡っていった文芸評論家の名前が脳裡に浮かぶことがあるが、その名を消そうとして、忌避と羨望で合成された苦い生唾をのみ下すまでには、少しばかり時間がかかってしまうのであった。


連休があけると、まず銀行振込みで墓地と墓建造の支払いをすませ、ついで遅ればせながら転居記念に午後からゆっくりと家を出た。

信翁と恵は電車とバスで、港が見えることで知られる海辺の小高い公園へ行った。前にも来たことはあるが、バラ園を見たいという恵の希望で再訪することにしたのである。今年はまだいくらか時期が早いとみえ、バラは六、七割ぐらいしか咲いていなかった。それでも、晴れあがった空のもと、そぞろ歩きながら、キラキラ光る海面と色とりどりの花壇とを交互にながめるのは心地よかった。大気にもいのちの上澄みのようなかおりがあった。信翁は記憶のなかに、あの墓石の圏を吹きぬけていた新緑の香を立ちのぼらせてみたが、この場になじまないのか、わずかな余情だけ残してまたたく間に消えうせた。

そこから間道づたいに山下公園まで下り、またしばらく広い園内をぶらついてから、岸壁に横づけになっていたシーバスに乗った。

「なんだかおのぼりさんみたいだな」と、信翁は常套句を口にして笑った。自嘲というほど深刻な感情をこめたつもりもなく。

船室からたそがれの海を見ていたのは十分かそこら、「みなとみらい」で上陸、ビルの通路を進んで、海に面して大きな窓があるイタリア・レストランに入った。メニューでは、恵が分量の少ない料理を選ぶのにたいして、きまってやわらかな料理を捜すのが信翁のしきたりである。彼の場合、食べもののよしあしの基準はあらかた歯にやさしいかどうかということで、咀しゃくは脳を活性化して痴呆の予防につながる、という老人医学の通説になどかまけてはいられなかった。左上の奥歯の下に居すわりつづけるマグマを食べもの、飲みもので刺戟しないよう、また、右上の奥歯の根っこにしがみつく膿の袋を怒らせないよう、終始いたわり気づかいつつ食いつないでゆくこと――このただひとつ残された道を行くしかなく、現にそうしながら、またも痛みが跳梁する時が近づきつつあるような暗い予感にかざされたり、まだ間がありそうだと思いなおしたりする。今日も例外ではなく、一杯のグラス・ワインを傾けながらもぞもぞと口を動かしている図は、自分でも無粋で見るにたえないという気がしてならなかった。

おまけに、その頭部ときたら、内がわの緻密な軌道修正のとばっちりで、人目につく外がわは荒涼たる枯野になりはてているのだ。酒量のほうも壮年のころとは大違いで、いまはワインか日本酒をほんの少しというところまで収縮している。

海辺の外灯やレストランの灯りが水面にうつってゆれるのが見えた。二人の話題といえば、いつしか子供や孫たちのもとに帰着してゆくが、これまで何度も話しあわれたことが今宵もくりかえされた。すなわち、昇は仕事がら不規則な生活になりやすいが、四十をすぎたのだからいい加減に改めるべきだ、煙草もやめればいいのに、とか、美緒は、夫と子供に恵まれたのはいいとして、よい母親、よい主婦の役まわりにはまろうとするあまり、自分をいたわることをおろそかにしていないか、とかいったことだ。信翁は、「適者」ならざる勤め人でしかなかったものの、その自分がせめてもの罪ほろぼしのように、ひとつ会社の傘の下に辛抱づよくうずくまっていた結果、彼自身とはちがって、とくべつ不自由もなく育った子供たちが、それ故にかえってひよわさという荷物を負わされてしまったのでは、と考えることがあるが、それはいまもあえて言葉にしなかった。ひょっとしたら、それもあの廃墟の時代とはくらぶべくもなくおだやかに成人してしまった、いまの世の働きざかりの世代に共通する属性かもしれなかったからだ。

それから、せっかく新幹線のとまる新横浜の近くへ越してきたのだから、気候のよいうちに京都へでも旅行に出かけようと話しあった。そうはいっても、まっすぐに話がそこへ行きついたわけではない。恵が相手だと、「どこかへ旅行に行かないか」とか、「京都へでも行こうか」とか水をむけても、直接の応答がなく、別の話題にそらされてしまうことが多いのを、信翁のほうでもとっくに心得ていたのである。そのため、さしあたり彼ひとりが旅に出る物語のようなものをつくって、恵がつむぐ話題の隙間におくりこんでゆき、そのうち彼女もそのなかに融けこんでくるのを待つという方法をとった。信翁にとってはなくもがなの手順で、ときに舌をはじきたくもなる。しかし、模範的な夫婦の場合ならいざ知らず、自分たちのような凡夫凡婦にあっては、何十年も連れそって生きてきたからといって、それぞれの関心事がおなじときにおなじ軌道を行くことなど、むしろ千載一遇の椿事出来《しゅったい》のたぐいとみなすべきではなかろうか――。

こんなときには、いまさらいらだったり幻滅したりするかわりに、いい年をしてわれながらご苦労だとは思うけれども、やはり遙かなる初心にかえって、若かった恵のたまさかの居ずまいが宿していたエロスをたぐりよせるに限るのだ。

食事をおえると二人は外へ出た。外といっても、まだ巨大な建造物のなかである。そこを通りぬけた先にあるタワーの展望フロアがつぎの目的地であった。ひっこして間もないころ昇ってみたことがあるが、そのときは昼間だったので、このつぎ行くなら夜景の見られる頃合いに、とかねて考えていたのである。

それにしても、このようにブラウスにジャケットをはおるだけのカジュアルな服装で出てこられるのは、何とありがたいことか。定年後はもっぱらこういう気楽な恰好で通しているが、それに慣れると、かつてワイシャツにネクタイをしめ、スーツで身をかためて何時間もすごしていたころの自分が気遠い虚像のように思われてくる。とりわけ、夏の暑いさかりの通勤時の苦役は忘れがたく、思い返すだけで、汗ばんだ布地の締めつける感触が首すじにまとわりついてくる。

いま二人が歩いているのはビルの通路ではあるが、実は四層、五層と重なりながら両がわにきらびやかな商店をつらねる街といったほうがいい。要するに、普通の商店街ともデパートとも異なる、あるいは両者をかけ合わせたようなもので、中央に気前よく吹きぬけの空間があるため、それだけモダンでからっとした趣きがかもし出されている。そのおおような人工空間では、宙を舞う粒子さえ並みの街のそれより透明度の高いものに見えてしまうが、それもこの囲われた街の特異な構造のゆえであろう。

しかし、ご多分にもれず、ここも若者たちの街であった。中高年がいないわけではないものの、街の風趣を決定しているのは何といっても若者たちにほかならず、それぞれ思い思いの、そのくせどこか似かよった恰好をして、群れをなしているのも、二人連れでいるのも、ひとりだけ異様な盛装をして立っているのもいる。抱きあい突っつきあう二人連れがいるかとおもえば、手をつないで風にでも運ばれるふうに追いぬいてゆく二人連れもいるが、概して異人種のように背丈が高く、そのわりに重さというものを感じさせなかった。人の数が多いわりに雑沓の地ひびきがなく、どこか架空の街にでもいる気がするのはそのせいかもしれない。が、いずれにせよ、これでは国の将来はおぼつかない、などと物思わしげな面差しになるよりは、いつのころからか、こちらが物陰をひとり無関係にしのび歩く異物と化すほうがよほど気が落ちつけることを信翁は悟っていた。つけ加えれば、一気に抵抗なくそこにたどりついたのではなく、永い時の流れのなかで、外気圧のようなものに押されて体得することをよぎなくされたものである。

「お店にあるのも若い人のものばっかり」と、恵がいった。彼の視線をなぞって、彼女も似たような思いにとらわれていたのだろうか。

「こういうのを疎外っていうんだ」と、信翁は応じたが、たまたますれちがった人群れに声が呑まれてしまった。その証拠に、反問する恵の声もよく聞きとれなかった。

彼はそのまま、自分の口からこぼれた言葉をさかのぼって、そのずっと先のほうへ身を乗り出してみようと思った。実際それができそうな気もしていたのだ。現に、つい二、三日前にも、それは新聞記事となって豪勢に紙面を領していたではないか。おもてむき老人を疎外するどころか、愛想よく手招きさえしている福祉事業、介護事業の現況と関連広告がでていたのである。老人介護のための用具を生産したり、介護要員を派遣したりする企業が、いまや花形産業の一角にわりこんで注目を集めつつあるということらしかった。

なんだかくたばる前のモラトリアムを狙われているような気がしないでもなかった。信翁とて、それが高齢化という今日の状況と呼応する人間社会の進歩のひとつ、頼もしくも好ましい時代の趨勢であることは承知していた。にもかかわらず、あらためて例の記事を反芻するだけでも、かつて彼も食品会社の一員としてその末端につらなっていたマーケットが、粘液まみれの布団か何かのようにからみつき、くるみこみにじりじりとにじりよってくるのを感じないわけにはいかなかった。何かしら空おそろしいＩＴ革命のかけ声にたいしてと同様、その方向の新たな渦潮にたいしても、皮膚のいたるところで粒々の怖じけがはじけそうな感じにおそわれてしまうのだ。

展望台への入口はビルの二階にある。そこへ行って、二割引きの老人用の入場券をもとめ、高速のエレベーターに乗ると、いくばくもなく六十九階の展望フロア「スカイガーデン」に着く。「いよいよおのぼりさんの終着駅だ」と、信翁はエレベーターの外へ足を踏み出しながら話しかけたが、またも恵の耳にはとどかなかった。彼女の耳が遠いせいではなく、フロアのあちこちではぜかえっている見物客の話し声に、ただでさえ勢いのない、あまり使わない声帯から出るくぐもった信翁の声が埋没してしまったのだ。

見ると、フロアの周囲には、全体がパノラマ風にながめられるようにぐるりと透明な窓ガラスがはめこまれていて、その空間のどこにも人いきれがたちこめていた。そのなかで二人はようやく南西の角に隙間をみつけ、人いきれを背にしてその窓べに立ったが、そこに立つのと同時に、あっと息をのんだ。はるか下の下に「宝石箱をぶちまけたような」という形容がぴったりの光の海が、文字どおり「めじのはて」まで横たわっていたのである。しかも、首をまわせば、本物の海らしい黒い広がりとまじわる東がわをのぞいて、それがどこまでもどこまでも伸びてゆくばかりか、目をこらすと、光が織りなす模様も限りなく多様なことが見てとれた。

「きれいねえ」と、恵が前をむいたままいった。

「うん……」

「年寄りがひっこしたりするのは考えものだって、以前いろんな人にいわれたけど、そんなことないわよね」

「うん」信翁はうなずいた、むろん同意のしるしとして。「なんとかやっていけそうな気がする。前のとこにいたら、少なくともこういう変化は味わえなかったろうし……」

「けっこう悪くないって思ってる。とにかくきれいよね、これ……」

それから恵は、美緒の家に電話をかけてくる、と告げて、色とりどりのみやげ物を陳列している売店のあるほうへ去っていった。夜景の感想など、ひとしきり美緒とおしゃべりしたら、孫のだれかを電話口に呼びよせて、勉強してるの？ 今度いっしょに来ようね、などといっているのだろう。

信翁はひとりでゆっくりとフロアを歩き、人いきれの少ない、わが家の方角とおぼしい北むきの地点で足をとめた。マンションからそう遠くないのっぽビルを目あてに、マンションのあるあたりも見当がつくはずだ。起伏の多い地形ではあっても、わが家の窓からこのタワーの尖端が望めるからには、その尖端部にあたるこの場所からも、見渡せる景色のはずれ一帯をいわば逆探知すればいい。そんなふうに自分にいい聞かせながら目を動かしてゆくと、真下からしばらくは光の海であるが、そこから目をあげるにつれて、「宝石」はおろか、光の文様自体も淡くなって、しだいしだいに黒ずんだ影のようなものをまじえ、そうしてその影のいっそう深まるあたりに彼のマンションを想定することができた。以前住んでいた家にいたっては、そのはるか先、薄黒い地平線のさらに先ということになろう。

ともかく、あの影の深まりのどこか、こちらに背をむけたなだらかな斜面に、彼の狐火たちがいまもひっそりとはりついていることは確かである。あらためて思いやるまでもなく、光のあふれかえるこなたの下より、かなたの灰黒色の薄闇のほうがあのものたちの住みかとしてふさわしい。じっとそのほうに視線をとめていると、姿をみせないまま、それら点々の光芒が薄暗がりの底から浮かびあがってくるようにも思われた。母のサワもいまはそこにみこしを据えていてくれるのではないか、とにもかくにも一年がたったのだから、そして、そこで何とかやっていけそうなのだから……。

と、脚だろうか、腰だろうか、彼はふいにどこか下半身がよろめくのを感じ、何か支えをもとめて思わず宙に両手をおよがせた。神経痛を予感させる、痛みとも疲れともつかぬものが、下半身ばかりか、背筋や胸郭などのふしぶしでも小刻みに疼きだしたのはしばらくたってからのことだ。もとより、そのどさくさまぎれに、もう取り返しがつかないという、寄りそう影のような、痛覚のような思いが立ち去ってくれる、そんなぐあいにはならなかった。

火も土も

沼野昭夫は五年前、七十歳、正確にいえば七十一歳になんなんとするころこの新居へ越してきた。新居といっても、建ったばかりとはいえ集合住宅の一角で、相棒も四十年来の妻という、とくべつ変わりばえのする出来事ではなかった。それでも、六十年あまり住みなれた土地を離れ、それまで縁もゆかりもなかった、おなじ首都圏でもかなり南に寄った住宅地の、これまたかつて住んだためしのないマンションについの住みかを見出しただけの変化がないことはなかった。

その変化の最たるものは、何といってもリビングの前にひろがる景観である。それまでは平地に建つ一戸建ての二階家だったため、二階のベランダに出ても、せいぜいおなじ高さの二階家の屋根屋根が見はるかせる、というか、見はるかせるように思いなしたにすぎなかった。実際には、正面、斜め右、斜め左にいくつかの屋根が望まれ、あとはその陰から少しだけその一部を覗かせていたり、あらかた、ないしすっかり隠れてしまっていたりする、という程度だったのである。

それがここでは、彼らの住居が七階で、すぐ前に高い建造物が立ちはだかっていないという立地のおかげで、「めじのはてまで」とはいかなくても、かなり遠くまで眺望がきくのだった。ほんとうは七階で、近隣に高い建造物がなければ、もっと遠くまで見渡せてもよさそうなものを、下に横たわるつつましい街のむこうがなだらかにせりあがっていって、その丘陵地の頂上の線がいわば「めじ」を画するという地形になっているのだ。

しかし、だからといって、眺望が狭いと感じられるようなことはなく、せりあがる傾斜地に種々さまざまな家々が建ちならぶのが望まれるだけに、そしてそのどこかの一角がたえず新しい形や色の家にとってかわられてゆくだけに、見ていて飽きることがなかった。越してきた当初より五年たったいまのほうが、昭夫にとってむしろ好ましさが増したといっても過言ではないぐらいなのだ。十年前、六十五歳で大学の教壇をおりてからは、やりのこした研究を多少はつづけながらも、時間をもてあます日が多くなったことも無関係ではないだろう。陽あたりのよい昼間、彼は日に何度かリビングの前のバルコニーへ出て外をながめた。いや、昼間だけではない、夜は夜で、なだらかな丘陵地に点々とちらばる光芒が織りなす景色も棄てたものではなかった。

妻の英子がそのバルコニーへ出るのは、洗濯物を干すためと、その手すりに並ぶプランターの花々に水をやるためだったが、それにひきかえ昭夫のほうは、だいたいがこの昼も夜もユニークなながめゆえにほかならなかった。そして、この五年間、おなじみの体調不良や入院で妨げられた短期間をのぞけば、こういう判で捺したような日々がのったりとくりかえされてきた。

越してきたのは春も盛りのころだったが、衣類や書物を片づける合間にバルコニーに立ってみた昭夫は、そのながめとともに、広い景観をはらんで吹きよせてくる風にも驚嘆した。以前の家では味わえなかったもので、海が近いのと起伏にとむ地形とのために、尾根風のようなものが育ちあがって波状的に寄せてくることになるらしいのだ。ときには強風と感じられる日もあったが、概してそれほどでもない日のほうが多く、植物や花もこういう風を歓迎しているみたい、といって英子も喜んだ。

ひっこしてから何日目だったたか、

「ああ、ここはヒッサルリクの丘だ、日本のトロイアだ」と、昭夫は早くも英子に声をかけ、それからしばらくは、バルコニーに立つたびに、念おしでもするようにおなじ台詞《せりふ》をくりかえした。年金でなんとか暮らせ、壮年のころ思い描いていたよりも長生きを享受していては、日々の反復にこれぐらいのメリハリはつけないわけにいかなかったのであろう。

彼が「ヒッサルリクの丘」だの「トロイア」だのがでてくる『シュリーマン自伝』の翻訳にたずさわったのは、もうかれこれ四十年以上も前のことで、それだけの年数にはばまれるまま、この地へ越してくるまで、自分では、「思い出す」という言葉があてはまるほど思い出したことはなかったように思う。その四十年のあいだ、研究論文を書いたり、授業の調べをしたり、何冊か翻訳をしたり、ベルリンに留学したり、「大学紛争」の嵐に見舞われたり、二人の子供の成長、進学、就職、結婚を見守り、それに力を貸したり、といった事象がめまぐるしく連続して、あらたまって思い出す間もないうちに歳月がたってしまったからだ――とは、いまだからいえることで、その途上ではそんなことにすらほとんど思いおよばなかった。

それがいったん、吹きよせる風をあびて、この「風の吹くヒッサルリクの丘こそトロイア戦争の荒れ狂った舞台にちがいない」という、その地に立ったときのシュリーマンのときめきに似た感慨を思い起こすと、その文言がずっと胸底にひそみながら、久しく水面に浮かび出る刹那を待ちわびてでもいたようにいわば出突っぱりの状態になった。実際にもそんな情景が茫々と彼の脳内スクリーンにうつし出されているようだった。『シュリーマン自伝』は、シュリーマンその人の波瀾にとむ生涯の記述にとどまらず、ホメロスの『イリアス』の描写を拠りどころにトロイア戦争の遺跡を発掘・調査する仕事を書き遺したものでもあって、昭夫も翻訳にあたっては、正確を期するため、『イリアス』の訳本を精読しただけに、それと意識することなく、物語の舞台や展開ばかりか、登場人物の人となりや仕種までかなり心に焼きつけていたわけなのである。

あまつさえ、この先史時代の戦争にまつわる伝説は、『イリアス』をはじめ、その三百年後に全盛期を迎えるギリシア悲劇の諸作品においても主要な素材供給源であったばかりではなく、昭夫が専攻するドイツ文学の領分だけでも、ゲーテ『タウリス島のイフィゲーニエ』、クライスト『ペンテジレーア』、ハウプトマン『アトレウス家四部劇』、クリスタ・ヴォルフ『カッサンドラ』など、この戦争とその余波に取材した作品が少なくない。したがって、それらを前にするたびに、彼自身が過去にかかわったシュリーマンの自伝を多少とも思い起こさなかったはずはない。おなじ系列にはいるベルリオーズやリヒャルト・シュトラウスのオペラ(『トロイア人』『エレクトラ』)に接したときにもかわりなかったはずである。

だが、「風の吹くトロイア」に彼が言葉の真の意味で立ちかえったのは、やはりこの風の吹くマンションのバルコニーに立ったときにほかならない。そして、いったんそこに立ちかえると、それまで胸底に沈んでいた、そのトロイアにまつわる雑多な事象が脳内スクリーンに点滅し、そのあちこちを所せましとはねまわり、はては何かいいたげに物音をかもし出しさえするのだった。

いや、この戦争叙事詩と発掘物語ばかりではなく、年金生活者になってたっぷり時間をかかえこむと、過ぎ去った七十五年の折ふし、たとえば、自分がたずさわった仕事や著述、出会って別れた人たち——そういったものが、何かのはずみで記憶装置をくぐってよみがえり、それらの形象や音響がいまだ定まらないうちから、それらによって埒もない物思いにおびき出されることが少なくないのである。少なくとも昭夫の場合はそうで、そうこうするうちに不定形のものがしだいに輪郭や色合いをおびていってくれるのであった。

ともあれ、太古の叙事詩『イリアス』についていえば、さまざまな場面のなかで彼が真っ先に思い起こすのは、パリスについてトロイアへ来たスパルタ王妃へレネが、スカイア門の上でプリアモス王たちに戦場をかけまわるギリシア方の武将たちをさし示す、知る人ぞ知る有名な場面である。シュリーマンも城壁の遺構を見あげながらこの場面を想起している。だが、あらためて留意するまでもなく、『イリアス』が十年もつづいた戦争の幕ぎれに近い五十日間だけを描いた作品だとすれば、開戦後十年もたってからようやくこういう場景が出現したというのは筋が通らない。そういえば、ヘレネ自身、物語のおわりのほうで、この地へ来てからもう二十年もたってしまった、と嘆息まじりに話している。ヘレネの拉致が戦争の直接のきっかけだと伝えられているが、このヘレネの述懐が真相の一端をあかすものと仮定すれば、彼女の夫のスパルタ王メネラオスとその兄のミュケネ王アガメムノンが報復の戦いを企ててから、実際に大軍を擁し、海を渡って攻めこむまでに十年という歳月がかかっていた勘定になる。現代とは異なる、気が遠くなるような時間の流れというほかはない。

しかも、パリスによるヘレネ誘拐の事件は、ギリシア方の英雄アキレウスの父、ペレウスと海の女神テティスとの婚礼の場に、オリュンポスの神々の居ならぶその席に招かれなかった不和の女神が「もっとも美しい人に」と刻みつけた林檎を投げ入れたことに端を発したと伝えられている。そのひと言をめぐって、その場にいた三人の女神が、われこそはと譲らず、そのためヘルメスの案内で、イデ山中で羊の牧畜にたずさわるトロイアの王子パリスに判定をもとめ、その結果としてヘレネがトロイアへ連れてこられるが、それまでにもいったいどれほどの歳月が流れたことか。とにかくその問題の結婚から生まれたアキレウスが、開戦時にはすでに一軍の将となりうるまでに成人しているのである。

『イリアス』では、このアキレウスが総大将アガメムノンに逆らって浜辺の陣屋にひきこもり、かわって戦場におもむいた親友パトロクロスがトロイアの王太子ヘクトルに討ちとられるにおよんで、ついに参戦、友の仇討ちをはたす経緯が物語の主軸をなしている。この復讐にかけるアキレウスの執念は実にすさまじく、それが大きくあずかってこの叙事詩を不朽のものにしているにちがいないが、その一方、この古代の戦争物語からは、ヘレネ略奪という発端はあるものの、現代のように「八紘一宇」だとか、「テロ撲滅」だとか、そういう戦争の大義、いうなれば燃えるがごとき「聖戦」の意識は爪の垢ほども感じられない。個々の局面では、人びとは戦いあるが故に戦っているだけのようにみえることもある。『イリアス』という一大叙事詩が、いまを去ること三千二百年も前にあったとされる戦争の伝説を、そのほぼ四百年後に文学作品に結晶させたものだから、ということなのだろうか。

四百年という時代の隔たりだけを斟酌すれば、いまの日本人が小説やテレビ・ドラマで戦国時代の武将たちの讃歌をかなでるのに似ているが、何はともあれ、ことは三千年以上も昔にさかのぼるのだ。その当時、この日本列島ではどんな暮らしがいとなまれていたことだろう。そして、どのような戦争が？　トロイアでは、人は動くたびにカラカラと鳴る青銅の武具をまとい、馬がひく戦車に乗ってたたかっていた。アキレウスが母神を介して火の神へパイストスにつくらせた楯にいたっては、神々とその時代の人びとのいとなみを彫りつけた、発想、技巧ともに芸術作品の極致ともいえるものだ。つまり、ホメロスがめざしたのは、これらの英雄たちとその事績を美しく印象的にうたいあげ、描きあげることで、その戦いの意義を問うことではなかったのだ、といちおうは考えられる。

しかし、そのためにだけ戦争の大義名分が薄められてしまったのだろうか。たしかにそういう側面はあるだろうが、詩的誇張のそしりは免れないものの、両軍あわせて何十万もの軍勢がぶつかりあったとされているのである。ギリシア方の船だけでも千艘をこえるとの記載をみると、漕ぎ手や下働きの者の数だけでも想像を絶する。このように虚構かと疑われる要因は少なくないにもかかわらず、ヒッサルリクの城塞に戦火を類推させる痕跡が認められるとすれば、その城塞の存在した時代に詩人の想像力をかきたてる大きな戦争があった証しと推定され、そして戦争があったとすれば、作中の武将たちがとくべつ囚われているようにもみえないヘレネ誘拐のほかに、というより、それとはかかわりなく、食糧の調達とか、奴隷の確保とか、取引きのための橋頭堡の構築とか、古代人にとってはごくありふれた侵攻の動機があったのではあるまいか。ヘレネの一件に似た何らかの事件がまったくの捏造ではなかったにしても——。

バルコニーで外の景色をながめたり、散歩の折にその景色の一部をなす区画をうろついたりしながら、つれづれのあまり昭夫がこのような物思いにふけるのも、もとはといえば、四十年以上前の翻訳を介して身近に感じていた遠い昔の物語を、その物語の舞台をほうふつさせる風の吹く住居に居を移すことで、予想もしなかったほど身近に感じるにいたったからのことで、そうして物語の舞台や登場人物がそれまでより格段に親しい相貌をおびてくると、自然の勢いとして、やはりつれづれなるままに英雄たちの品さだめのようなことにも物思いの鉾先をのばしてみたくなる。

その場合、四十年前の翻訳からして、トロイアを掘るシュリーマンにつきそって歩を進める作業だっただけに、彼としてはどうしてもトロイア方をひいきにしてしまうきらいがある。「アカイア勢」に属するだれもかれもが嫌いなわけではないものの、判官びいきもかさなって、気がついてみると、彼は破滅させられたトロイアがわに立っている自分を見出すのだ。そのあおりもあって、それと反比例するかたちで、ついにトロイア勢を苦境に陥れた、叙事詩の主人公ともいうべき英雄アキレウスのことは好きになれなかった。

なるほど、友の復讐に立ちあがる彼の侠気もその戦いぶりも見あげたものだ。しかし、宿敵へクトルを女神アテナの助太刀で倒したのはいいとして、敗者の両親と妻アンドロマケが城壁の上から見守るなか、その遺骸を戦車でひきずりまわすのはいただけないし、プリアモス王の懇請に応じてヘクトルの遺骸を渡すのはいいとして、そのさいの立居振舞いの尊大さも気に入らなければ、ましてや、パトロクロスの葬儀にさいして十二人ものトロイアの若者を生けにえに供するなど、言語道断の所業といわなければならない。ばかりか、戦いの膠着状態のときには、アンドロマケの実家をはじめ、近隣の人里へいそいそと略奪と奴隷狩りにおもむくのだ。

といって、ヘクトルとパリス以外にも息子が五十人もいたとされるトロイアの怪物的な老王が、遺骸ひきとりの身を挺しての行為ゆえに好きになれるというわけでもない。

そんなわけで、彼の共感は結局、力尽きるまでトロイアのために戦って討ち死にするヘクトル、いわゆるアキレス腱を射てアキレウスを討ったのち由緒ある弓に射殺される、美男の誉れたかいパリス、女神アプロディテの子で、城塞陥落のさい落ちのびてローマの礎をつくったと伝えられるアイネイアス、アキレウスに殺害されてトロイア落城の象徴となる少年トロイロス、やはりアキレウスに討たれる、あけぼのの女神の美しい息子メムノン――こういった人物のもとに降りたつのであるが、その紀元前の作とされる雄勁な彫像で知られ、のちにドイツ啓蒙主義者レッシングの芸術論の書名となった神官ラオコンにしても、神々に罰せられたという伝承につられて悪人扱いするにはしのびなかった。

他方、女性の登場人物についても、ギリシア方のクリュタイムネストラやエレクトラよりも、トロイア方のアンドロマケ、カッサンドラ、ペンテシレイアたちのほうが彼にはずっと魅力的にうつっている。

が、それはそれとして、春の陽をあびてぶらぶら歩いているうち、ふっとアキレウスが催したパトロクロスの葬儀の模様に彼の物思いがたどりついたことがある。そして、その場景を目の裏によみがえらせていると、天啓のようにひらめくものがあって、「そうだ、あれはたしか火葬だったな」と、昭夫はひとりごちた。間をおかず足を速めて帰宅するや、『イリアス』の文庫本をひもといてみたのはいうまでもない。

はたして、パトロクロスが積みあげられた薪の上で火葬にされた、というのは彼の思い違いではなく、そのさいトロイアの若者たちも生きながらに焼かれていたのだった。ちなみに、ほんの付けたしのようなこのいきさつも、死を怖れるよりも早く、有無をいわさぬ力で死のもとへ追いやられた古代の人びとの薄命を如実に物語っている。

ヨーロッパでは土葬が本流だと思いなしていた彼としては、何かしら腑に落ちないところがあって、ほんとうは古代ギリシアでも土葬されるのが一般的だったのに、たまたま異国の戦場で斃れたために火葬にされたのだろうか、としばし遅疑に身をまかせてみた。しかし、それにしては問題の火葬の手ぎわが堂に入りすぎている。そこで、試みに『イリアス』のページをめくって、プリアモスがアキレウスからもらい受けてきたヘクトルの遺骸の始末をしらべてみると、生まれ育った地で葬られたヘクトルの場合もやはり火葬だとわかった。九日間にわたって集められ積みあげられた薪の山の上で十日目に焼かれた、と見まがいようもなく叙述されているのだ。

ただ、トロイアの地がその後トルコ領になった、アジア寄りの、いわゆる小アジアに属するということも度外視してはなるまい、と門外漢の彼はここでまた念を入れることにした。ものの本によれば、聖なる川ガンジスに死地をもとめてたどりつくインド人たちは、大半が火葬に付されるという。低いカーストの貧者のなかには水葬される者もあるようだが、あまたの記述に照らして、このアジアの地では火葬が主流をなしていることを疑う余地はなさそうだ。いつごろからか、わが日本でも少なからぬ周辺の国々でも火葬が行きわたるにいたっている。

それでは、トロイアの地がアジアのはずれに位置したのにたいして、ギリシアは当時のヨーロッパの中心といっていい、という物差しが古代社会にあてはまるのか、というと、あながちそうはいかないように思われる。というのも、どちらでも人びとはおなじ神々をいただいているからで、少なくともホメロスはそのようにみなし、その点で一抹の疑念もさしはさんでいないのである。どちらの地にも、ゼウスだの、アポロンだの、アテナだのというギリシア神話の神々を祀る神殿があるにとどまらず、生けにえを供えて祈るしきたりにも、両者のあいだに隔たりはない。この伝説の戦争にあたっても、アテナ、ポセイドン、ヘラはギリシア方、アポロン、アプロディテはトロイア方、というぐあいにギリシア神話の神々が二つの陣営に分かれて争い、主神のゼウスは、神々の陳情と戦況を秤にかけるため、折にふれてオリュンポスからヒッサルリクの城塞にほど近いイデ山に出むいてゆく。

だいいち、この戦争の発端となった絶世の美女ヘレネのギリシア出奔からして、ギリシア神話の美しい女神たちのいさかいがひきおこしたものだ。

どちらのがわの人も、稲妻がはしり雷鳴がとどろけば、ゼウスの怒りに思いをいたし、海が荒れ大地が震動すればポセイドンのしわざと受けとめ、北風が吹き荒れればとりあえず風の神ボレアスを思い出す。このほかにも、トロイア落城のみぎり、カッサンドラとともにかの木馬の秘密をかぎつけた人とされるラオコンは、ポセイドンの怒りにふれて息子たちともども大蛇にしめ殺されたと伝えられているが、このポセイドンの怒りこそ地震を暗示するものではなかったのか——と昭夫は思う。その証拠に、トロイア戦争の時代のものとみられるヒッサルリクのトロイア第七市Aには、大きな地震の痕跡とみなしうるものが認められ、それがもとでこの城塞国家が滅亡したのではないかとの説もあるぐらいなのだ。

そういえば、彼の手もとには息子夫婦がトルコ旅行からみやげにもち帰ったトロイア遺跡の写真集があって、彼自身ヒッサルリクの丘になぞらえているこの住居へ越してきてからは、もう何回となくそれをひらいてみた。地震の痕跡こそさだかには識別しえないけれど、荒石を積みかさねた城壁の名残りとその上に立つ笠松のすがたには蕭条たる風格がある、という印象をそのつど呼びさまされ、こころもち遠くへ目をやっては、「つわものどもが夢の跡……」そっとこうつぶやいたのも一度や二度にとどまらない。

が、それはさておき、ホメロスが両陣営ともおなじ神々を崇めていたと物語るのは、彼がギリシア文化の支配下に生きたギリシア人ゆえ、いきおいそれをトロイア方にまでひろげた、悪くいえば押しつけたのでは、と昭夫は自問してみたが、自問するはしから、ホメロスをスミルナ出身のキオスの人とする通説を思い出さずにはいられなかった。つまり、それによれば、詩人自身が「アカイア人」のふるさとであるギリシア本国よりは、むしろトロイアと地つづきの小アジアで生涯をおくったということになるのだ。そうしてこの小アジアの詩人がギリシア神話の世界に生きていたとすれば、彼が『イリアス』で描いたように、三千年以前の古代には、エーゲ海をかこむ広い地域で、人びとは人間の本性から発想して似たような神話を生み育て、たがいに突きあわせ、こねあわせて、おおよそ共通の神話をいただくにいたっていたのではないか。

そうだとすれば、ギリシア方のパトロクロスの火葬も、トロイア方のヘクトルのそれも、二つながらそれぞれ土着のしきたりだったと結論づけることができる、こう昭夫は思いいたった。散歩の道すがらや五勺ぽっきりの晩酌の折々、また読書の合間に、はてはテレビを見ながらジグザグのコースをとって思考を進めた結果だった。といっても、ここまで考えて何かめぼしい成果があったという手ごたえを感じたわけではない。そもそもつれづれなる物思いに確たる目標などあるはずがない。むしろ、散歩で街の一角をかすめるようなとき、ケータイ片手に茶髪をなびかせて行きかう同時代の人たちからいっそう、もはや埋めもどせないくらい距離がひらいてしまったという実感が残ったぐらいだ。

ともあれ、四十年以上前シュリーマン翻訳のかたわら『イリアス』の一行一行をたどったときには気にもとめなかった葬儀の模様が大きく迫ってくるのは、何といっても彼自身の争えぬ高齢のせい、いいかえれば、死とすれすれまでに生命力が萎えてきた結果というほかはない。昭夫自身そうみなすことにさして躊躇をおぼえなかった。今日明日にも自分に死がくると切実に感じてはいない反面、いつ来てもおかしくはないという自覚も彼のなかに居すわっている。遠い昔のトロイア戦争をめぐる彼の思惟が、一見埒もないようにみえながら、その実、マイナス記号のものとはいえ、まごうかたなく生の証しという側面をそなえていた、こう彼があえてひそかに自恃するのも無理からぬことであろう。実際、そうでもしないと老いの重荷のしのぎようがなかった。

当然のことながら、昭夫自身も両親の火葬に立ちあっている。父親は太平洋戦争の前、彼がまだ小学校二年生のときに早世してしまった。死という事実がもつ意味をおぼろげに知ったのは、葬儀もおわって、母親と兄弟たちとで路地裏の借家へ移り、そこで勤めに出はじめた母親の帰宅ばかりを待ちわびる、めっきりひそやかな明け暮れを迎えるようになってからのことで、父親の死から葬式がおわるまでは、大勢の人びとにとりまかれ、声をかけられて、けっこうご機嫌にその日その日をすごしていたように思われる。

それでも、火葬場では煙突から出る煙を見あげて、お父ちゃんは天国へ行ってしまった、と小さなわが胸にいい聞かせたという記憶がある。その後そんなふうな綴り方を書いたために、記憶が再構成されたということもあるかもしれない。が、いずれにせよ、彼は建物の外で語りあう大人たちの群れにまじって、兄弟とともに、濃い灰色の煙がときにはもくもくと勢いよく、ときにはたゆたうようにゆっくりと天空へ散りはててゆくのをたしかに見とどけたと思っている。

それからまもなく戦争になり、数えきれない人びとが戦場で斃れる時代がきたが、それら「英霊」のすべてが父親のように火葬場でねんごろに焼かれたわけではないだろう。地のはてのような異国に埋められたり、置きざりにされたりした亡きがらも少なくないことは、少年の昭夫でも想像することができた。とくに敗色が濃くなってからは、火葬か土葬か水葬かなどもはや問題ではなく、まして本人や家族の意向がどうだということなど論外であった。それどころか、銃後の国内でも空爆によって多くの人や家が破壊され、都市部の大半が焦土と化した。そのさいに燃えあがった焔ではからずも火葬の恩恵に浴した人もいたはずである。

昭夫一家の場合、そういう空襲で住居を失いはしなかったものの、戦中、戦後の生活はきびしい上にもきびしく、未亡人の母親は教員づとめのほか、配給以外の食糧品の購入のため裁縫の夜なべまでやり、休日には近在の農家へ買出しにおもむいた。昭夫たち兄弟も交替でついていったことは断わるまでもない。そして、そんななかで昭夫は当時はやりの結核におかされたが、無理をかさねた母親もおなじ病菌に感染して休職をよぎなくされ、昭夫の大学卒業と前後して退職させられてしまった。

昭夫が病臥に追いこまれたのは、ちょうど二十歳、アルバイトと奨学金で旧制高校に学んでいたころで、おなじころに中学時代の親しい友人が不帰の客となった。肋膜が痛み、微熱のせいで全身が枯れた浮き草のようにそよぐのを、したがって彼はしばしその友人、遠山を喪ったゆえの虚脱感のたぐいと思いなしていた。胸に穴があいたようだ――そんな隠喩を口ばしりながら、埃だらけの学寮で痰をはき息を喘がせていたら、ほんとうに肺臓の一角に黒っぽい空洞ができていたのだった。

それにたいして、母親が永年の職業婦人からただの主婦へ復帰したころには、いわゆる戦後もその象徴たる廃墟も少しずつ掃きのけられて、昭夫たちの一家もなんとかひと息つける状態にたどりついていた。彼自身もやがて大学を出て、大学に職を得、英子と出会って結婚、数年後には子供が二人いる家庭の主におさまって、戦火や廃墟にとりまかれていた過去が自分にあったことを忘れる折ふしもあるようになった。むろん、心の底の底では、忘れようにも忘れられるはずはなかったにしても、その過去とは天と地ほどにへだたる平穏な明け暮れを享受するなか、日々の仕事や気がかりにつぎつぎと追われるまま、つい失念してしまっている瞬間が少なくないのは事実だった。その時代をいわばがむしゃらにくぐりぬけてきた母親もおなじだったにちがいない。

そして彼女は、夫におくれること五十年あまり、いまから十七年前、昭夫が還暦を目前にしたころ消化器のガンで八十二年の生涯をとじた。最後の一年は入退院をくりかえし、その幕ぎれには英子ともども病院へかよいづめだったので、母親の末期のひとこまひとこまも、それにつづく葬儀の一部始終もまだ彼の記憶に鮮明に刻みつけられている。

だが、なぜか母親の場合、その遺骸が煙となって天空へ散ってゆくところを彼は目撃しなかった。父親ばかりではなく、その後何人かの親しい人をもそのようにして見おくったことを思い返すと、母親に限ってその生の証しがたなびき去るのに立ちあえなかったのが、彼には不思議でもあれば無念でもある。おそらく、葬儀場と火葬場を兼ねそなえた建物ですべてがおこなわれたため、火葬の進行中もその建物の内部にいつづけるのが当然のように感じられていたのだろうが、それでなくても、喪主である彼も英子も、その間ずっと葬儀にかかわる雑務に追いたてられるとか、会葬者のだれかれと挨拶をかわすとかしていて、母親の亡きがらが焼きあがるまでの時間をもてあますどころではなかったのではあるまいか。

ただ、そんな昭夫にも、骨壺を抱いて帰宅してからは、そこに収められた母親の遺骨を見たり、手でさわったりする機会はあった。納骨に先だって、市営墓地にある沼野家の墓を改修しようと思いたち、その工事中に父親の骨壺を家へもち帰ったところ、五十年間の湿気があなどりがたいのを知り、それを祓う必要を感じて天日干しにしたりしたが、そのさい彼は母親の骨壺もあけて、しげしげと両方を見くらべたのである。父親は男にしては小柄、母親は中肉中背というところだったが、男と女の違いなのか、死にいたる病いの質ものを言うのか、心臓病で急逝した父親の骨のほうが、一片ずつが太く、分量といい重量といい、全体として疑いもなく多いのが見てとれた。火葬場での処理の仕方を勘案しても、もともとの骨の質と量が決め手になって、この目の前の相違を生んだのにちがいない、と彼は考えた。実際、墓と壺に庇護されていたおかげか、見たところ、五十年たっても父親の骨はあまり摩耗していなかったのだ。それに比して、死んだばかりの母親の骨が軽いのは、ガンの病巣の傍若無人な蹂躙を証言しているようで、抱きながら彼は涙がとまらなかった。

それに加えて、母親が入院中、就職やら結婚やらで息子と娘が相ついで家を出ていったため、母親の死去によってひときわわが家のがらんどうが胸にこたえていた。英子も似たような空漠感を味わっていたにちがいなく、それから何年かたつと、夫婦のどちらからともなく転居の話が出て、体力の衰えと老いさきの短さにみあう、広さも手ごろで住みやすいマンション住まいにこぎつけたわけだ。「風の吹くヒッサルリクの丘」を思わせる新居に実際にひっこしたのは、母親と息子と娘が三者三様の仕方で家を出てしまってから十二年目のことである。

ところが、その転居によって、両親の墓が遠くなり、必然的にそれを近くへ移そうという話になって、転居から一年あまりして実際に改葬するはこびになった。新居のほど近くに寺院直属でない霊園がみつかって、小ぶりながらも新しい墓をつくることができたのである。両親の骨を収めるのが第一の目的だとしても、昭夫としては、やがて確実にくる彼自身の死後の居場所、というか、悔いにみちたわが生涯のどんづまりの隠れがを確保するため――そういう気持ちのほうがむしろ強かった。

墓が仕上がると、夫婦はおなじ石材店に頼んで、以前の墓をこわして整地したものを墓地管理者たる浦和市に返還する仕事を進めてもらったが、両親の遺骨だけは、あらかじめ打ち合わせておいた日に二人でとりに行った。九月もかなり末近かったにもかかわらず、真夏とかわらぬ陽光がじりじりと照りつける一日だった。骨壷ごともち運ぶのは、七十すぎの、人並み以上に老いの影のさした昭夫と四つ年下の英子の力では、さすがに前々から危惧されていたので、石材店に相談してみたところ、職業がら慣れたもので、運びやすいよう入れ替え用の白い布を用意しておく、といってくれ、事実、二人は古い墓所へ行くと、炎天下、さっそく両親の骨を重い壷から別々の白布に移して包んだ。

さげてみると、このときにもやはり母親の包みのほうがずっと軽かった。父親が骨だけになってから六十年以上、母親は十三年を何カ月かこえたところで、骨歴――こういう語彙があるとしての話だが――についていえばぐんと浅いとはいえ、父親とはくらべようもなく多い、母親と分けあった共通の年月をたぐりよせるともなくたぐりよせると、その包みのはかない手ごたえにはやはり胸をしぼられた。しかし、昭夫がそのために涙をぬぐうことはもはやなかった。すでに歳月がたっていたことに加えて、何よりも顔面に沸く汗以外のものにかまってはいられなかったからだ。その暑さのため、墓の土も掘り返されるはしから乾き、掘りたてのときのしめり気の強い臭気もいつか揮発してしまっていた。

二人は二つの白布を抱いてタクシーで浦和の墓地から横浜のマンションへ帰り、そうしてもち帰った両親の遺骨を、何日かたって新しい墓に改葬した。いまから数えればもう三年以上前のことだ。そのあいだ昭夫はくりかえし両親の骨を想った。何度も手のひらに載せて肉眼で見た以上、脳裡によみがえったのは、骨というあいまいな集合体ではなく、大小いくつかのかけらの具体的な色や姿形や手ざわりである。それにしても、焼却をへたあとの残存物なのに、それからもおもむろに変形や変成は進行するらしく、よみがえるたびに形態や色合いが微妙にずれてゆくのはどうしたことか。実際にもそのような現象が起きているのかどうか、まさかいまさら確認のしようはない。

昭夫は人並み以上にこの世の生に執着しているとは思っておらず、父と母のように火葬にされて骨と化する日がそう遠くないことも自覚している。だが、この身が火に焼かれる、そう思うと、もはやなま身ならぬ肉体のどこにも痛覚などあろうはずはないのに、痛覚がピリピリと反応して包囲攻撃する焔を拒むのを感じさえする。その焔はというと、春がすみの下そぞろ逍遥する彼のなかで、ときに戦時中の空襲の猛火になるかと思えば、彼の専攻と切りむすぶゲルマン神話の「神々の黄昏」の劫火になることもあるが、ときにはトロイアを滅ぼした太古の火の手とかさなってしまうこともある。

そんなとき彼はたわむれに、

「ヘクトルと遺されたアンドロマケはもとより、トロイア応援にかけつけたばかりにともにアキレウスの槍の餌食となった、かのエチオピア王にして謎めいた彫像の作者メムノンとアマゾン族の美しい女王ペンテシレイアも、その遺骸が戦場から運び出されたからには、いずれどこかで火葬に付されたのであろう。残念ながら、『イリアス』はその顛末をうたってはいないけれども……」

あたりの宙へむけてつぶやいてみる。

無関係な人びとがその彼の両脇をかすめすぎ、だれにも聞かれた形跡はなく、少なくともだれひとりふりむきもしなかったのに、彼は反射的にひとりでぎくっとして、できる限りなにげない歩調をとろうとする。しかし、肌のいたるところで目ざめ、その目をみはりだしたかにみえる痛覚たちがさりげなく皮膚の下にもぐりこんでくれる気配はなかった。

ローマのアッピア街道ぞいのカタコンベには、ひとりで旧西ベルリンに留学していた三十代にも、英子とともに旧東ベルリンに滞在していた五十代にも、昭夫は観光バスでおとずれたことがある。そして、その地下墳墓の薄暗がりに横たわる聖チェチリア像と聖セバスティアン像に震撼させられたことも忘れていない。

だが、いまそのときのことを思い起こすと、仄暗い地下の通路をたどりながらの見学中には、しごく当然のこととして受け流していたような気がするものの、そこでは人びとは火葬ではなく土葬のかたちであの世へ渡っていったのだ、ということのほうに心がひっかかる。老いの身の埒もない物思いの一環ではあるが、必然的な道筋という側面がないわけでもない。なにしろ、トロイア戦争の昔から千年以上たったこのカタコンベ造営の時代には、人間の最期にまつわるしきたりがヨーロッパ世界で曲がり角を迎えていたことが、このように目に見えるかたちであらわれているのだから。

例の復活に先だって、イエスの屍が布にくるまれ、土中に掘られた穴のなかに葬られたのがはじまりらしく、草創期の信者や殉教者たちがこぞってその範にならうことを希求したためと伝えられている。ことの真偽はともかく、その遺跡が実在する以上、こうしてキリスト教徒の多くが、少なくともローマのカタコンベのころから土葬されるならわしになったことだけは間違いなさそうだ。

そういう伝統がヨーロッパに定着していなかったら、あの『ロミオとジュリエット』の悲恋物語は成立しなかったはずで、現に昭夫自身、ヨーロッパの各地でそのようにして葬られた跡をあまたの場所でくりかえし見とどけたものだ。たとえば、どこかの由緒ある教会堂に足を踏み入れるや、その気がなくても、人びとが歩く通路の下や側壁の内がわに、その教会とかかわりのある聖職者の屍が埋めこまれている旨の記述に出会う。カトリックの教会にこういう例証が多いのは当然としても、プロテスタントの教会がその点で画然と異なるというわけではなく、マルティン・ルターがローマ教会を弾劾するテーゼをかかげたことで知られるヴィッテンベルクの宮廷教会にも、彼の柩が塗りこめられているということだった。火葬で骨にしてからではないことは、教会の地下にある領主一族の霊廟などに並べてある時代ものの柩をみれば明らかである。

教会の裏手にひろがる墓地で、修道僧や修道尼の柩が埋められた上に大きな偏平な石が載せられているのを彼は見たこともある。僧や尼僧ばかりではなく、一般の死者たちも柩に入れられたまま土葬されたことは、ロミオの悲劇を思い出すまでもなく、墓石には縦長、横長、偏平と、種々さまざまなものがあるけれども、その地に立ってみればたちどころに感じとれる。霊廟に安置されている柩とかわらず、それら土中に埋められた柩にも、上質の木材に精巧な彫刻をほどこしたものがあるにちがいない。事実、彼がヴァイマルのゲーテ・シラー廟で見た文豪の柩はいたって豪華なもので、屋内であるだけに恬として百五十年の歳月をはじいていた。

ベルリンでも彼は、フィヒテ、ヘーゲル、シンケル、ブレヒトといった著名人が数多く葬られている旧東地区の墓地を滞在中に何度かおとずれた。ここにあの弁証法の大哲学者ヘーゲルが眠る、内臓や肉を焼きつくされたあとの骨ではなく、肉体が土と塵にかえって骨だけになったヘーゲルが——と思うと、日本でだれかの墓の前に立つときとはおのずから異なる心境になる。ただし、そのおなじ旧東ベルリンで、彼が敬愛する十九世紀の作家フォンターネの墓所を訪ねられなかったのは、昭夫にとって残念の極みとしかいいようがない。東西をくぎる「壁」すれすれの地に位置するため、彼がつきあっていた大学関係者のあいだでも、親近者でない限り、東ドイツの当局からその墓地の立入り許可をえるのは絶対不可能とささやかれていたのである。

ベルリンにもナチスに破壊されたユダヤ教の教会堂《シナゴーグ》が保存されていたが、プラハへ旅行した折にも、彼はナチスに迫害されたシナゴーグをいくつも見て歩いた。プラハで生涯をすごしたユダヤ人作家カフカとは、その作品の翻訳をするとか、日本文学への影響を考察するとか、かねて浅からぬえにしで結ばれていたのを感じていたためである。一九三九年三月、無法にもナチスの軍隊がこの地に進駐してきたとき、カフカ自身はすでに死んでこの世にいなかったが、手紙や日記を見ても彼が深く愛していたとわかる三人の妹たちは、アウシュヴィッツなどの悪名たかい強制収容所の露と消えた。

その「黄金の街」とも称されるプラハの都心部に、黄金とはほど遠い、まるで異空間のようなユダヤ人墓地があり、少なからぬ観光客とともに彼もその内部へ入ってみた。くもり空の日でもあったせいか、すでに昼間から薄暗く、そこにだけうそそと肌寒い風がそよいでいる感じで、数えきれないほどの細い石柱が、ときには折りかさなるようにして立ったり、かしいだりしていた、奇観と表現するほかない墓地を思い返すと、いまでも鳥肌がたつ。よほど大勢の死者が葬られたことを物語るものであろう、そこにある石柱の数ほどに人間の屍がその敷地内に埋められたとはとても考えられないのだ。埋められたにしても、さきに埋められた人の骨や腐りかけの遺骸を片づけたあとのことだろうし、強制収容所おくりともなれば、その人の遺骸や遺骨が故国へ帰ってくるどころではなかったであろうと推測される。

カフカの墓はそこではなく、郊外シュトラシュニツのユダヤ人墓地にあった。かなり広大な敷地で、昭夫がおとずれたときにはほかに人影は少なかったけれど、カフカの墓に詣でる人がとだえることはないらしく、門衛の詰所に立ちよると、

「カフカの墓だろう?」と、むこうから先に声をかけてきて、ユダヤ教の礼拝に使うものらしい黒い小さな頭巾を渡して、ここにいるあいだはこれをかぶるようにと告げた。

仕方なく彼はそれを頭に載せた。これまで見たことがないうえ、かぶったところもよほど異様

な趣きだったとみえ、英子が声をあげて笑った。その英子が何もかぶれといわれなかったのが、そのときの昭夫には不公平に感じられてならなかったが、たぶんユダヤ教の礼拝も、イスラム教と同様、男性中心の行事だった往時の名残りなのではなかろうか。

教わっていたので、めざす墓は難なくみつけることができた。よく日本で見られる縦長の墓石で、カフカの名前の下に、その墓を建ててから相ついで葬られた両親の名が刻まれていた。終生独身をとおしたフランツ・カフカのかたわらには、死後もつきそう配偶者の名が記されていない。当然といえば当然だが、実をいうと、彼には最後の一年間、プラハの外、ベルリンでともに暮らしたドーラ・デュマントという若い伴侶がいた。カフカの未発表作品の刊行者となる友人マックス・ブロートによると、彼女は埋葬のさい、カフカの柩が墓穴に沈みゆくのを見てあられもなく泣きくずれたという。その記述をみても、カフカが土葬され、その柩がこの墓の下に埋められたことは疑う余地がない。昭夫がそこに立ったのが死後六十年たったころとすれば、生前のカフカとつながるものは骨のかたちでかろうじて残っているにすぎなかったであろうけれど。

ちなみに、このドーラという女性は戦後、パレスチナの地に移住したマックス・ブロートを訪ねている。その折にも、パレスチナに移り住むのがカフカの見はてぬ夢だったと彼女は語ったそうだが、別の男にさずかった息子を連れていて、その数年後にはロンドンで客死したと伝えられている。それにたいして、カフカが二度も婚約し、二度ともそれを解消した因縁の相方フェリーツェ・バウアーは、ドーラにおくれること八年、遠いアメリカの地で他界している。ベルリン在住のユダヤ人だった彼女がナチスの迫害をのがれてアメリカ亡命をはたせたのは、彼女が経済的に恵まれていたからにほかならず、事実、カフカと別れてから彼女が富裕なユダヤ人実業家と結婚したことは、カフカも風の便りで知っていたところだ。その結婚からはのちに息子がひとり、娘がひとり生まれたということもわかっているが、このような彼女の足どりが文学史の片すみに記述されるにいたったのは、彼女あてのカフカの大量の手紙を死後に出版という条件で出版社に託したことによるもので、実際そのとおりに彼女の死後、『フェリーツェへの手紙』が刊行されて、それまでは語りぐさにすぎなかったものをだれもが読めるようになった。一九二四年のカフカの死から数えて四十年以上たってからのことだ。

この一件には、周知のとおり『ミレナへの手紙』という先輩格の書簡集が大きくからんでいる。これがなければ、フェリーツェの寄託もその後の出版も現実のこととならなかったかもしれないのだ。戦後のカフカ・ブームに拍車をかけたこの先輩書簡集のあて先の女性、ミレナ・イェセンスカは、時期的には、さきのフェリーツェとドーラにはさまれるかたちでカフカと心をかよわせたチェコ人である。フェリーツェの場合とおなじく、そのカフカとミレナとの関係もおびただしい手紙を遺してくずれ去ったことは、あらためて言及するまでもないだろう。ただ、他の二人と違うところは、彼女が非ユダヤ人であることと、才気あふれる文筆家として彼女自身もその文章によって文学史の一隅に名をとどめていることだ。その筆頭にあげたいと昭夫が思うのは、カフカの死にさいしてプラハの新聞に掲載された彼女の追悼文で、そこには、個人的な関係をこえて、まだほとんど無名だったカフカの文学と人間への明察がみなぎっている。

ミレナはその後、ナチスのプラハ進駐に抵抗したジャーナリストとして逮捕され、裁判では無罪をかちとったものの、ベルリン北方のラーヴェンスブリュック強制収容所に収監される。そこでは、支配者たるナチスと、詰めこまれた囚人たちを統率するスターリン主義者との両方から抑圧され、そのたたかいのはてに獄死してしまう。戦争終結の一年前、カフカの歿後二十年目のことである。したがって、彼女あての彼の大量の手紙の出版に彼女自身はかかわっていない。彼女の意志がはたらいたのは、生前、プラハを落ちのびるユダヤ人文士のひとりにこれらの手紙の束をあずけたところまでで、戦後たまたま無傷だったその束が出版にこぎつけたところまでは及んでいない。むろん、のちのフェリーツェのように、彼女の懐がそれでいくばくかうるおうということもなかった。

それにしても、アウシュヴィッツのような、いわゆる「絶滅収容所」ではなくても、人類史上、強制収容所における死者ほど仮借ない扱いを受けた例はなかったであろう。いつか昭夫も、囚人のなかの作業員が黙々と穴を掘り、画面の外までなまぐささが洩れてきそうな、何体もの死体を無表情にそのなかへ放りこんでゆくさまをドキュメント映画で見たことがある。ブルドーザーが山なす死骸を穴へ押し入れる場景もあった。収容所でミレナの友人だった女性(マルガレーテ・ブーバー゠ノイマン)も、その著書のなかで収容所におけるミレナのたたかいを報告しながら、春の雨の降る日、彼女の棺が火葬場へはこばれていったと記述したのを最後に、その後どう始末されたかを見とどけていない。

ミレナのひとり娘によれば、戦後、収容所から生還したもと女囚によってまだ少女だった彼女のもとにもたらされた、栄養不良のため抜けおちたミレナの歯のひとつが唯一の形見だったという。たまたま昭夫と出生の年がおなじなので、それも一枚かんで、彼は片想いに似たものを心中ひそかに蔵していたのだが、社会主義体制と折りあうことが下手なこの女性も、いまから二十年以上前、母親ほどではないものの早ばやとその数奇な人生に見限られてしまった。

ミレナのひとり娘がプラハで事故死したのとおなじ年に、昭夫のヨーロッパにおけるいちばん身近な知友だった人も、そのプラハとひとつの大河でつながる街ドレスデンでひっそりと息をひきとった。例の「壁《マウアー》」で旧東ドイツにとじこめられていた、少なくとも自分ではそのように感じていた人で、病いに蝕まれてその彼女のいのちの灯が消えたとき、すでに二十年近く存続していた壁は、あと八年の余命をのこすばかりだった。

昭夫の西ベルリン留学は、「壁」構築の翌年から翌々年にかけてのことで、壁の周辺ばかりか、その両がわの街にも硝煙くさい緊張がはりつめていた。そんななか、彼はかつてカフカのフェリーツェあての、またミレナあての大量の手紙をはこんだ鉄道線路でウィーンへむかうひとり旅の車中、同年配の美しい人妻エルフリーデと知りあい、それから帰国までの八カ月のあいだ、壁に邪魔されながらも、だいたい彼女が居住する壁の東がわで会って、しばしの時を分けあったのである。新緑が輝き、かおり、カスターニエンの白い花が舞いとぶベルリンはトレプトーのシュプレー河畔や、赤い残照を浮かべてさざ波だつ夏のランゲ湖畔で、あるいは、もやのかかった秋のエルベを見渡せるドレスデンのブリュールの台地《テラッセ》で――。

日本と旧東ドイツとのあいだに国交がない時代のこととて、東ベルリンへ一日入国するのにも厳重な検問を受けなければならなかったし、ましてやドレスデンのような東ドイツ領内の街へ行くには、面倒きわまりない手つづきをへる必要があった。それに二人それぞれの制約も加わるため、いきおい二、三週間会わないこともあれば、何日かたてつづけに会うこともあった。エルフリーデが大部分の東ドイツの女性のように就労者ではなかったのがただひとつの救いといえた。

　彼らの話題は、おなじ年ごろで経験した大戦の思い出だったり、彼が関心をよせていたドイツの文化や文学の諸相だったり、ドイツの生活習慣のあれこれの実相だったりしたが、壁にまつわる悲劇的な出来事や人びととの心の波だちについて話しあうことも少なくなかった。たいていは彼のほうが聞き手で、そんなとき相手のおだやかに澄んだ灰青色の瞳が一瞬きらめいたり、口もとに強い線がはしったりするのを、間近で息を殺すばかりにして見つめていた。西がわの新聞を読んだり、人びとが話すのを聞いたりするのとは違って、じかに皮膚の内がわに突きささってくる感銘のためだ。彼にはエルフリーデが、ヨーロッパと社会主義との相克のなまめかしい化身のようにみえることもあって、一度なんとかそれを言葉にしてみると、

「まあ、なんと繊細なひびき！」そんな繊細なこだまが返ってきた。

　おかげで、この留学の直前に訳した『シュリーマン自伝』は、そこに登場するトロイア戦争の関係者やその城塞の廃墟ともども、この間、彼らの話合いにも彼の記憶にもめったに顔を出さなかった。新たな鮮烈な印象によってヴェールをかけられてしまって、といえばいいだろうか。

　それはともかく、彼はこうして短期間ながら、たんなる旅行者、滞在者としてではなく、現地に定住して生きる人の同伴者として街のあちらこちらに出没し、その空気を吸うこともできた。

結果としてひとりでは摘みとれない収穫があったが、その一方、一年間の留学がおわり、帰国すべき日がきて別れるのはいいようもなく胸苦しかった。彼女がその体温とかおりもろとも立ち去ったあと、東ベルリン都心のヴァイデンダム橋の手すりから見た、黒ぐろと流れる晩秋の夕べのシュプレーを彼はいまでも忘れることができない。

それからほぼ二十年後に、昭夫はもう一度ベルリンに滞在して一年ばかり研究にたずさわれる機会をえた。今度は旧東ベルリンで、前回の西ベルリン留学が三十代の半ばとすれば、新たな滞在は五十代の半ばを迎えようとするころにあたっていた。まだ「壁」は健在であった。七年後の崩壊のきざしがまったく見えなかったわけではないものの、冷えびえと根をはっているという印象のほうが強かった。

だが、エルフリーデはその前年の秋に歿していた。彼がベルリン再訪、それも彼女が属する壁の東がわの大学（フンボルト大学）に客員として招かれることが決まって、その旨を知らせようとした矢先に、彼女の忘れ形見のひとり娘から死亡通知がとどいたのである。彼は言葉もなかった。二十年近い歳月に耐えて、あと数カ月で再会が叶えられるところまで来ていたのだ。

彼はしかし予定どおりベルリンへ、今度はひとりではなく、英子をともない、すでに大学生となっている子供たちと健在だった母親をのこしてベルリンへとび、その地に落ちつくと、住居の前の大通りに立ちならぶ菩提樹の並木が芽をふきだすのも待ちきれず、ドレスデンへ旅してエルフリーデのひとり娘に会った。彼が知るエルフリーデの年齢に近づきつつあるようだったが、ドイツ人にしては物静かな居ずまいをのぞいて、その娘の顔だちにも上背のある体形にもエルフリーデの面影はもとめようもなかった。

それでも、彼女は数カ月前のエルフリーデの最期を看とり、その埋葬に立ちあったもっとも身近な肉親だった。たがいに齟齬をおぼえるには短すぎるつきあいだったという事情も手伝って、五十代の半ばで逝ったエルフリーデの肉体をさいなんだ苦痛は、彼には聞くだけでも耐えがたかった。奇しくもラーヴェンスブリュックで四十代のミレナをさいなんだのとおなじ腎臓の病いだったことは、偶然の一致にすぎないとしても——。

透けるような、ほっそりとした容姿のそここ、やや暗い色合いのブロンドの髪、音量はとぼしいが、それでいて誘いこむような音域の広い声の調子——そういった記憶を彼が無意識にたぐりよせていると、病床の母はあなたのことを語り、あなたによい思い出をもっているとも話したものだ、と娘は彼の胸底にあるものを見透かしでもしたように小声でいった。レストランの一隅でコーヒーを飲みながらむかいあったのだが、当時の東ドイツでは、人はたいていの場合それぞれ膜をつむいで、そのなかで警戒しつつ声をひそめて話しあうのが普通だった。そして、やはり静かに、

「私はあなたが望むように母の横たわる墓地へ案内することができる。ただし、昼間でないと人はそこへ入れない」とつけ加えた。

ところが、あいにく、デザイナーとして縫製企業に勤務する彼女が彼のドレスデン滞在中に昼の時間をさくことはできなかった。むろん、昭夫ひとりでも行くことはできたろう。しかし、そのあいだ英子を異国のホテルに置きざりにするわけにもいかず、また別の機会があることを念じ

つつ、結局、彼らの帰国の日までとうとう二度とドレスデンの地を踏むにはいたらなかった。その地を去る前にはあらためて、かつてエルフリーデとともに来たブリュールの台地に立って、エルベと橋とそのむこうのけぶるような街をながめわたしはしたけれども。

娘の言葉も裏づけたとおり、いまや彼女は横たわっているのだ。彼が死して焼かれることに痛覚が反応するのを感じるようになったのは、トロイアを思わせる風の吹くマンションへ越してきてからのこと、いいかえれば、死して焼かれる日が間近に迫ってきた老いの身になってからのことで、二十年前のその時点では、むしろなま身のまま埋められることに違和の思いをぬぐえなかった。加えて、エルフリーデは埋葬されてまもなく残忍な冬の寒さを迎えたのである。いまはその冬もすぎたとはいえ、地の底で凍てつく泥土とあらがう彼女を想うと、彼の胸裡にはつかの間はげしい戦慄がはしった。身に覚えのある、遠い日の感覚が脈打っているような気もした。

ベルリンへ帰ってからも、社会主義下の不便な明け暮れの合間、彼は何度かヘーゲルやブレヒトの眠る例の都心の墓地をおとずれたが、それはそのさいにも巻きおこる戦慄に耐えることで、せめて彼女の亡きがらをおおう土壌の近くに立てなかった負い目を慰撫するためにほかならなかった。彼女と知りあったころの彼の旧西ベルリンの住居の近所には、日本でいう仏具店にあたる埋葬用品をあきなう大きな店舗があって、毎日のようにそのショーウインドウに並ぶ棺桶類が目にはいってきたものだったが、他の製品と同様、そこにあった華麗な出来ばえの売りものとくらべて、東ドイツでは棺桶も粗悪なものしかないのではないか——と、実際に見たわけでもないことを想像したりもしながら、彼は昼なお薄暗い墓域をひとりで歩きまわった。

だが、それからもう二十年以上たっている。かつて彼が身近に感じたエルフリーデのなま身も、彼の両親とかわらず骨だけを残して土にかえって久しいにちがいない。

いまバルコニーに立ってそんな思いにとらわれていると、彼には、吹きよせる風に頬をなぶられるまま、その風が通ってきたなだらかな傾斜地を見渡しながら、

「つまり、火葬にしろ土葬にしろ、結局はおなじ状態にかえるってことなんだな」と、柄にもなくはにかみながらひとりごつのが関の山であった。

ヨーロッパで、『イリアス』に見られる火葬のしきたりが、ローマのカタコンベで見られた土葬にとってかわられたのは、信仰がそのひきがねになったとしても、それだけが動因ではなく、もともと各地にあった習俗が何かのはずみで主流になっただけのことではあるまいか。少なくともそういう側面も無視できないのではなかろうか。昭夫はこんなふうに解釈した。ご苦労なことに、さらに返す刀で、ヨーロッパ世界は一神教に改宗しなかったらどうだったろう、とも考察を進めてみる。そうすれば彼の知るヨーロッパは存在しなくなるが、それにかわって出現した世界を一概に否定しさることもないだろう、としばらくは暇にまかせてその考察の波に乗り、そのあげく詮ないことと悟って、マンションのバルコニーに吹きよせるトロイアの風に視力の萎えた目を細める結果になる。

すると、エルフリーデのほかにも、土葬に付された身近な人物がいたことに思いいたる。いや、実のところ、彼の知る同国人のあまたの死者のなかで土葬されたのはその人ひとりなのだ。ばか

りか、親友といっていい人物でもある以上、忘れられるはずはなかった。はたすべき仕事の多かった壮年期には失念するときがなかったわけではないけれど、リタイアして、年金生活者になってからは、むしろふたたび身近な存在としてなまなましく感じるようになっている。

その人物とは、二十歳になる前に逝った中学時代の友人、遠山のことである。その時分にはそれぞれ別の上級学校にかよっていたが、交友関係はとぎれなかった。そのうえ、エルフリーデとかわらず、やはり早い別れをよぎなくされたという事実の反映として、友人のあいだによくある齟齬やいさかいの記憶がまるでないに等しく、

「おーい、遠山ァ」こう呼びかけるだけでよみがえってくる遠い遠い日の笑顔が、ただもう涙が出るくらいなつかしいのだ。

中学時代に二人が歩みよったのは、戦雲がのしかかる殺伐たる世相のなか、詩や小説におのれの拠りどころをもとめる共通の気質のためだった。三年生になると軍需工場へ動員されたが、そのあいだにも、また戦後のどさくさのなかでも、それぞれ読んだ作品の印象を語りあい、習作の域を出ない詩や散文を見せあったものだ。それなのに、というべきか、それ故にというべきか、おなじ工場に動員されていた女学生のひとりに二人ながら胸をこがしてしまい、そのためにまたいっそう離れがたくなってしまったのである。

彼らの町、浦和は空襲の被害が少なかったが、その後昭夫が暮らすことになった首都の学寮の周辺には、いたるところ廃墟や闇市があって、無秩序と荒廃が騒音や寒風にもしみわたっているように感じられた。そこへ青年期につきものの焦燥や孤独感がかさなり、彼はいたたまれなくな

って、その女学生——その時分にはもう上の学校へ行っていた——につたないセンチメンタルな詩を書きおくった。春機発動という言葉があるが、その字義どおりのあらわれといってもさしてはずれてはいないだろう。遠山の先をこすことに負い目がなかったわけではないものの、いまにして思えば、相手が彼らの町で一、二をあらそう素封家の跡継ぎのお坊ちゃん、おまけにハンサムで背も高かったのにたいして、自分が貧しい母子家庭の息子で、見てくれもはるかに劣るとあれば、何がどうあれ許されて当然という、青春期特有の傲岸な独善にあと押しされてもいたのではなかったか。

多くの初恋の例にもれず、昭夫のそれも惨憺たる結果におわった。相手が早くも親同士が決めた婚約にしばられていたという、いまではめったに見られない事情が第一の要因であるが、さもなければ成功に立ちいたったとも思われない。それどころか、その後じかに人柄にふれる機会をかさねるにつれて、所詮むすばれまいとの思いがかえって不動のものになっていった。しかし、だからといって、その当時ひとすじにこういう悟達にたどりついたわけではなく、彼女に会っては、そのつどひとり傷ついてひき返す、という愚かな行き来を飽きもせず反復したあげくのことだった。

まだ二十歳にも達しない遠山が婚約したのは、昭夫がこんな彷徨に日々すりへっていた最中のことだ。昭夫と女学生との関係が、詩や小説と同レベルの架空の世界から現実の世界の出来事になったことも無関係ではなかったにちがいない。遠山が打ちあけたところでは、おなじ地域に住む裕福な開業医の娘に勉強をみてくれと頼まれ、それで何回かむかいあって言葉をかわすうちにおたがい離れがたい気持ちになってしまった、ということだったが、この組合わせに親同士の暗黙の諒解がはたらいていないはずはなかった。ほんの二、三カ月で婚約に行きついた、という成行きもそれを裏づけている。旧家の一部では戦後の混乱期にもそんな風習がなお生きつづけていたようなのだ。

相手は十七歳の女学生だった。遠山家の彼の部屋——子供専用の部屋など昭夫には望むべくもなかった——で紹介されたとき、昭夫は自分の思うようにならない初恋の相手とくらべて、その少女が容貌の点でも知性の点でも劣る薄っぺらな異性にしかみえず、あわてて安ものをつかんだ遠山を内心ひそかにあわれんだ。ただ、自分が指一本ふれておらず、今後もふれぬまま終わってしまうだろうのにひきかえ、遠山がすでにその少女の白いきゃしゃな腕や手にふれ、さらにはその唇とキスをかわしもしたらしいことだけは、うらやましいだけでは片づかない事柄だった。

こうして三人で会って——代用食にしか、それも不充分にしかありつけなかった昭夫にはありがたいことに——例によって白米から成る遠山家のご馳走のもてなしにあずかったのは、戦後三年目の夏休みの初めごろのことで、その数日後、遠山と彼女は、たぶん両家の両親に送りだされるかたちで、三泊四日の、いまでいう婚前旅行に出かけ、帰宅後まもなく彼は病いの床に倒れた。旅行から帰った直後はまだ元気で、昭夫の陋屋をたずねてきた折には、枕をならべて寝たけど、アレはやらなかった、抑えるのが苦しかったけどね、と彼は話し、それが一段落すると、いつになく重そうなため息をついて、

「そのせいかな、ちょっと疲れたよ」と、悪びれたふうにあわあわと笑いさえした。

が、経験のない昭夫には返す言葉もなく、遠山も遠山でけっこうつらいようだ、と黙ってため息に同調することしかできなかった。ばかだなあ、やっちまえばいいのに、と見下すほど大人になってはいなかったのである。

たしかその翌日か翌々日、読書と学習に打ちこむべく、昭夫はがらんとした休み中の学寮へもどった。ところが、その二日後には、家からの電報で遠山の死去を知らされたのだ。取るものも取りあえず遠山家へかけつけてみると、一昨夜あっけなくこときれ、今夜は通夜だということで、その夜も翌日の葬儀のさいにも、昭夫はなにか悪い夢のなかをさまよっているような気持ちだった。聞けば、はじめは麻疹《はしか》だと思っていたのが、悪性の肝炎におかされているとわかったときには、死神の懐に抱かれているも同然という予想外の経過をたどったようであるが、何日も、ときには二、三週間も会わないことがある友人が、ほんの数日のうちにこれほどまでに変わりはてるなどということがあっていいだろうか。だが、遠山自身は、すでにろうのように冷たくなって柩のなかに横たわっていた。あれから何を考え、どのように病苦とたたかったのか、そのしらじらとした無表情な死顔も何ひとつ語ってくれなかった。

通夜の席でも葬儀のあとのお清めの席でも、友人知人のなかに、あるいは親戚の大人たちのなかに、不幸にして早世しはしたけれど、生前に女を知りえたのはせめてもの救いだ、という意味のことを話す人が多いのに彼は眉をしかめた。遠山の性分では、また二人の交友の深さからいっても、遠山が彼に嘘をつくことなどありえない、こう彼は信じて疑わなかったからで、むしろそういう抑圧のあまり遠山は死にいたる病いをかかえこんでしまったのでは、とまで彼はぼんやり考えていた。まずは夢うつつのなかの臆測ではあったが、その後まもなく結核に倒れた彼を見舞いに遠山の母親が、高級そうな和服を身につけ女中を従えてやってきたときにも、この推定はかわっていないどころか、かえって存在感をましていて、遠山のいいなずけだった娘が産婦人科へ行った、そうしゃべり歩いている——と、そんな事の成行きへの疑心暗鬼をつらそうに舌にのせた母親にむかって、

「そんなばかな！」と、彼はむっくり上体をおこして断言したほどだった。

それから五十五年あまりもたったいまになれば、そんなことはもうどちらでもいいことになりはててしまっている。それでも、実際にはどうなのか、とさらに追討ちをかけられれば、その青年時代の推測に変更を加える必要はないと答えるしかないだろう。

いずれにせよ、遠山自身はあれ以来ずっと土の下にいて何もいわない。彼が埋葬されたのは夏の終わりごろで、そのあいだじゅう中天から焼けつくような陽光が降りそそいでいた。遠山家の宗教は神道だったが、神道ではどの宗派でも死者を土葬にするのかどうか。少なくとも遠山家が代々帰依していた宗派ではそういう方式をとっていたことは確かというほかなく、街はずれの墓地の、遠山家の墓所にあらかじめ掘られた穴のなかへ遠山の棺が沈んでいったのを、彼はまだ昨日のことのように目蓋の裏に呼びもどすことができる。

これもしきたりなのだろう、両親はその場に立ちあわず、婚約者の少女と二つちがいの遠山の弟とが最前列に立っていた。陽ざしが強烈なのも加わって、神主の祈祷から穴が土でふさがれるまでの永いあいだに、少女が眩暈《めまい》でもおこして倒れるのではないか——と、すぐうしろの列から

その細身のはかなげな喪服姿を見守っていた昭夫はハラハラさせられたが、そういうことは最後まで起こらなかった。

白木の棺――これもしきたりなのか、遠山家ですらそんなものしか手にはいらない時代だったのか――がすっかり新しい土に埋めつくされたとき、ほかのことはさておき、あたりに蝉しぐれがいっせいに沸きおこったという記憶が彼のなかに残っている。

「あたし、これからどうしたらいいのかしら」

遠山の両親に請われて、葬儀のあとも二、三日遠山家ですごしていた昭夫は、その間に婚約者の少女が何度か声に出していうのを耳にした。いっそ聞こえよがしの、チャラチャラしたおしゃべりのような感じさえして、死んだ遠山よりも自分のほうが大事なのか、と面罵してやりたい衝動にかられたこともある。その少女にも永い人生がひかえていることに思いおよばなかったとは、いま思えば、われながら未熟のいたりというほかはないが、彼自身は土のなかに横たわる友の身に心をやらずにはいられなかった。病臥をよぎなくされてからはなおさらのことで、身近にほかに土葬された者がいないためもあって、季節が秋から冬へ移るにつれて、土の下の冷たさをわが身の肌に感じて戦慄をおぼえることもあった。

土の下で冬をこすエルフリーデを想いながら、身に覚えのある感覚のような気がしたゆえんでもある。

だが、生きている者にはつぎつぎと時間が改まり、そのつど新しい事象が押しよせてきて、遠山ゆえの戦慄もぼやけ、遠のいて、ときおり余韻らしいものをひびかせる時期をへて、いつしか消えはてていった。その十五年後に彼がエルフリーデと知りあい、そのエルフリーデがさらに二十年近くのちに土の下に埋葬されたことも、そういったかずかずの出来事のひとつである。しかも、エルフリーデがそのような最期を迎えてからでも二十年以上たってしまった。五十六年近くも前に死んで埋められた遠山にいたっては、しめり、くずれた骨片以外の何が残されていよう。

そういえば、母親が死に、子供たちが家を離れていってから十数年ののち、いまから五年前に昭夫が英子とともにその住みなれた家をたたんで、この首都圏の南の土地へ越してきたことも、彼らにとってはけっして小さくない事件といえる。おかげで、四十年以上前の翻訳のさいに親しんだトロイア戦争の昔に立ちかえる機縁も舞いこんできた。マンションの前にひろがる傾斜地の広いながめを率いて吹いてくる風のしわざにほかならない。

その三千二百年前のトロイア戦争のころにも、人は男女の交わりにはげみ、日々の食べものを育てたり、山野や海や川であさったり、またそのために戦ったりしつつ、そのあげく入れかわり立ちかわり、ハデスがとりしきると信じられていた死の世界へ去っていった。その死の世界に彼らは、いまの時代より何千倍も鋭く剥き身でさらされていたにちがいない。けれども、そうかといって、情報技術が何千倍も進んだいまの時代に、その死の世界についての確かな情報がちょっとでもあるだろうか……。

バルコニーで風をあびて、風の吹くヒッサルリクの丘を身近に感じるにつけ、彼はとくべつ思案をこらすでもなくそんな永い人類の歴史をさかのぼり、そこに立ちつくしてみて、その永劫の歴史を前にすれば、七十五年の、いや、七十六年に接近しつつあるわが身の人生など、まさに夢まぼろしのようなものだ、としみじみ思わずにはいられない。日々刻々に衰えゆくのが感じとれる以上、この身もそう遠からずハデスのもとへと焔に巻かれて骨と化すはずで、人間にとって死ぬということもひと仕事だ、という文章を読んだ記憶があるけれども、火葬であれ、土葬であれ、そのはてに行きつくのは所詮そんなところか、そうあらためて思うと、つらいとか、おぞましいとかいうより、何かしら味けなくつまらない気がしないでもなかった。

「いや、だからこその夢まぼろしなのだ」と、また思いなおしてみるのではあるが。

いうまでもなく、彼がこうひとりごちたのも、そこはかとなく日なたと排気ガスと新緑の香のまじる尾根風のような大気の流れにつつまれてのことだ。その眼下では今日も、何ともよそよそしく、日々変容する街の風物が地をはうような気遠い複雑な物音をかもしつづけている。

あとがき

本書に収録された五篇のうち既発表のものは、

「まがいの窓」（「文學界」一九六九年十一月号）
「火も土も」（「青濤」第六号　二〇〇五年五月刊）

右の二篇だけで、あとの三篇はいずれも未発表、しかも「まがいの窓」をのぞくと、すべて二十一世紀、作者七十代に書きあげられたものです。

こうして並べてみると、「まがいの窓」だけ仲間はずれの観がありますが、あながちそうとは限らず、たまたまこれまでの作品集にふさわしい収まり場所をえられなかったのが、今回ようやく四十年の遅れをとりもどせる環境がととのった——そんなふうにいえなくもありません。

それでも、初出のまま収録したわけではなく、この機会に大いに推敲のペンをふるったのは、歳月がたっているだけに当然のことで、かなり思いきった削除や追加も辞しませんでした。もちろん、作品の構造とか秩序とかに変質を招来しない範囲ではありますけれど。

そういえば、「娑婆の風」にも、「文芸埼玉」第九号（一九七三年三月刊）所収の「娑婆」という原型があります。しかし、三十枚たらずの小品が百枚あまりの作品に生まれ変わったわけですから、もとの姿をひきずっている個所が散見されるとはいえ、作者としては新たな作品に取りくむのとかわらない気概で執筆にあたりました。

作品の成立事情は以上のとおりで、この間に「大学紛争」を教師の視座から捉えなおした長篇『解体白書をもう一度』（東洋出版）が成立し、本書所収の諸篇につづいて、ごく最近上梓された長篇小説『勿笑草《わらうなぐさ》』（朝日出版社）が誕生をみるのですが、四十年前の執筆時に立ちかえって「まがいの窓」の改稿に呻吟したのが、いわばいちばん新しい仕事ということになります。

ただ、本書における作品の並べ方は、そういう成立にまつわる経緯とはかかわりなく、物語が展開する主要な時代を基準にして、古いものから新しいものへという順序に従いました。なかには「まがいの窓」や「いつの日にか」のように、作中で二十年以上、四十年以上の歳月が経過するものもありますけれど、それらの作品もおおむねさきの物差しに拠って配置されていることは諒解していただけるでしょう。

ともあれ、これらの作品の大半が出版にこぎつけるのに数年を要してしまったことは、これまでの叙述で充分おわかりいただけると思いますが、『勿笑草』につづいて、こうして一巻の書物のかたちで世に出ることが叶いましたのも、『勿笑草』の場合とおなじく、ひとえにヘルマン・ヘッセの名翻訳者・岡田朝雄氏と朝日出版社社長・原雅久氏のご理解とご尽力に負うています。何をおいても、ここにあらためて両氏に衷心より感謝の意を表する所以にほかなりません。

前回にひきつづき、いや、前回にもまして面倒をおかけした担当編集者の田家昇、清水浩一の両氏をはじめ、お世話になった朝日出版社のすべての方々にたいしても、必要な作業をあらかた果たしおえたいま、「感謝の念でいっぱい」という以上の謝辞にたどりつけないのが焦れったいぐらいです。

表紙の装画は、親しいドイツ文学者・岡野安洋氏の亡き姉上の遺作集から提供していただきました。直接には存じあげませんでしたが、この人形のように気品と瑞々しい感性をあわせもつ方だったのではないでしょうか。哀悼の実をささげるとともに、ご快諾くださった岡野氏ならびに写真家・南高正氏への深謝の気持ちを書きとめさせていただきます。

半世紀以上の伴侶たる老妻が陰に陽に援護してくれたことも、老残の身にはただもうありがたいの一語に尽きるものです。

こういったもろもろの恩恵にもかかわらず、ひょっとしてこの出版がわが文学人生の弔鐘になってしまうのでは？　そんな予感に抗いつつも、いまはひたすら心を鎮めて新しい本の到来を待つことといたします。

立川　洋三

二〇〇九年九月

立川洋三　たつかわ・ようぞう

1928年7月、名古屋市生まれ。
東京大学文学部独文学科（旧制）卒業。
立教大学ドイツ文学科教授（1994年3月　定年退職）

著書
小説『ラッペル狂詩曲』（筑摩書房、表題作が芥川賞候補）『異説の足どり』（夏目書房）『悪魔の子守唄』（近代文芸社）『幸福のバラード』（作品社）『解体白書をもう一度』（東洋出版）『勿笑草』（朝日出版社）など。
翻訳　カフカ『審判』（集英社）『変身・城』（学習研究社）
フォンターネ『シュテヒリン湖』（白水社）『迷誤あれば』（三修社）『北の海辺』（晶文社）など。

いつの日にか

2009年10月30日　初版発行

著　者　立川洋三
発行者　原　雅久
発行所　株式会社 朝日出版社
101-0065 東京都千代田区西神田3-3-5
電話（03）3263-3321（代）
印刷　図書印刷（株）

乱丁、落丁本はお取り替えいたします

ISBN978-4-255-00491-4 C0093